KB146840

로스트 케어

로스트 케어
LOST CARE

하마나카 아키 장편소설
권일영 옮김

현대문학

차례

그러므로,

너희는 남에게서 바라는 대로 남에게 해주어라. 이것이 율법과 예언서의 정신이다.

—『마태오의 복음서』 제7장 12절

내가 세상에 평화를 주러 온 줄로 생각하지 마라. 평화가 아니라 칼을 주러 왔다.

나는 아들은 아버지와 맞서고 딸은 어머니와, 며느리는 시어머니와 서로 맞서게 하려고 왔다.

집안 식구가 바로 자기 원수다.

—『마태오의 복음서』 제10장 34~36절

프롤로그

2011년 12월

〈그〉

2011년 12월 2일

오후 1시 30분. X지방법원 제2형사부 제302호 법정.

굳게 닫힌 방의 가라앉은 공기가 농축되며 밀도를 더해 사람들의 몸과 마음을 천천히 조였다.

증언대에 선 〈그〉는 길게 자란 백발 사이로 재판장을 똑바로 바라보았다.

검은 법복을 두른 풍채 좋은 재판장은 머리가 벗어졌다. 얼마 남지 않은 머리카락 대신 귓가에서부터 턱까지 수염을 길렀다. 재판원제도*가 시행되기 전에 기소된 사건이라 저 오뚝이처럼 생긴 재판장을 중심으로 한 세 명의 재판관이 합의하여 판결을 내릴 것이다.

* 특정 형사재판에서 유권자 가운데 선발한 재판원이 재판관과 함께 심리에 참여하는 일본의 사법제도. 2009년부터 시행되었다.

생살여탈권을 쥔 재판장은 〈그〉와 눈을 마주치지 않고 고개를 숙였다. 그리고 판결 주문보다 먼저 판결 이유를 읽기 시작했다.

뒤에 앉은 방청객들이 말없이 술렁거리고 이어서 자리에서 일어나는 소리가 들렸다. 취재진이 '주문을 나중에 읽는다'는 속보를 전하러 가는 모양이다. 문이 열렸다 닫히며 실내 공기가 흔들렸다. 밀도가 살짝 낮아진 느낌이 들었다.

다른 판결 때는 주문을 먼저 읽지만 사형 판결 때는 나중으로 미룬다.

〈그〉는 무려 43명이나 죽였다. 그 가운데 증거가 충분히 확보된 32건의 살인과 1건의 상해치사 혐의로 기소되었다. 일본이 제2차 세계대전에서 항복한 이후에 일어난 연쇄살인 사건 가운데 가장 많은 희생자를 기록했다.

피고가 기소 사실은 모두 인정했기 때문에 책임 능력이 있다면 사형 이외에 다른 판결을 생각할 수 없는 재판이었다.

사형에 처한다—.

〈그〉는 상상한다. 다가오는 자신의 미래를.

일본의 사형은 교수형이다. 〈그〉는 눈가리개를 하고 교수대에 올라 목에 밧줄을 걸 것이다.

아무것도 보이지 않는 어둠 속에서 불쑥 발판이 사라진다. 잠시 허공에 뜬 느낌. 놀랄 틈도 없이 목을 파고드는 밧줄에 몸이 매달린다.

현대의 교수형은 기관이 아니라 경동맥을 조이기 때문에 고통스럽지는 않다고 한다. 고통을 맛보기도 전에 뇌로 가는 피가 멈추어 실신하게 된다. 물론 실제로도 그런지는 알 수 없다.

먼저 뇌사 상태에 빠져 뇌의 기능이 정지하고, 따라서 심폐기능도 멈춰 이윽고 완전히 죽는다. 이때 근육이 이완되어 똥오줌을 싼다는 이야기를 들은 적이 있는데, 이 또한 사실인지 아닌지 알 수 없다.

가능하면 고통스럽지 않다는 말은 사실이고 똥오줌을 싼다는 이야기는 도시 전설에 지나지 않기를 바란다.

어느 쪽이건 사형이 집행되면 〈그〉의 존재는 사라진다. 하지만 이 세상은 끝나지 않는다.

그렇다면―.

〈그〉는 상상한다. 다가올 세상의 미래를.

후회는 없다.

모든 것이 예정했던 그대로다.

〈그〉는 미소를 지었다.

하네다 요코

2011년 12월 2일

같은 날, 오후 2시 18분. 하네다 요코는 방청석에서 〈그〉의 모습을 바라보았다.

세상이 주목하는 판결 공판이라서 방청권은 추첨을 통해 나누어주었지만 요코는 피해자 유족이기 때문에 우선적으로 좌석을 배정받았다.

판사석을 정면으로 보아 검사석이 있는 왼쪽 편에 마련된 요코의 자리에서는 〈그〉의 옆얼굴이 보였다.

길게 기른 머리는 검은 머리카락이 한 올도 보이지 않았다. 움푹 팬 눈, 야윈 뺨과 깊게 새겨진 주름. 입가에는 흐릿한 미소를 머금었다.

〈그〉의 그런 모습이 왠지 거룩해 보였다. 미술이나 종교에 대해 아는 게 별로 없는 요코라서 작품 이름을 기억해낼 수 없지만 종교화에 등장하는 성자 같다는 생각이 들었다.

〈그〉는 요코의 어머니를 살해했다. 하지만 범행이 드러난 이후 오늘까지 요코는 한 번도 〈그〉에게 분노나 증오 같은 감정을 느끼지 못했다.

검사와 함께 꾸민 조서에는 어처구니없게 가족을 잃은 유족의 분노가 적혀 있었다. 하지만 요코의 속마음은 그게 아니다. 조서를 만들 때 딱 한 번 검사에게 진심을 털어놓았는데 그 부분은 조서에 채택되지 않았다.

다른 사람들은 어떨까?

요코는 긴장한 표정으로 앉아 있는 다른 피해자 유족들의 모습을 살폈다.

다들 하나같이 뭔가를 참는 듯이 굳은 표정이라 속마음을 읽어낼 수 없다.

재판장이 계속해서 판결 이유를 읽는데도 귀에 들어오지 않았다. 그 말들은 의미를 잃은 기호 같았다.

요코는 다른 피해자 유족들을 붙들고 진심을 묻고 싶은 충동을 느꼈다.

어때요? 〈그〉가 당신들을 구원해주었다는 생각이 든 적은 없나요?

시바 무네노리

2011년 12월 2일

같은 날, 오후 4시 47분. 시바 무네노리는 기나긴 판결 이유를 들으며 생각에 잠겨 있었다.

구원받았다.

모든 명분을 걷어내면 그건 부정할 수 없는 사실이리라.

의사는 자연사라고 판단했지만 사실 아버지는 살해되었다. 그 날은 마침 크리스마스이브였다. 아버지 눈앞에 나타난 백발의 사내는 산타클로스가 아니었다. 아버지는 장난감이 아니라 죽음을 선물로 받았다. 목숨을 빼앗겼다.

하지만 구원받았다.

그 죽음을 통해 아버지나 시바 무네노리나 틀림없이 구원을 얻었다.

살인이 나쁜 짓이라고 단언하기는 쉽다. 하지만 그렇게 간단한 세상이 어디 있는가?

이 살인이 절대적인 악이라는 생각은 들지 않았다.

하지만 심판은 필요하다는 생각도 든다. 아버지를 죽인 행위에 대한 대가가 아니라 그 어떤 계기로서.

사람들이 현실을 받아들이고 한 걸음 더 나아가기 위해 심판은 필요하다. 선과 악을 가리자는 게 아니라 심판받는 과정 그 자체에 의미가 있다.

이윽고 재판장이 선언했다.

"피고인을, 사형에 처한다."

엄숙하게 들린 까닭이 실제로 재판장이 엄숙한 목소리로 말했기 때문인지 아니면 단어 자체가 지닌 무게 때문인지 알 수 없었다.

이미 예상했던 판결이다. 그런데도 그만 숨이 턱 막혔다.

사쿠마 고이치로

2011년 12월 2일

같은 날, 오후 4시 50분. 마침내 판결 주문이 낭독되기 시작했을 때 사쿠마 고이치로는 아무런 생각도 하지 않았다.

아니, 생각 자체를 할 수 없었다. 이 재판이 시작될 때부터 사쿠마는 아무것도 듣지 않고 아무것도 보지 않고 아무것도 생각하지 않았다. 사쿠마는 43명이나 되는 사람을 죽인 〈그〉에 대해서도 알지 못한다.

─그렇지만 X현 야가 시에서 은밀하게 이루어지던 〈그〉의 살인이 세상에 드러나게 된 계기를 만든 사람은 사쿠마였다. 〈그〉가 체포되어 재판을 받기에 이른 사건의 흐름에는 틀림없이 사쿠마가 있다.

아니, 있었다. 이건 과거형으로 표현해야만 한다.

사쿠마는 이미 이 세상에 없으니까.

오토모 히데키

2011년 12월 2일

같은 날, 오후 5시. 그 소식은 X지방법원에서 150킬로미터도 넘게 떨어진 도쿄에 있는 오토모 히데키의 귀에도 바로 들어갔다.

〈그〉에게 사형 판결이 내려졌다.

결과는 처음부터 알고 있었다. 하지만 피해자가 너무도 많아 기소에서부터 판결까지 4년에 가까운 긴 세월이 걸린 재판이었다.

아마 〈그〉는 항소하지 않을 것이다.

오토모는 그렇게 짐작했다.

〈그〉는 진짜 목적을 숨기고 있다.

모든 일이 〈그〉가 계산한 대로였다. 사람을 죽인 일뿐만이 아니다. 범행이 발각되리라는 것도, 그리고 법정에서 재판이 이루어져 결국 사형을 받으리라는 것마저도.

그 속셈을 눈치챘을 때 〈그〉는 이미 오토모의 손이 닿지 않는 법정 안에 있었다.

웃기지 마라!

분노와도 같은 걷잡을 수 없는 감정이 치밀어 올랐다.

그리고 귀 안쪽이 뜨끔거렸다. 고막 안쪽. 가운데귀 부근에 열과 통증이 느껴졌다. 그리고 소리가 들렸다. 귀울림이다.

귀울림은 이윽고 목소리로 변했다.

─회개하라!

제1장

천국과 지옥

2006년 11월

오토모 히데키

2006년 11월 4일

오후 2시 45분. 맑게 갠 주말 이른 오후. 불어오는 바람은 부드러워 외투가 필요 없을 정도로 따스했다. 오늘 오후 간토 지방은 태평양 쪽에서 따뜻한 공기가 흘러 들어와 9월 못지않게 따스한 날씨라고 한다.

—천국이 따로 없다니까.

실제로 방문해보고 오토모 히데키는 친구의 그 말도 터무니없는 소리는 아니라고 생각했다.

분수를 둘러싼 아름다운 정원에 자리 잡은 정자에서 두 노파가 도우미로 보이는 여성과 뜨개질에 골몰하고 있었다.

노파들의 표정은 편안하고 부드러워 나뭇잎 사이로 쏟아지는 햇살이 그들을 축복하는 듯했다. 마치 한 장의 그림처럼.

그 정원 너머로 크고 산뜻한 3층짜리 건물이 보인다.

〈포레스트 가든〉. 도쿄 도 하치오지의 한적한 교외에 있는 실버타운은 '양로원'이라는 단어에서 떠올리기 쉬운, 노인들을 몰아넣은 어둡고 불결한 시설과는 차원이 달랐다.

오토모는 오늘부터 닷새 동안 체험 입소 할 아버지를 모시고 이곳을 찾았다.

실버타운 건물 안은 고급 아파트 같은 구조였다. 입구에는 콘시에르주*가 상주하는 프런트가 있고, 메달리온 무늬의 붉은 카펫이 깔린 로비에는 샹들리에가 매달려 있다. 따스한 계열의 색깔로 마무리한 인테리어와 가구는 청결감은 물론이고 고급스러운 느낌과 따스함이 공존하는 인상을 주었다. 당연히 이 실버타운에서는 휠체어를 타더라도 어디든 갈 수 있게 턱이 전혀 없다.

입주자들이 생활하는 거실은 넓었다. 게다가 취향에 따라 일본식 방과 서양식 방을 선택할 수 있다. 방에 자기 전용 전화를 놓을 수 있으며 초고속 인터넷 회선을 이용할 수도 있다. 그런 것까지 필요할까 하는 생각이 들었지만 현재 입주자 가운데는 '블로그를 개설한 80세 할머니'가 있다는 이야기를 듣고 오토모는 놀라며 감탄했다.

거실 말고도 전자오르간과 플라스마 텔레비전이 놓여 있는 다목적 홀이나 천연 온천을 즐길 수 있는 커다란 목욕탕, 노래방, 아틀리에, 피트니스룸, 극장, 심지어 도예 전용 공방까지 라이프스타일이나 취미에 맞게 이용할 수 있는 다양한 시설이 있다.

* 공동 주택의 관리인이나 호텔 서비스 담당 등 서비스 업무를 하는 안내인.

개호 시스템은 24시간 작동한다. 도우미들이 밤낮없이 입주자의 상태에 따른 서비스를 제공한다. 의사가 정기적으로 건강을 점검하고 항상 간호사 두 명이 근무하며 만약의 사태에 대비한다.

직원 교육도 잘되어 있었다. 상근 스태프는 유명 호텔에서 연수를 받아 일류 접객 매너를 익힌다고 한다.

게다가 식사가 아주 잘 나온다. 도쿄 시내에 있는 유명 레스토랑과 제휴를 맺었으며, 입주자 한 사람 한 사람의 섭식 기능과 입맛에 맞추어 최대한 맛있게 먹을 수 있는 식단을 개별적으로 준비한다고 한다.

극진한 대우라는 건 바로 이런 서비스를 두고 하는 말이리라.

누군가 돌봐줘야 할 필요가 있는 노인이라면 집에서 지내기보다 이곳이 훨씬 쾌적한 생활을 할 수 있을 것이다. 오토모 자신도 노후를 이런 곳에서 지낼 수 있으면 좋겠다는 생각이 들 정도였다.

"음, 그럭저럭."

아버지는 전동 휠체어에서 현관 로비를 둘러보며 말했다.

오토모와 아버지를 안내하는 사쿠마 고이치로는 아버지의 '그럭저럭'을 칭찬으로 받아들인 듯했다.

그는 이 실버타운의 모회사라 할 수 있는 종합 개호 기업 '포레스트'의 영업부장이자 오토모에게 여기를 '천국'이라고 소개한 친구다. 에스컬레이터 방식으로 자동 진학 하는 사립학교에서 중학교 때부터 대학까지 함께 다닌 동창인데 중고등학교 때는 농구부에서 함께 선수로 뛰기도 했다.

아버지 때문이기는 하지만 그런 오랜 친구가 '오토모 님'이라고 자기 성에 극존칭을 붙여 부르는 걸 들으니 왠지 어색했다.

아버지는 프런트 뒤에 걸려 있는 판을 바라보았다. 거기에는 이 실버타운의 모토인지 성경의 한 구절이 새겨져 있었다.

너희는 남에게서 바라는 대로 남에게 해주어라. 이것이 율법과 예언서의 정신이다.

아버지는 그걸 읽고 "으음, 황금률인가?" 하며 고개를 끄덕였다.

"예? 황금……, 뭐라고 하셨습니까?"

사쿠마가 묻자 아버지는 입술을 꾹 다물어 못마땅하다는 표정을 지었다.

"뭐야? 자기들이 걸어놓고도 뭔지 모르나?"

아버지는 그 글귀를 가리키며 말했다.

"저건 말이야 '산상수훈'이라고 예수님이 갈리아 호숫가 산 위에서 사람들에게 말씀하셨던 내용 가운데 일부일세. 내가 원하는 걸 다른 사람에게 해주라는, 법과 윤리 모두에 통용되는 근본 원칙이라서 골든 룰, 즉 황금률이라고 부르지."

"역시 박식하시군요."

"뭘."

친구가 아버지에게 빤히 들여다보이게 아첨하고 아버지는 싫지 않은 표정을 짓는 모습을 지켜보기가 너무 쑥스러웠다.

오토모네 집안은 아버지 때부터 기독교를 믿었는데, 아버지나

26

오토모나 어디 가서 내세울 정도로 경건한 신자는 아니다.

오토모와 아버지는 체험자들에게 배정되는 방으로 안내되었다. 아버지는 휠체어를 타기 때문에 어쩔 수 없이 서양식 방을 써야 한다. 넓고 쾌적한 방이었다.

"방에서 피울 수 있나?"

아버지가 손가락 두 개를 세워 담배를 피우는 시늉을 했다.

"예. 공용 공간은 금연이지만 방 안에서는 자유입니다. 건강 상태에 따라 담당 의사가 조언을 할 때도 있지만, 저희는 취미와 기호까지 포함해 가능한 한 이용자의 '생활의 질'을 높이려고 합니다."

'그런가?' 하며 아버지가 고개를 끄덕였다. 아버지는 필터 없는 독한 담배를 애용하는 골초다.

전동 휠체어를 창가로 이동해 다카오 산이 보이는 경치를 바라보며 아버지가 중얼거렸다.

"이런 곳에서 영원한 안식일을 보내는 것도 나쁘지 않으려나?"

오토모는 이제 겨우 서른 갓 넘은 나이지만 아버지는 일흔아홉이다.

60여 년 전, 아버지는 집이 공습으로 불에 타 몸뚱이 하나만 가지고 도쿄로 왔다. 제2차 세계대전이 끝난 뒤, 미군을 상대로 장사하기 시작했다. 그때 알게 된 개신교 종군 목사 덕분에 신앙에 눈을 떴다. 신도를 찾아보기 쉽지 않은 일본에서는 뭉뚱그려 크리스천이라고 부르지만 제2차 세계대전 이전과 이후에 일본에 수입된 기독교는 크게 동방정교회, 로마 가톨릭, 개신교 세 종류로 나닌다. 그 가운데 로마 가톨릭은 로마 교황을 정점으로 하는 세계에서 가장 큰 교파로 교회의 전통과 권위를 중요하게 여긴다. 개신교는 그런 로마 가톨릭의 교회 중심 신앙 체계에 반기를 들고 떨어져 나온 여러 교파를 두루 일컫는 이름이다. 교회의 권위를 부정하는 개신교에는 개인의 성공을 하느님의 은혜로 받아들이는 경향이 있어 신앙과 자본주의적 영리 활동의 친화력이 강하다는 주장도 있다. 그게 사실인지 아닌지 몰라도 신도가 된 아버지는 고속 성장 하는 전후 일본의 자본주의 사회에서 무역업으로 큰 성공을 거두며 재산을 이루었다.

지금은 은퇴했지만 아직 혈색이 좋아 나이보다 젊게 보인다. 그래도 몸은 솔직한 건지, 지병인 요통이 심해져 하반신을 쓰지 못하게 되었다. 의사는 치료한다고 될 일이 아니니 입원해서 병상에 누워 지내면 오히려 악화되므로 가능하면 돌봐줄 사람을 붙여 생활하는 게 낫다고 했다.

어머니는 아버지보다 스무 살 아래지만 재작년 암으로 먼저 세상을 떠났다. 그 뒤로 아버지는 내내 홀로 지냈다.

자식은 오토모 하나뿐이고 아직까지 숨겨놓은 자식은 나타나지 않았다. 사회 통념상 아버지는 아들이 모셔야 하지만 오토모는 직장 때문에 1~2년마다 근무지가 바뀌기에 함께 살기 어려웠다. 아직 한 살밖에 안 된 딸도 키워야 하는 아내에게 아버지까지 떠맡기고 혼자 근무지에서 지낼 수도 없는 노릇이었다.

어떻게 해야 할지 고민할 때 학창 시절 친구가 개호 기업에 근무한다는 사실을 알고 연락을 했다.

사쿠마는 '돈만 있으면 유료 실버타운이 최고다'라고 강조하며 오토모에게 포레스트가 경영하는 실버타운 팸플릿을 여러 개 보내주었다.

모든 팸플릿 마지막 페이지에 포레스트의 경영주인 그룹 회장이 이제 총리대신까지 오른 보수파 정치인과 악수하는 사진이 실려 있었다.

이 회장은 새로 떠오른 사업가로 평가를 받는 인물이었다. 인재파견업이 중심인 그룹을 빠른 속도로 성장시켜 지금은 경단련* 이사도 겸했다. 개호보험제도가 탄생하기 직전에 규슈 지역의 벤처기업이었던 포레스트를 사들여 개호 사업에 진출했다고 한다.

사진 옆에는 회장이 이야기하는 경영 이념과 함께 현역 총리대신의 '저는 포레스트를 응원합니다'라는 메시지가 적혀 있었다.

그 팸플릿을 본 아버지는 의외로 관심을 보여 이럭저럭하는 사이에 체험 숙박까지 신청했다.

"만약 마음에 들면 그대로 입주해도 괜찮은 건가?"

"예. 물론이죠. 체험 숙박 하시는 방은 임시 입주 형식으로 처리되기 때문에 원하신다면 그대로 정식 입주 상태로 넘어갈 수 있습니다."

"흐음. 뭐 아직 결정한 것은 아닐세. 전체적으로 마음에 들어야겠지."

뜸을 들이지만 눈치로 보아 아마 이대로 입주하겠다고 하실 것

---

* '사단법인 일본 경제단체연합회'의 준말. 도쿄 증권거래소 제1부 상장 기업을 중심으로 구성된 단체.

같다.

"미안해. 아버지 이야기가 길어서 지루했지?"

사쿠마가 시설에 대해 한 차례 쭉 설명한 뒤 오토모의 아버지는 꼬박 두 시간 동안 이런저런 잡담을 늘어놓았다. 젊을 때 고생한 이야기부터 기독교 이야기, 요즘 시사 문제에 관한 의견 등 화제는 다양했지만 매듭이 지어지는 내용은 없었다. 오토모가 여러 차례 '이제 슬슬……' 하며 말을 끊으려 했지만 결국 저녁 식사 시간이 될 때까지 아버지의 입을 쉴 줄 몰랐다.

두 사람이 건물에서 나왔을 때는 해가 완전히 저문 뒤였다.

낮에는 봄 같은 날씨였는데 해가 지니 건조한 바람이 불어 계절에 어울리게 쌀쌀해졌다.

"괜찮아. 이야기를 듣는 것도 내 일 가운데 하나야. 오히려 그 연세에 그만큼 논리 정연하게 알맹이 있는 이야기를 하실 수 있다는 사실에 감탄했어. 아, 저녁은 내가 한턱낼게. 좋은 고객을 소개받은 셈이니까."

사쿠마가 식사를 함께하자고 했다. 집이 있는 지바까지는 승용차로 두 시간 가까이 걸린다. 오토모도 어디서 식사를 하고 귀가할 생각이기는 했다.

"대신 계산은 각자 하는 걸로. 개인적인 일이라도 이익을 제공받는 건 곤란해."

"이익을 제공? 밥 한 끼 사는 게?"

사쿠마가 얼굴을 찌푸렸다.

"뭐 그런 셈이지. 아, 그리고 나는 늘 연락이 되는 곳에 있어야 하니 휴대전화가 되는 곳으로 갔으면 좋겠네."

"뭐야, 밥 한 끼 먹기 복잡하네."

"응, 좀 그래."

어깨를 으쓱해 보이는 오토모의 직업은 검사. 지바 지검 마쓰도 지부에 근무하는 검사다.

하네다 요코
2006년 11월 4일

같은 날, 오후 6시. 창밖은 이미 어둡다. 누런 형광등 불빛이 침실을 비추고 있었다.

—이건 지옥이야.

하네다 요코는 이렇게 생각했다.

"넌 누구냐! 뭘 하는 거야! 날 건드리지 마! 이 짐승 같은 년! 짐승! 짐승!"

마치 짐승처럼 악을 써대는 어머니.

어머니?

그렇다. 믿기 힘들지만 이 사람이 요코의 어머니다.

그 마음씨 곱던 어머니.

"네가 최고다. 내가 너 때문에 살지."

언제였던가. 그런 말을 서슴없이 하던 어머니.

그런 어머니가 지금 부스스한 머리를 헝클어뜨리고 요코를 알아보지 못하며 불편한 몸을 뒤틀었다.

조금 전까지만 해도 어머니는 바람이 자듯 조용했다. 어머니가 침실로 쓰는 이 세 평쯤 되는 방에서 깬 것도 아니고 자는 것도 아닌 멍한 상태로 환자 침대에 상반신을 일으킨 채 앉아 있었다. 그리고 요코가 숟가락으로 떠주는 죽을 기계적으로 먹었다.

"엄마, 나 나가야 하는데 지금 용변 볼까?"

이른 저녁을 드린 뒤에 그렇게 묻자 어머니는 얼굴을 찌푸렸다.

"응? 지금 보자."

"으, 응."

요코가 채근하자 어머니는 비틀비틀 일어났다. 요코는 바로 어머니를 부축해 침대 옆에 준비해둔 휴대용 화장실 앞에서 바지와 속옷을 내린 순간.

어머니는 퍼뜩 제정신이 들었는지 물끄러미 요코를 바라보았다. 멍한 상태였던 회색 눈동자에서 빛이 났다. 하지만 거기에 비친 것은 공포와 혼란의 빛이었다.

평온했던 어머니의 정신이 거칠어질 조짐을 보였다.

"누, 누구?"

어머니는 당황한 표정으로 물었다. 정말로 어머니는 바로 앞에 있는 딸이 누군지 모르겠다는 듯이.

요코는 등에 소름이 끼치는 걸 느꼈다. 하지만 애써 태연하게 웃으며 대답했다.

"어머, 엄마도 참. 나야, 요코."

하지만 어머니 얼굴에는 공포라는 두 글자가 떠올랐다.

"거, 거거, 거짓말. 요코가 이렇게 클 리 없지. 누, 누누, 누구야? 뭐, 뭐뭐 뭐야?"

어머니 머릿속에서 요코는 아직 어린 딸이고 바로 앞에 있는 사람은 낯설고 수상한 여자로 보이는 모양이다.

그렇다고 해도 요코는 어찌할 방법이 없다.

"아니야, 나 요코 맞아."

"거, 거짓말! 너 누구야!"

드디어 거센 바람이 몰아치기 시작했다.

바로 앞에 낯선 여자가 있다. 게다가 어찌 된 영문인지 이 여자는 내 팬티를 벗겨 아랫도리가 고스란히 드러나게 했다— 이런 망상을 하리라.

어머니는 미친 듯이 발버둥 쳤다.

자기 딸을 짐승이라고 부르며 몸을 뒤쳤다.

"엄마, 그만! 위험하단 말이야."

요코는 어머니를 부둥켜안고 움직이지 못하게 하려고 했다.

"꺄아악!"

하지만 어머니는 이상한 소리를 지르며 고개를 쭉 뽑아 요코의 어깨를 덥석 깨물었다.

"악!"

요코는 아픔을 견디지 못해 손을 놓았다. 그 바람에 엉덩방아를 찧었다. 요코의 왼팔, 팔꿈치 언저리에 난 어머니의 잇자국에서 피가 났다.

"엄마, 할머니? 왜 그래?"

방 입구에 아들 소타가 서 있었다. 조금 전까지 거실에서 꾸벅꾸벅 졸았는데 소리가 나자 깬 모양이다.

어머니는 소타를 흘끔 보더니 눈이 휘둥그레졌다.

"아아아아아!"

어머니가 악을 썼다.

"아아아아아!"

소타가 흉내를 냈다.

어린 소타는 자기 할머니가 어떤 상태인지 제대로 이해하지 못했다. 장난을 치는 줄 아는 모양이다.

"넌 뉘 집 애냐? 꼬마 도둑놈이냐?"

무서운 표정으로 소타를 노려보며 묻는 어머니의 입에서는 침이 튀었다.

적의를 고스란히 드러낸 얼굴과 말에 소타는 장난치는 게 아니라는 걸 깨닫고 울상을 지었다.

"할머니, 나 소타야! 도둑 아니야!"

어리지만 나름대로 충격을 받은 듯했다. 소타의 눈에 눈물이 고였다.

"그래, 엄마. 아니야, 그게 아니야. 소타는 내 아들. 엄마 손자."

"윽!"

어머니는 갑자기 감전이라도 된 사람처럼 짧게 비명을 지르더니 휙 턱을 들어 올렸다. 다음 순간 빠지직! 하는 파열음이 들려왔다.

그 소리와 함께 맨살이 드러난 어머니의 엉덩이에서 점액질 물체가 후드득 쏟아졌다.

"으아아!"

요코는 저도 모르게 소리를 지르고 말았다.

똥과 함께 오줌도 흘러나와 어머니의 허벅지를 적셨다. 똥과 오줌이 뒤섞인 독한 악취가 코를 파고들었다.

"아앙, 할머니, 쌌어!"

소타가 얼굴을 찡그렸다.

어머니는 바닥에 떨어진 똥을 물끄러미 바라보더니 뭔가 생각이 났는지 손가락으로 그걸 찍었다.

"이런, 이런. 아까워라."

어머니는 마치 팥 앙금이라도 맛을 보려는 듯 손가락에 묻은 똥을 입에 넣었다.

방금 자기가 쌌다는 걸 까맣게 잊고 음식인 줄 아는 모양이다.

"할머니, 똥 먹으면 안 돼!"

눈앞에 펼쳐진 이상한 상황을 보고 소타가 소리쳤다.

"그만! 엄마, 그러지 마!"

요코는 어머니를 부둥켜안아 말리려고 했다. 요코를 도우려는지 소타도 다가왔다.

"아앗! 안 돼, 소타! 이리 오지 마!"

요코가 소리쳤지만 말을 안 듣고 다가오던 소타는 방바닥에 떨어진 똥을 밟아 미끄러졌다.

"앗!"

소타는 요코의 다리에 매달렸다. 소타가 밟는 바람에 오줌과 섞인 똥이 튀어 요코와 소타의 얼굴에 묻었다.

"오지 말라니까, 이 바보야!"

요코는 저도 모르게 소리를 버럭 지르며 소타의 뺨을 후려쳤다.

뺨이 새빨개진 소타는 불에 덴 아이처럼 울음을 터뜨렸다. 아들을 때린 손바닥이 얼얼했다.

어머니의 똥오줌을 몸에 잔뜩 묻히고 울어대는 자식의 모습이 가슴을 쥐어뜯었다. 요코의 두 눈에서도 뚝뚝 굵은 눈물이 흘러내렸다.

한편 어머니는 조금 전까지 몰아치던 거센 바람이 잦아든 듯 멍한 표정을 지었다.

"요코? 소타?"

앞에 있는 딸을 알아본 듯했다. 하지만 어머니의 눈동자는 빛을 잃고 흐려져 있었다.

"어떻게 된 거냐?"

무얼 보고 말하는 것도 아니고, 누구에게 묻는 것도 아니었다.

어머니와 아들, 똥과 오줌, 악취와 눈물.

어떻게 된 거냐고 묻고 싶은 사람은 요코였다.

어쩌다 이렇게 된 걸까?

이 지옥이 언제 시작된 걸까?

요코가 어머니와 다시 함께 살기 시작했을 무렵만 해도 이렇지 않았다.

이곳 X현 야가 시는 사방이 산으로 둘러싸인 분지라 여름에는 찜통처럼 덥고 겨울이면 산에서 몰아치는 바람 때문에 냉장고처럼 춥다. 쇼와 시절*에는 베드타운으로 인구는 늘었지만 이렇다 할 산업이 없어 경제의 거품이 꺼진 뒤에는 서서히, 그러나 확실하게 활기를 잃어가는 도시다.

결혼에 실패한 요코는 6년 전에 이 도시에 있는 친정으로 돌아왔다. 어머니는 갓 태어난 소타를 데리고 온 요코를 반갑게 맞아주었다.

그때 어머니는 일흔한 살, 요코는 서른여덟이었다.

아버지는 이미 돌아가셨고 어머니의 수입은 얼마 안 되는 연금뿐. 돈벌이를 할 수 있는 사람은 요코뿐인데 이 나라의 사회제도는 싱글마더에게 친절하다고는 할 수 없어 하루하루 먹고살기도 빠듯했다.

하지만 그때까지만 해도 지옥이라고 부를 만한 생활은 아니었다.

어머니는 요코에게 자주 '나랑 살아줘서 고맙구나'라고 했다. '귀여운 손자를 매일 볼 수 있어 얼마나 좋은지'라며 손자와 사는 걸 기뻐했다.

3대가 함께 사는 세 식구의 생활은 가난했지만 나름 즐겁고 평온했다.

그런 생활에 갑작스러운 변화가 일어난 것은 3년 전이다.

* 1925~1989년. 일본 히로히토 천황 시대의 연호로, 1989년 1월 8일부터 지금은 '헤이세이' 연호를 쓰고 있다.

원래 빈혈기가 있던 어머니는 조혈제를 복용했는데 요코와 함께 살기 시작한 뒤 '그리 심하지도 않고 절약해야 하니까'라며 약을 먹지 않았다.

그게 문제였는지 어머니는 전철역 계단에서 현기증이 나 크게 굴러떨어져 허리와 두 다리에 복합 골절을 입었다. 생명에는 지장이 없었지만 상황은 좋지 않았다. 결국 다리를 거의 쓰지 못해 부축을 받지 않으면 일어서기도 힘들어졌다.

돌이켜보면 그게 지옥의 시작이었던 모양이다.

요코는 일과 육아 이외에 어머니를 돌보는 일까지 떠안았다. 그때 이미 개호보험제도가 시행되었지만 아무리 좋게 평가해도 이용하기 편리한 제도라고는 할 수 없었다. 또 보험을 적용받더라도 요코 혼자 벌어서 생활하는 형편에서는 어머니를 돌보는 일에 드는 비용은 큰 부담이 되었다. 개호 서비스 이용은 목욕처럼 혼자서는 힘들 때만 이용하고 어지간한 일은 모두 요코가 해야만 했다.

처음에는 어머니를 돌보는 일이 즐겁다고 할 수야 없었지만 일종의 충족감을 느꼈다. 평일에는 슈퍼마켓 계산대에서 일하고, 주말이면 스낵바에서 술꾼들을 상대했다. 가끔 쉬는 날이면 어머니를 휠체어에 태우고 소타와 함께 주변을 산책했다. 요코는 삭신이 쑤셨지만 한편으로는 마음 한구석에서 가족을 위해 애쓰는 자기 모습에 묘한 기쁨을 느꼈다.

끈, 가족이라는 끈.

그런 아름다운 표현이 요코를 움직이는 듯했다.

만약 어머니가 평온한 나날을 보내며 요코의 헌신에 고마워하는 마음을 표현했다면 아마 요코는 그런 생활에서 여태 맛보지 못했던 행복마저 느꼈을지도 모른다.

하지만 현실은 그렇지 못해 조금씩 균열이 가기 시작했다.

무얼 하건 도움이 필요해진 어머니는 요코가 일하러 나간 동안, 즉 하루 대부분을 집 안에서 지내야만 했다. 외출하기 좋아해 특별한 일이 없어도 툭하면 나가 돌아다니던 어머니는 정반대인 생활이다 보니 점점 정신이 일그러졌다.

별일 아닌데도 바로 투덜거리고, 요코가 일하러 나가려고 하면 '내가 혼자서는 집에서 나갈 수 없는데'라며 원망했다. 그러면서도 휴일에 요코가 산책하러 나가자고 하면 '가고 싶지 않아. 밖에서 성큼성큼 걷는 사람들을 보면 기가 죽어'라며 집에 틀어박혔다. 식사나 배설을 돕는 요코에게 고맙다는 말은커녕 이런저런 트집을 잡아 시비를 걸었다.

어머니의 그런 심정이 이해되지 않는 것은 아니었다. 70년 동안 당연하다는 듯이 몸을 지탱하던 두 다리를 갑자기 쓰지 못해 외출도 제대로 할 수 없었다. 만사가 짜증스러울 것이다.

자기가 소타를 데리고 친정으로 돌아오는 바람에 어머니가 다쳤다는 죄책감이 늘 요코의 마음을 무겁게 만들었다.

어머니가 나와 소타를 받아들여주었듯이 이제 내가 어머니를 받아들여야 할 차례다.

그렇게 생각하며 요코는 어머니를 정성껏 모셨다.

하지만 어머니가 고맙다고 하는 일은 없었고, 밥상을 차리면

'맛없다, 넘어가지 않는다'고 하고 몸을 씻겨주면 '아프다, 좀 살살 해라'라고 타박했다. 살살 달래려고 하면 '비아냥거리지 말라'고 했다. 나중에는 '네 낯짝을 보기만 해도 짜증이 난다'는 소리까지 들었다.

그래도 요코는 참았다.

몸만 힘든 게 아니라 마음까지 비명을 지르는 지경이었지만 요코는 꾹 참았다.

힘들지 않다, 힘들지 않아, 나는 힘들지 않다.

정말 힘든 사람은 어머니다. 나는 힘들지 않다.

나는 어머니를 돌보기 싫어할 만큼 매정한 사람이 아니다.

어머니와 나를 이어주는 끈이 이런 정도로 끊어지지는 않는다. 끊어져서는 안 된다.

마치 강박처럼 스스로를 다그쳤다.

하지만 어머니는 나날이 이상해져갔다.

잔소리나 원망뿐 아니라 조금 전에 밥을 먹었는데도 안 먹었다고 우기거나 오래전에 세상을 떠난 아버지를 찾기도 하고 도무지 이해할 수 없는 말과 행동이 늘어갔다. 한여름에 '날이 추워졌다'며 스웨터를 꺼내 입은 적도 있었다. 아무도 말하지 않았는데 '그렇게 큰 소리로 화내지 마'라고 겁먹은 표정을 짓기도 했다. 가끔 소타와 요코를 알아보지 못하기까지 했다.

인지증―.

예전에는 '망령' '치매'라고 불렀지만 지금은 인지증이라고 한단다.

그 증상은 단순히 기억력이나 사고력이 무뎌질 뿐만 아니라 어머니의 인격 자체가 변해 어머니가 완전히 다른 사람이 되어버린 듯했다.

그리고 인지증은 요코가 유일하게 기댈 곳으로 여기던 가족이라는 끈을 무참하게 끊어버렸다.

어머니는 정성껏 돌보는 요코를 몰라보고 '누구냐'며 겁을 냈다. 이때 요코는 딸이 아니다. 누군지 모를 낯선 사람이다. 그건 투덜거리거나 잔소리를 하는 것보다 훨씬 가슴 아팠다.

가족이라는 끈은 사라지고 가족이라는 사실 자체만 남았다.

어머니가 요코를 딸로 인식하지 못하더라도 호적을 뒤지거나 DNA를 감정하면 간단하게 증명되니 어쨌든 어머니는 어머니다.

어머니는 가끔 요코를 몰라본다. 그래도 가족이니 보살펴야 한다. 그런 의무감만 남았다. 이런 상태에서는 어머니를 돌보는 만족감도 느낄 수 없다. 공허한 마음과 피로만 쌓여간다.

지옥은 이렇게 눈앞에 나타났다.

그제야 요코는 깨달았다.

힘들다, 괴롭다, 고통스럽다.

어머니를 돌보기 힘들다. 하루라도 빨리 이 지옥에서 벗어나고 싶다.

요코는 흐느끼는 소타를 달래며 간신히 오물을 치운 다음 방에 탈취제를 뿌렸다. 도저히 청소할 시간도 기운도 없었다.

일단 소타를 침실에서 거실로 데리고 나와 재생 전용 DVD 플

42

레이어로 빌려 온 만화영화를 틀어주었다.

경쾌한 오프닝 주제가가 들려오자 소타는 울음을 그치고 화면에 빨려 들어갔다.

요코는 어머니 침실로 돌아가 옷장에서 가죽 벨트 여러 개를 꺼내 들고 어머니 옆에 섰다.

어머니는 조금 전까지 그렇게 난리를 쳤지만 지금은 거짓말처럼 멍한 표정으로 침대에 누워 천장을 바라보았다.

"엄마, 미안해."

힘없는 목소리로 말하며 요코는 벨트로 어머니의 오른팔을 침대 틀에 묶었다.

어머니는 어리둥절해했다.

이어서 왼손도 묶었다. 하반신을 쓰지 못하는 어머니는 이제 거의 꼼짝도 못 할 것이다. 하지만 요코는 혹시 몰라 발도 묶었다. 어머니는 표본이 된 곤충처럼 침대에 누웠다.

인지증을 앓기 시작하면서 어머니는 요코가 집을 비울 때마다 침대에서 내려오려고 했다. 문밖으로 나가지는 않지만 아무런 안전장치도 되어 있지 않은 집 안을 애벌레처럼 돌아다니기 때문에 아주 위험하다. 침대에서 굴러떨어지는 일도 자주 있었다.

그래서 요코는 일 때문에 오래 집을 비울 때는 이렇게 어머니를 묶어두었다. 그 모습은 처참했다. 인간의 매우 중요한 뭔가를 박탈당한 듯했다.

손발이 묶이는 걸 유난히 싫어할 때도 있는데 오늘은 얌전히 있었다. 조금 전에 한바탕 난리를 쳤기 때문인지도 모른다. 그런 뒤면 어머니는 늘 산송장처럼 생기를 잃었다.

요코는 서둘러 화장을 마친 다음 소타를 데리고 집을 나섰다.

자그마한 목조 단층 주택. 요코가 태어나기 전에 지금은 세상을 떠난 아버지가 지었다고 하니 40년 이상 된 집이다. 시멘트를 바른 벽에는 여기저기 금이 갔고 요즘 보기 드문 함석지붕에는 망가진 홈통이 매달려 있다. 좁은 마당은 마른 잡초로 덮였다.

요코는 소타의 손을 잡아끌며 어두컴컴해지는 거리를 바삐 걸었다.

오늘 낮에는 따뜻했는데 해가 지고 나니 꽤 추워졌다.

완전히 겨울밤이다.

몇십 미터마다 서 있는 가로등마저 빛이 흐릿해 체감온도를 더 낮췄다.

소타는 운동복만 걸쳤는데도 추위는 아랑곳하지 않고 만화영화 주제가를 부르면서 몸을 흔들며 걸었다. 조금 전에 맞은 것을 잊은 듯이 신바람이 났다. 요코의 손을 잡은 작은 손이 따스했다.

가는 곳은 역 앞에 있는 스낵바. 젊은 아가씨도 없고 씀씀이 큰 손님도 없지만 마음씨 좋은 마담이 있는 분위기 괜찮은 가게다. 요코는 주말에만 밤 8시부터 근무했다. 마담은 요코에게 친절했다. 일하는 동안 마담의 주거 공간이기도 한 스낵바 2층에 소타를 재울 수 있도록 해주었다. 다행히 소타는 혼자서도 잘 잤고 칭얼거리지도 않아서 마담의 호의를 고맙게 받아들였다.

터벅터벅 걷다가 문득 생각하고 싶지 않은 일이 머릿속에 떠올랐다.

소타의 손을 쥔 이 손은 아까 소타를 때린 손이다.

요코가 이혼한 이유는 남편의 폭력 때문이었다. 연애 시절부터 고압적이고 폭력적인 면이 있다는 건 알았지만 제정신이 아니었다고 할 수밖에 없는 정열과 그때 기분에 따라 결혼하고 말았다. 그런데 남편은 요코가 임신했을 때도 폭력을 휘둘러 자칫하면 유산될 뻔했다. 지금 생각해도 악몽 같은 일이었지만 그런 일이 있었기 때문에 이혼을 결심할 수 있었다. 인연을 끊는 게 최우선이어서 위자료나 양육비도 받아내지 못했지만.

그런 생각을 한 요코이기에 이혼이 성립되었을 때 자식에게는 절대로 손을 대지 않겠다고 맹세했다. 그러나 어머니가 인지증을 앓기 시작한 뒤로는 그 맹세를 자주 어겼다. 그러면 안 되는 줄 알지만 화가 나면 도저히 멈출 수 없었다.

오늘처럼 뺨을 때리는 정도로 그치지만 마음이 편치 않다. 게다가 맞은 데에 손을 대고 우는 아들의 모습에 가슴이 미어진다.

부모의 학대 탓에 어린애가 죽었다는 뉴스를 볼 때마다 가슴이 철렁 내려앉았다.

나는 저런 부모와 다르다. 나는 소타를 저렇게 만들지 않겠다. 내가 소타를 지켜줄 테다.

아무리 스스로를 타일러도 불안감은 커졌다.

정말 지켜줄 수 있는가? 지금 나와 손을 맞잡은 이 작은 손의 주인을?

요코는 가슴에 응어리진 뭔가가 있었다.

전에는 남편의 가정폭력을 참고 견뎌야 했고, 지금은 어머니의 인지증을 견디고 있다.

앞으로 이런 생활이 얼마나 이어질까?

언제까지 참고 견뎌야 하나?

남편과의 인연은 이혼으로 끊었다. 하지만 어머니는?

언제였던가? 왕진 온 의사가 '몸은 건강하시니까요. 한참 장수하실 겁니다'라고 했을 때 요코는 얼굴이 굳어졌다.

장수?

가령 평균 수명까지 산다고 해도 아직 10년 이상 남았다.

이런 상태로 앞으로 계속?

어린 소타는 조금씩 자라고 있다. 올해로 여섯 살. 내년 봄이면 초등학교에 들어간다. 말도 나날이 늘고 자기 생각을 표현하는 일도 많아졌다.

하지만 어머니는 다르다. 어머니는 이제 성장하지 않는다. 앞으로 더 나빠지기나 하지 좋아질 일은 없으리라. 날이 갈수록 더욱 의사소통이 힘들어진다.

요코는 지금까지 막연히 일본이 오래 사는 나라라는 게 좋은 거라고 여겼는데 그건 큰 착각이었다는 사실을 깨달았다.

사람이 죽지 않는다니, 이렇게 절망적일 수가!

그런 생각을 하는 자신이 너무도 미웠다.

오토모 히데키
2006년 11월 4일

같은 날, 오후 8시 10분. 오토모 히데키는 사쿠마와 함께 게이오 하치오지 역 쪽에 있는 누벨 시누아* 레스토랑으로 들어갔다.

들어갈 때 휴대전화 화면에 막대가 세 개 뜨는 것을 확인했다. 지방검찰청에 근무하는 검사는 공휴일이라도 늘 연락 가능한 상태여야 한다. 오늘처럼 개인 일로 현 밖으로 나갈 때는 신고를 해야 한다. 선배 검사에 따르면 쇼와 시대에는 조금 더 여유가 있었지만 헤이세이 시대에 들어서면서부터 근무 기강 바로잡기 바람이 불어 규율이 상당히 엄격해졌다.

"오래간만이야, 히데. 이렇게 함께 식사하는 게 고등학교 때 이후로 처음이지?"

---

* 새로운 스타일의 중국요리를 가리키는 일본식 표현.

주문을 마친 뒤에 사쿠마가 먼저 입을 열었다. 음색은 예전과 같았지만 왼쪽 손목에는 고등학교 때 없었던 명품 시계가 반짝거렸다.

사쿠마는 고등학교 때 농구공을 쫓아다니던 시절부터 그야말로 매일 보던 친구지만 대학에 들어가면서부터 웬지 뜸해져 사회에 나온 뒤로는 한 번도 만난 적이 없다.

"그렇구나. 사쿠가 개호 관련 비즈니스를 하고 있어서 이번에 큰 도움이 됐어."

오토모가 말하자 사쿠마는 킥 웃었다.

"사쿠라고? 오래간만에 그렇게 부르는 걸 들으니 반갑구나. 그렇게 부르는 사람은 이제 없으니까."

"나도 이제 히데라고 부르는 사람은 없지."

오토모는 고개를 끄덕였다.

중고등학교 때 불리던 별명은 어른이 되면 소멸하기 마련이다.

우롱차가 나와 건배를 했다.

"뭐 내가 포레스트에 들어간 건 우연이야."

사쿠마는 원래 모회사인 인재 파견 회사 직원이었는데 영업 수완이 좋아 부장 대우로 포레스트에 파견 나와 근무하기 시작했다고 한다.

"그런데 난 오히려 포레스트가 마음에 들어. 고급 실버타운은 이익률이 높거든. 좋은 기회라고 생각했지."

사쿠마는 두 손을 앞으로 내밀어 패스를 받는 시늉을 했다.

그 정겨운 손동작을 보니 머릿속에 농구화 밑창이 코트를 스치며 삑삑 하는 소리와 추억이 되살아났다.

"기억이 나니? 마지막 시합 때 그 패스."

오토모가 묻자 사쿠마는 잠깐 기억을 떠올리는 표정을 띠더니 미소 지으며 대꾸했다.

"하하, 그거? 생각나지."

고등학교 3학년 가을.

마지막 시합인 선발 대회 예선은 대진 운이 좋아 도쿄 도 대회 8강까지 올라갔다. 하지만 거기서 우승 후보로 꼽히던 강적과 맞닥뜨렸다.

시합은 내내 밀리는 상황이었고 거의 막판, 30초를 남긴 시점에 스코어는 14점 차이로 벌어졌다. 열심히 싸웠지만 승패는 거의 결정적이었다. 그 패스가 들어온 것은 바로 그때였다.

상대 팀 슛이 빗나가며 공이 크게 튀어 올랐다.

센터인 사쿠마가 손을 뻗는 모습이 보였다. 놓치건 잡건 틀림없이 마지막 공격 기회였다.

오토모는 공의 행방도 확인하지 않고 달리기 시작했다. 시합 내내 뛰어다니느라 젖산이 쌓여 제대로 움직이기도 힘든 발을 죽어라 놀렸다. 뒤에서 사쿠마가 리바운드를 잡아냈다.

오토모는 상대 팀 수비보다 더 빨리 골 앞으로 달려갔다.

"여기!"

오른손을 뻗으며 소리쳤다.

사쿠마는 한 차례 바운드를 한 뒤 공을 던졌다. 농구 코트 이쪽 끄트머리에서 저쪽 끄트머리로 짙은 갈색 공이 화살처럼 날았다.

골을 향해 45도 각도, 오토모가 달려가는 앞쪽으로. 그야말로 정확하게 날아오는 기적 같은 롱패스.

오토모는 오른손으로 공을 받아 그대로 바닥에 한 번 드리블하며 한 발을 딛고 레이업슛을 시도했다.

그 직후에 휘슬이 울리고 시합은 끝났다.

"중학교 때부터 6년을 함께 뛰었지만 그 플레이가 최고였던 것 같아."

오토모는 지금도 패스를 받은 순간부터 공이 골대 안으로 빨려들어갈 때까지를 생생하게 떠올릴 수 있다. 오른손에는 슛을 쏠 때 느꼈던 공의 무게가 아직도 남아 있는 기분이 들 정도다.

"시합은 우리가 졌지."

사쿠마가 시큰둥하게 말했다. 학창 시절에도 사쿠마는 승부에 집착하는 타입이었다.

"그렇지만 멋진 패배였어. 전국 대회에서 우승할 팀 이외에는 다 이기고 끝난 셈이니까. 난 늘 선발 멤버가 아니었기 때문에 몇 번이나 농구를 그만둘까 생각했거든. 마지막 시합을 그렇게 마무리하니 계속하길 잘했다는 마음이 들더라."

오토모가 특별한 사정이 있어서 농구부에 들어간 것은 아니었다. 중학교에 입학해 동아리 소개를 보고 왠지 재미있을 것 같다는 생각이 들었기 때문이다. 특별히 키가 크지도 않았고 운동신경이 남들보다 뛰어나지도 않은 오토모는 중학교 때는 늘 후보 선수였고 고등학교 3학년이 되어서야 겨우 정규 멤버가 되었다. 한편 사쿠마는 미니농구 출신이라 중학교 때부터 내내 에이스로 활약

했다. 적극적인 성격으로 팀을 이끄는 존재였기 때문에 오토모는 같은 학년인데도 동경에 가까운 감정을 품었다.

"멋진 패배라……. 그런 이야기가 통하는 건 학창 시절뿐이야. 사회에서는 지면 바로 끝장인 경우가 많지."

승부욕 강한 왕년의 에이스가 말했다. 젊은 나이에 신흥 그룹의 부장 자리에 오른 인물다운 말투였다.

"그럴지도 모르지."

오토모도 전적으로 긍정하지는 못해도 고개를 끄덕이지 않을 수 없었다. 아무튼 오토모가 몸을 담은 검찰은 민간 기업 이상으로 패배가 허용되지 않는 세계다. 일본 형사재판의 유죄율은 99.9퍼센트. 무죄 판결은 말 그대로 '만에 하나'다. 무죄는 그 검사의 미래가 사라지는 치명적인 실패다.

요리가 나왔다. 애피타이저다. 토마토소스를 얹은 해물 춘권과 훈제 오리.

"소개한 내가 이런 거 묻기는 좀 우습지만, 어때? 괜찮겠어? 너희 아버님이 거기 들어오시면 네가 상속받을 재산이 꽤 줄어들잖아?"

유백색 오리 살을 집으며 사쿠마가 화제를 바꾸었다.

포레스트 가든 입주비는 3억 엔 가까이 된다. 입주하면 아버지가 가진 유가증권과 부동산 대부분을 처분해야 한다.

"애당초 상속은 기대하지 않았어."

오토모가 말했다.

물론 아버지가 재산을 물려주면 고마운 일이다. 하지만 만약 아버지가 자기 자신을 위해 쓰겠다면 그게 제일 우선이라고 생각했다.

"역시 검사님이라 인성이 됐군."

사쿠마가 놀리듯 말하는 바람에 쓴웃음을 지었다.

"그렇지도 않아."

"아, 그런데……."

사쿠마가 문득 생각났다는 듯이 말했다.

"부정승차를 그만두자는 이야기를 꺼낸 것도 너였지?"

"부정승차?"

오토모는 무슨 소린지 바로 알아듣지 못했다.

"합숙 훈련 때 타던 전철 말이야."

"아아."

그러고 보니 기억이 난다. 마지막 패스만큼 또렷한 기억은 아니다. 그 몇 달 전, 고등학교 3학년 여름방학 때였다.

매년 농구부는 한적한 산속에서 합숙 훈련을 했다. 현지 집합이었는데 가장 가까운 역은 역무원이 없는 무인역이었다. 고문 선생님은 승용차로 따로 가는 터라 학생들만 이동했다. 그래서 표를 끊지 않고 그냥 가는 게 농구부의 숨은 전통이었다.

하지만 오토모는 이 전통에 죄책감을 느꼈다. 그래서 자기가 최고 학년이 되었을 때 다른 부원들에게 말했다.

"아무래도 돈을 제대로 내고 타는 게 좋지 않겠어? 전철은 철도회사가 비용을 들여 운행하는 거야. 사회에 나가지도 않고 부모님 돈으로 생활하는 우리가 열심히 일하는 사람들을 짓밟는 거나 마찬가지인 '전통'은 받아들일 수 없어. 나는 내가 받은 서비스에 합당한 대가를 지불하겠어."

농구부 분위기를 망칠지도 모른다는 걱정은 들었지만 그보다 죄책감이 더 컸다.

다행히 다른 부원들도 오토모의 의견에 동조해 농구부의 나쁜 전통은 끝을 맺었다. 그때 사쿠마도 '히데 말이 맞아'라고 동의했던 걸 어렴풋이 기억한다.

"그 무렵부터 넌 바른 생활 사나이였지."

사쿠마가 슬쩍 웃었다.

"역시 크리스천 가정이라 다른 건가?"

일본에서는 크리스천이라고 하면 품행이 올바르면서도 융통성 부족한 사람이라는 이미지가 있다. 아마 일본 사회에서 압도적인 소수이기 때문이리라. 하지만 크리스천이라고 해도 어긋나는 사람이 있고, 서양 기독교권이라고 해서 치안이 특별히 좋지도 않다.

"글쎄. 우리 아버지도 그리 경건한 신도는 아니고 난 신앙과 생활이 일치하지 않는 사이비 크리스천이야."

오토모의 꾸밈없는 진심이었다.

자기가 융통성이 부족한 사람으로 보인다는 건 스스로도 알지만 경건한 신도라는 자신감은 없다.

크리스천 가정에서 태어나 어려서 세례를 받았다. 중학교 입학 선물로 아버지가 성경을 주었고 지금도 답이 없는 문제에 직면했을 때 성경을 펼칠 때가 있다. 성경에 적혀 있는 말씀 몇 가지에

감명을 받기도 했다. 하지만 그뿐이었다.

성경을 격언집처럼 읽는 일은 있어도 거기에 나오는 이야기들은 대부분 창작이라고 생각했다. 창조론보다 진화론이 옳다고 생각하며 예수님이 십자가에 못 박혀 돌아가신 뒤에 부활했다는 이야기는 받아들이지 않는다. 성경에 적혀 있는 내용은 설화다. 예배하러 교회를 자주 가지도 않고 일상생활에서 하느님을 느끼는 일도 없고 기도를 하지도 않는다.

오토모의 생활 태도는 무신론자에 가깝다. 소속한 교파는 프로테스탄트 안에서도 리버럴리즘, 즉 자유주의 신학 쪽 입장을 취하기 때문에 일단 오토모 같은 태도도 허용된다. 하지만 지식을 넘어선 신앙이라고 부를 만한 것이 자기 안에 있는지는 매우 의심스럽다.

"어쨌든 너희 아버님은 행복한 분이지. 전화로도 이야기했지만 늘 돌봐줄 사람이 필요하다면 유료 실버타운에 들어가는 게 최고야. 돈이 있으면 가능한 한 서비스가 좋은 고급을 선택하는 게 낫고."

사쿠마는 붉은 피 같은 토마토소스에 적신 춘권을 한 입 베어 물고 말을 이었다.

"싸게 들어갈 수 있는 특별 요양원이란 곳도 있는데 지금은 어디나 만원이라 수백 명씩 대기하는 상태야. 게다가 시설이나 직원, 서비스도 가격에 따라 천차만별이지. 어떤 곳은 수용소 같은 환경이라 개호는커녕 학대에 가까운 짓을 저지르는 곳도 있어."

"그래……?"

오토모가 직접 담당하지는 않았지만 특별 요양원의 학대 사건은 지바 현에서도 일어난다.

"환자나 노인을 집에서 돌보는 재택 개호는 케이스 바이 케이스인데 아주 좋지 않은 상태라면 정말 비참해. 특히 돌볼 사람이 적어 꼼짝하기 힘든 핵가족일수록 심각하지.

예전에 '가족이 노약자를 돌보는 일본의 미풍양속이 사라진다'고 해서 개호보험에 반대한 정치가가 있었는데 말도 안 되는 소리거든. 가족 개호야말로 일본에 내린 저주야. 나는 자택에서 가족을 간병하거나 수발을 들다가 노이로제에 걸린 며느리와 딸을 아주 많이 알아. 네 앞에서 이런 이야기 하기 뭐하지만 살인이나 동반자살로 발전하는 케이스도 드물지 않지."

"그렇지만 그런 사람들을 위해 개호보험이 생긴 거잖아?"

오토모가 물었다. 6년 전인 2000년에 일본은 개호보험제도가 실시되었다.

사쿠마는 코웃음을 쳤다.

"안타깝게도 개호보험은 사람을 살리기 위한 보험이 아니야. 개호보험으로 사람은 두 종류로 나뉘었지. 살 사람과 살지 못할 사람."

사쿠마는 남은 춘권을 입에 넣고 씹으며 말을 이었다.

"국가가 개호보험제도를 시행한 진짜 목적은 그늘에서 이루어지고 있던 '개호'라는 비즈니스를 무대로 끌어내는 거였어. 지금 일본 총인구 대비 65세 이상 노령 인구가 몇 퍼센트나 되는지 아나?"

"아니."

오토모는 고개를 저었다. 고령화 사회라고 하니 많을 거라는 생각은 하지만 구체적인 숫자는 몰랐다.

"대략 20퍼센트야. 다섯 명 가운데 한 명, 전체 2천 600만 명이지."

사쿠마가 말했다. 새삼 듣고 보니 엄청난 숫자다.

"지금 일본 사회는 인류가 경험한 적이 없는 고령화에 직면해 있어. 요 10년 동안 경제가 침체해 세수가 늘지 않는 가운데 사회보장비는 20조 엔 이상 늘어났지. 그 대부분이 노인복지, 사회의 고령화에 따른 비용이야. 하지만 이건 시작에 불과해. 그리 머지않은 미래에 베이비붐 세대라고 불리는 엄청난 인구의 집단이 노인이 될 테니까.

그냥 놔두면 가까운 장래에 이 나라의 복지는 노인들 때문에 무너져 기능하지 못하게 될 거야. 건강보험제도는 파탄이 나고 병원은 몸져누운 노인을 수용하기 위한 시설로 변하겠지. 갑자기 병에 걸려 쓰러져도 어느 병원이나 노인들로 가득해 의사를 구경도 못 하는 일이 일어날지도 모르지. 아니, 실제로 병원 수가 적은 지방에서는 이미 일어나는 현상이야.

그런 상황에 대비해 후생노동성은 '고령자개호대책본부'를 세우고 개호보험제도를 구상한 거야.

그때까지 뒤섞였던, 의학적 치료를 주로 하는 '의료'와 생활을 돕는 일을 주로 하는 '개호'를 분리해 사회보장이라는 대의명분을 얻어 국민들로부터 개호보험료를 징수하자. 이렇게 모은 돈을 밑

천으로 개호를 시장원리에 따라 자립시킨다. 공무원들은 그런 그림을 그렸어. 그래서 갑작스럽게 도우미 같은 자격이 정비되고 우리 같은 영리기업의 진입이 촉진되었지. 노인복지를 비즈니스로 삼아 민간에게 아웃소싱 하는 것. 그게 개호보험의 역할이야."

문외한인 오토모로서는 사쿠마가 이야기하는 내용의 진위를 판단할 수 없다. 하지만 현실감은 느껴졌다.

복지의 아웃소싱과 그를 위한 재원으로서의 개호보험. 거기에는 당연히 이권과 권한이 생긴다. 사회제도를 개혁하면서 후생노동성의 이익도 확대할 수 있다. 잘잘못을 따지기 전에 그야말로 공무원이나 생각해낼 만한 아이디어다. 같은 공무원 입장에서도 그런 생각이 든다.

"개호보험을 통해 개호는 비즈니스, 자본의 논리에 따라 움직이기 시작했어. 그건 말하자면 살기 위해서는 돈이 필요해졌다는 이야기야.

개호보험을 이용하면 비용의 10퍼센트만 부담하고 개호 서비스를 누릴 수 있는 것으로 알고 있지. 그런데 실제로는 건강보험처럼 계속 사용할 수 있는 게 아니야. 한계가 정해져 있어서 본인이 필요한 서비스를 다 받을 수 있다고는 할 수 없어.

결국 제대로 된 개호를 받기 위해서는 개호보험의 범위 밖에 있는 서비스를 이용해야 하지. 그런 서비스는 이용자가 실비를 모두 부담해야 해. 실제로 유료 실버타운 대부분은 실비 부담 서비스를 하지. 그래야 섬세하고 질 좋은 개호 서비스가 가능하니까. 제도에 좌우되지 않기 때문에 경영도 안정적이야.

포레스트 가든처럼 억 단위 금액을 받는 곳은 언급하지 않더라도 청결하고 나름대로 서비스를 해주는 요양원 같은 곳에 들어가려면 최소 2천만 엔에서 3천만 엔 정도는 필요해.

그런 큰돈을 지불할 수 있는 부유층만 안전지대에 들어갈 수 있지. 너희 아버님처럼 말이야."

안전지대라는 단어는 왠지 비아냥거리는 느낌도 들어 기분이 좋지는 않았다. 하지만 오토모는 말없이 고개를 끄덕이며 오리고기에 젓가락을 댔다. 삼킬 때 귀 안쪽이 약간 아팠다.

"요즘 격차라는 말을 자주 듣지만 이 세상에서 가장 끔찍한 격차는 노인 격차야. 특히 보살핌이 필요한 상태에 있는 노인의 격차는 냉혹하지. 안전지대인 고급 실버타운에서 극진한 서비스를 받으며 생활하는 노인이 있는 한편 너무 무거운 개호 부담을 가족에게 주는 노인도 있어.

뭐 개호보험이 실시되었어도 '가족 개호라고 하는 일본의 미풍양속'은 남아 있으니까. 아직 많은 가정에서 개호 때문에 노이로제나 울증에 걸리는 사람들이 계속 생겨나―."

사쿠마는 개호 업계의 웃을 수 없는 실정을 유쾌한 이야기라도 하듯 가벼운 분위기로 계속 설명했다.

오토모의 귀 안쪽에서 통증과 함께 작은 귀울림 증상이 시작되었다. 식사를 하는 내내 사쿠마의 이야기와 공명하듯 통증을 동반한 귀울림이 이어졌다.

귀갓길에 교통정보가 하치오지 나들목에서 심한 정체가 발생했다는 소식을 전해 아래로 가기로 했다. 마침 단풍이 절정을 이루어 노란색으로 물든 은행이 늘어선 고슈 가도를 동쪽으로 달렸다.

오토모는 핸들을 쥔 채 사쿠마한테 들은 이야기를 곱씹었다. 그러다 보니 별생각 없이 사용하는 '개호 비즈니스'라는 말이 지닌 좋지 않은 느낌을 깨달았다. '개호'와 '비즈니스'. 서로 어울릴 수 없는 것을 합친 키메라 같은 그로테스크함. 하지만 극단적인 고령화를 맞이한 이 나라에는 그 키메라를 만들어야만 할 사정이 있을지도 모른다.

귀에는 식사 중에 느꼈던 통증이 남아 있었다.

이건 초등학교 무렵에 중이염을 앓은 뒤로 오토모가 떠안게 된 일종의 체질이다. 중이염은 이미 완치되었는데도 가끔씩 귀 안쪽이 욱신욱신 쑤신다. 그리고 통증과 귀울림이 함께 찾아온다.

강약의 차이는 있지만 대개 무시하자면 무시할 수 있을 정도라 이렇다 할 불편은 없다. 다만 자기 내면을 객관적으로 파악하는 바로미터이기는 했다. 아마도 이 통증이 찾아오는 것은 스트레스를 느낄 때인 듯하다. 예를 들어 농구부 시절, 여름 합숙 때 부정승차를 하면 귀가 뜨끔뜨끔 아팠다.

귀에 통증이 왔다는 것은 역시 사쿠마가 하는 개호 업계 이야기를 그리 유쾌하지 않은 기분으로 들었다는 뜻이다.

도심에서 6번 국도를 타고 집이 있는 마쓰도 시내로 향하던 중에 포레스트의 로고가 그려진 화물 겸용 승합차와 스쳐 지났다. 오후 10시가 넘은 시각이었다. 야간 순회 개호 서비스 중일까?

포레스트는 365일, 24시간 언제든 출동하는 방문 개호 서비스를 상품으로 내세우며 텔레비전 CM도 아주 많이 했다. 사쿠마에 따르면 작년 포레스트는 개호 업계 점유율 1위로 뛰어올랐다고 한다.

"격차가 있다는 이야기는 돈이 있다는 소리지. 일본에서 가장 격차가 벌어지는 건 노인, 그리고 돈을 가장 많이 가진 사람들도 노인이야.

일본의 개인 금융자산 총액은 1천 400조 엔. 그 가운데 40퍼센트 이상을 65세가 넘은 노령 세대가 가지고 있어. 국내에 이렇게 많은 돈이 있는데 경기가 시들하기만 한 까닭은 돈이 잘 돌지 않기 때문이야. 노인들은 돈을 잘 쓰지 않잖아? 그러니까 우리 같은 기업은 그런 죽은 돈을 끌어내 시장으로 순환시키는 역할도 하는 셈이지."

메인 디시는 XO장*으로 맛을 낸 스페어립이었다. 사쿠마는 젓가락질하며 밝은 목소리로 말했다. 화제는 포레스트의 개호 사업이 지금 얼마나 호조를 보이는가 하는 내용으로 넘어갔다.

"우리가 목표로 삼은 것은 노인에게 집중된 부를 우리가 몽땅 가져온다는 거야. 시장을 독점하겠다는 거지. 개호는 확실하게 성장이 예상되는 산업이거든. 많은 투자자들이 주목하고 있어. 실제로 우리가 사업을 확대하면 주가가 쑥쑥 오르더라고. 오른 주가 총액으로 동종 업체를 사들여 다시 사업을 확대하는 거지. 그러면

---

* 1980년대에 홍콩에서 만들어진 된장 비슷한 조미료.

또 주가가 오르고. 그걸 반복해서 나중에는 시장을 독점하는 거야. 그러면 거기서 얻어지는 이익은 엄청나겠지."

사쿠마의 입에서 XO장 냄새와 함께 흘러나온 말은 마치 곧 천년왕국이 올 것이라고 확신하는 원리주의자와 같았다.

승부욕이 강한 사쿠마다운 모습이라는 생각도 들었지만 왠지 위악적인 느낌도 들었다.

학창 시절에는 믿음직해 보였던 사쿠마가 지금은 약간 위태롭게 느껴졌다.

시장독점. 엄청난 이익.

이런 것들이 개호를 비롯한 복지 문제를 떠맡은 기업의 목적이 될 수 있는 걸까?

조금 전에 스쳐 지나간 화물 겸용 승합차에 탄 현장 도우미들은 회사가 이렇게 생각하는지 알고 있을까?

답답한 생각을 하다 보니 집이 보였다. 낡은 단독주택 관사는 주방 창문에서만 따스한 불빛이 흘러나왔다. 분명히 딸을 재운 아내 레이코가 책을 읽으며 오토모를 기다리고 있으리라.

차에서 내려 문득 하늘을 보니 나란히 선 세 개의 별이 유난히 밝게 보였다. 그 세 개의 별을 둘러싼 네 개의 별이 사각형을 이루었다.

오리온자리.

아마 가장 유명한 겨울 별자리일 것이다.

바다의 신 포세이돈의 아들 오리온은 사냥이 특기인 거인이었다. 영웅이라고 불리는 한편 성격이 거칠어 감당하기 힘든 난폭자였다고 한다. 오리온자리 옆에는 그가 데리고 다니는 사냥개 시리우스와 같은 이름을 지닌 일등성을 포함한 큰개자리가 있고, 발치에는 사냥감인 토끼자리가 있다.

오리온의 오른쪽 어깨 쪽에 있는 붉은 별은 베텔게우스. 겨울의 대삼각형 가운데 한 꼭짓점을 이루는 일등성이지만 불안정한 적색 초거성이라 그리 머지않은 장래에 초신성 폭발을 일으키고 소멸할 것으로 예측된다.

거만한 거인은 구름 한 점 없는 칠흑 같은 스크린에 공허한 빛을 뿌리고 있었다.

〈그〉

2006년 11월 4일

같은 날, 오후 10시 26분. 〈그〉는 X현 야가 시 주택가에 있는 코인 파킹에 흰색 세단을 세웠다.

엔진을 끄더니 상의 주머니에서 휴대용 라디오 비슷한 회색 기계를 꺼냈다. 길게 기른 백발을 손가락으로 쓸어 올려 이어폰을 귀에 꽂았다.

잠시 귀를 기울였지만 거의 아무 소리도 들리지 않았다. 그러자 이어폰을 빼고 기계를 주머니에 쑤셔 넣었다.

이어서 대시보드를 열었다. 얼핏 보기에 아무것도 없지만 간단한 이중 바닥으로 되어 있어 그걸 옮기면 어깨에 걸치는 검정 파우치가 보인다.

〈그〉는 파우치를 들고 차에서 내렸다.

하늘에는 구름이 없어 별이 잘 보였다. 별자리에 대해서는 거의 아는 게 없는 〈그〉지만 오리온자리만은 쉽게 찾을 수 있었다.

〈그〉는 코인 파킹 바로 뒤에 있는 주택으로 갔다.

낡은 함석지붕에 시멘트를 바른 단독주택은 문패에 '하네다'라고 적혀 있었다.

〈그〉는 안다.

이 집 주인은 하네다 시즈에, 76세. 〈그〉가 이제 '처치'하려는 대상이다. 딸과 손자가 함께 살지만 지금 딸은 손자를 데리고 일하러 나갔다. 혹시나 싶어 소리를 확인했지만 집 안에는 역시 시즈에 혼자 있는 듯했다.

〈그〉는 이 집에 사는 사람처럼 아주 자연스럽게 마당으로 들어가 뒤로 돌아 부엌으로 이어지는 작은 문을 열고 안으로 들어섰다.

이 부근에 사는 사람들 대부분이 그렇듯이 이 집도 밤에 작은 문을 잠그지 않는 습관이 있다는 사실을 잘 안다.

안으로 들어간 〈그〉는 부엌을 지나 시즈에가 있을 침실로 향했다. 천천히 침실 미닫이를 열었다. 잠이 들었을 줄 알았는데 침대에 누운 시즈에는 눈을 뜨고 있었다. 인지증 때문에 밤낮을 구별하지 못하는 일은 드물지 않다.

자세히 보니 시즈에는 벨트로 침대에 묶여 있었다. 〈그〉의 파우치에는 손발을 묶기 위한 수건도 있지만 오늘은 그걸 사용할 필요는 없겠다.

시즈에가 멍하니 〈그〉를 쳐다보았다.

"여보?"

시즈에가 〈그〉에게 말했다.

세상을 떠난 남편과 닮았나? 어쩌면 〈그〉와 마찬가지로 완전히 백발이었을지도 모른다.

"아니에요. 그분은 벌써 돌아가셨죠."

〈그〉가 천천히 말했다.

잠시 멍한 표정을 짓던 시즈에의 안색이 바뀌었다.

남편이 벌써 죽었다는 사실을 기억해내고 자기 앞에 서 있는 이 남자가 누군지 혼란스러운 걸까?

"누구죠?"

시즈에가 겁먹은 목소리로 물었다.

시즈에는 〈그〉를 몇 차례 본 적이 있지만 알아보지 못하는 모양이다. 종종 딸과 손자도 몰라보는 상태이니 어쩔 수 없는 일이리라.

〈그〉는 자기소개 같은 것은 생략하고 시즈에 쪽으로 다가갔다.

"아니, 당신은 누구죠?"

〈그〉는 시즈에 옆에 무릎을 꿇고 그녀의 손발을 묶은 벨트를 손가락으로 쓰다듬었다.

"이런 상태라면 번거로운 일이 줄어 고맙군요. 곧 끝날 겁니다."

〈그〉는 파우치에서 작고 긴 주사기를 꺼내 시즈에의 왼쪽 팔꿈치 안쪽에 댔다. 실린더에는 짙은 갈색 액체가 가득 들어 있다.

주사기는 주름과 주름 사이를 파고들어 팔을 찔렀다.

"어, 어, 어?"

당황한 시즈에는 아랑곳하지 않고 〈그〉는 피스톤을 밀어 넣었다. 그 손가락은 기계처럼 정확하게 움직였다.

주입.

그 저주와도 같은 액체가 시즈에의 몸 안으로 들어갔다.

어찌 된 영문인지 몰라 어리둥절해하던 시즈에의 몸이 조금 뒤 심한 경련을 일으켰다.

"아, 헉, 악!"

입을 쩍 벌리고 묶인 손발을 부들부들 떨었다. 시즈에의 반응은 지켜보기 괴로울 만큼 오래 지속되지는 않고 실이 끊어지듯 중력에 이끌려 침대에 축 늘어졌다.

"……아."

마지막으로 작은 신음을 한 차례 흘리고 시즈에는 숨을 거두었다.

방에는 〈그〉의 희미한 숨소리만 남았다.

〈그〉는 시즈에의 입가에 흘러나온 침을 닦고 뜬 눈을 감겨주었다. 주사를 놓은 팔꿈치 안쪽에 탈지면을 대고 꾹 눌러 지혈했다.

〈그〉는 침착하고 동작은 차분했다. 머뭇거리는 기색도 없다. 역시 기계적이다.

주사 자국은 주름과 검버섯에 가려져 거의 보이지 않았다.

이번 '처치'도 문제없이 완료했다.

내려다보니 시즈에는 마치 편안히 숨을 거둔 사람 같았다.

〈그〉는 침실 구석 쪽으로 가서 장롱 뒤에 있는 콘센트를 찾아 거기 꽂혀 있던 탭을 뽑았다.

전원 케이블은 연결되지 않은 채 그냥 콘센트에 꽂혀 있었다.

시즈에는 물론이고 딸인 요코도 언제부터 이런 게 있었는지 모를
테고 오늘 없어졌다는 사실도 눈치채지 못하리라.

　얼핏 보기에 흔한 물건 같은 이 소형 탭은 콘센트를 통해 전원
이 공급되면 직경 200미터 범위에 도청 전파를 보내주는 도청기
다.

　이제 이건 여기 있을 이유가 없다.

　〈그〉는 도청기를 파우치에 넣고 침실을 빠져나갔다.

하네다 요코

2006년 11월 5일

날짜가 바뀐 오전 1시 7분. 하네다 요코는 잠든 아들을 업고 집 앞에 멈춘 택시에서 내렸다.

주말에만 출근하는 스낵바가 문을 닫는 시간은 오전 0시 30분. 서둘러도 집에 도착하면 이 시간이 된다.

소타가 잠이 들어 늘 택시를 이용한다. 걸어 다닐 수도 있는 거리라서 기본요금이면 되지만 빠듯한 살림살이를 생각하면 택시비도 좀 아깝다는 느낌이 든다. 그렇지만 쿨쿨 잠자는 내 자식을 억지로 깨워 걷게 하고 싶지는 않고 그렇다고 해서 업고 걷기에는 소타가 이제 너무 무겁다. 요즘은 집 앞에서 방까지 업어 옮기기도 버거워졌다.

이럴 때마다 불쑥 남자가 있으면, 하는 생각이 든다.

재혼할 마음이 없지는 않다.

소타 때문만은 아니다. 마흔이 넘은 나이라고는 해도 요코는 여자다. 쓸쓸함을 주체하지 못하는 날도 있다. 외모도 남들보다 못하지 않다는 자부심도 있다. 스낵바에 드나드는 단골 가운데는 가능성이 있는 남자도 있다.

하지만 아들이 딸려 있는 데다가 어머니까지 있으니 무리다.

부질없는 생각을 하며 소타를 이부자리에 눕힌 다음 안쪽에 있는 침실 미닫이를 열고 안을 살폈다.

어머니는 침대에 누워 눈을 감고 있었다.

어머니에게는 이미 밤낮 구분이 없어 한밤중에도 깨어 있을 때가 많은데 오늘은 잠이 푹 든 모양이다.

익숙한 악취가 살짝 풍겼다. 잠이 든 채로 그만 흘렸으리라. 하지만 깨우면 번거로워지고 기저귀를 하고 있으니 내일 아침에 갈아도 괜찮을 것이다. 오늘 밤은 그냥 자자.

요코는 침실 미닫이를 닫고 화장만 지운 다음 소타가 자는 이불 속으로 들어갔다.

그 사실을 알게 된 것은 날이 밝은 뒤였다.

오전 7시가 조금 지나 먼저 일어난 소타가 텔레비전을 켜는 바람에 잠에서 깼다. 어린이 프로그램의 경쾌하면서도 시끄러운 멜로디.

졸린 눈을 비비며 세수를 하고 주먹밥과 달걀부침을 얼른 만들어 소타에게 주었다. 그리고 어머니가 있는 침실을 들여다보았다.

어머니는 어젯밤과 똑같은 자세로 누워 있었다. 인지증이라 편한 잠을 잘 이루지 못하는데 이렇게 오래 자는 건 드문 일이다. 하지만 그게 이상하다는 생각보다 다행이라는 생각이 먼저 들었다.

자는 사이에 벨트를 풀어 기저귀를 갈기로 했다. 요코는 어머니에게 다가가 먼저 발목에 채워둔 벨트를 풀고 다음에는 손목 쪽 벨트를 풀었다. 그때 손목을 만진 요코는 깜짝 놀랐다.

몸이 차다.

정확하게 말하면 차갑다고 할 만큼 낮은 온도는 아니지만 사람의 온기가 빠져나가 실내 온도에 가까운 정도로도 그 위화감은 강렬했다.

그제야 어머니의 안색이 여느 때보다 창백하고 숨소리도 나지 않는다는 사실을 깨달았다.

숨이 턱 막혔다.

혹시.

어머니의 왼쪽 가슴에 떨리는 손을 얹었다.

죽었어?

온몸에서 땀이 솟아나는 느낌이 들었다. 허둥지둥 거실로 가 서둘러 119에 전화했다. 당연히 자연사라고 생각한 요코는 경찰이 아닌 구급대를 불렀다.

그 뒤로는 비디오테이프 빨리감기라도 한 듯 시간이 정신없이 지나갔다.

우선 신고를 받은 구급대가 달려와 침실에서 심전도를 체크해 사망을 확인했다.

"안타깝게도 어머님은 숨을 거두셨습니다. 이렇게 댁에서 갑자기 돌아가신 경우에는 이대로 두고 경찰에 연락을 해야 합니다."

그러면서 구급대원은 경찰에 연락했다.

이윽고 근처 파출소 순사* 한 명이 도착했고 뒤이어 양복을 입은 형사 두 명이 왔다. 경찰은 시신과 침실을 살펴보고 사진을 찍었다.

무슨 일이 일어난 건지 알지도 못하는 소타가 제복을 입은 순사를 보고 신기하게 여겨 괜히 집적거리는 통에 요코는 난처했다.

붙임성 있어 보이는 둥근 얼굴을 지닌 중년 형사가 요코에게 부드럽게 물었다.

"어젯밤 어머님은 어떠셨습니까?"

"요 이삼일 사이에 이상하다 싶은 일은 없었나요?"

"마지막으로 이야기를 나누었을 때는 느낌이 어떠셨나요?"

"방이나 집 안에서 없어진 물건이 있나요? 가구나 물건 위치가 바뀌지는 않았고요?"

"어제부터 오늘 아침 사이에 무얼 하셨나요?"

요코는 소타에게 방해받으면서도 이런 질문들에 더듬더듬 대답했다.

"예. 알겠습니다. 수고하셨습니다. 여러 가지를 물어봐서 미안하군요. 시신을 살펴보았더니 어제 돌아가셨습니다. 가게에서 일하시던 때인 것 같군요. 특별히 이상한 점은 없으니 연세로 보아역시 자연사가 아닐까 생각합니다."

---

* 우리나라의 순경에 해당하는 경찰 계급.

형사가 결론을 내렸다.

그러면 집에 돌아온 뒤에 방을 들여다보았을 때 자는 줄 알았던 그 모습이 이미 숨을 거둔 상태였다는 건가?

"이제 의사 선생님을 이리 불러 사인을 확인하겠습니다. 이 과정을 거치지 않으면 사망진단서가 나오지 않아 화장도 할 수 없으니까요. 아 참, 만약 괜찮으시다면 내친김에 장의사도 함께 불러드리겠습니다. 사실은 경찰에 출입하는 업자가 있는데 꽤 저렴하게 일을 맡아 처리해주죠. 어떻게 하실래요?"

요코는 경찰이 장의업자까지 불러준다는 사실에 살짝 놀라면서 고개를 끄덕였다.

형사는 휴대전화로 경찰의와 장의사에게 바로 연락했다.

잠시 후 시내 장의 업체 담당자와 근처에서 개인 병원을 경영하는 나이 든 의사가 도착했다. 의사와 경찰관들은 요코와 장의 업체 직원을 침실 밖에서 대기하도록 하고 시신의 사인과 사망 추정 시각을 확정하는 사체 검안을 시작했다. 그사이에 장의 업체 직원이 요코에게 앞으로 치르게 될 장례 순서와 준비 내용을 설명했다.

검안은 30분 정도 걸렸다. 나이 든 의사가 판단한 사인을 요코에게 설명했다.

"상심이 크겠습니다. 모친은 아무래도 심부전으로 돌아가신 것 같군요. 시각은 어젯밤 11시 전후입니다."

"따님은 일하러 나가서 집에는 아무도 없었죠."

옆에서 중년 형사가 덧붙이듯 말했다.

"갑자기 돌아가셨기 때문에 거의 고통 없이 숨을 거두셨을 겁니다. 사망진단서는 내일 아침까지 써둘 테니 언제든 편한 시간에 가지러 오세요. 철로 건널목만 건너면 바로예요."

의사는 요코에게 지도가 찍혀 있는 명함을 건넸다.

검안이 끝나고 경찰과 의사가 돌아간 뒤 장의 업체 직원만 조금 더 머물며 장례 절차에 대해 의논을 이어갔다.

장의 업체는 싱글마더에 친척도 없는 요코에게 집에서 하는 가장 싼 장례 절차를 제안했고, 부조금으로 비용을 댈 수 없으면 분할 납부도 가능하다고 했다.

의논을 마치고 장의 업체 직원이 돌아갔을 때는 벌써 점심때가 지나 있었다.

슈퍼마켓에서 파트타임으로 일을 해야 했지만 전화로 사정을 이야기하고 일을 쉬기로 했다.

편의점에서 도시락을 사 와 소타와 먹은 뒤 DVD를 틀어주고 요코는 혼자 목욕을 했다.

눈 깜빡할 사이 같았다.

아침에 어머니가 죽은 걸 깨닫고 난 뒤 눈 깜빡할 사이에 정리되었다. 요코는 그저 질문에 대답하거나 고개를 끄덕이거나 했을 뿐인데 어머니의 죽음은 놀라울 정도로 원활하게, 일사천리로 처리되었다.

한 사람에게 딱 한 번뿐인 '죽음'이라는 특별한 이벤트도 많은 사람이 사는 도시에서는 흔해빠진 일상이었다. 요코가 파트타임으로 일하는 슈퍼마켓에서 반찬을 무게 달아 팔듯이 정해진 순서에 따라 효율적으로 처리되었다.

따뜻한 목욕물은 천천히 요코의 몸을 데워주었다.

긴장이 풀어지고 굳었던 근육이 풀리는 느낌이 들었다. 손가락 끝까지 따스한 피가 돌았다.

편안하다―.

욕조 안에서 이런 기분이 들기는 정말 오래간만이었다.

어머니가 죽었다. 지옥이 끝났다.

반쯤 무의식 상태에서 얼굴 근육이 풀리며 저절로 미소가 떠올랐다.

아아, 이제 더는 엄마 뒤치다꺼리를 하지 않아도 되네. 이제 엄마 밑을 닦아주지 않아도 되는 거네. 이제 더는―.

―이제 다시는 씻어드릴 수 없는 거네.

불쑥 치밀어 오른 감정 때문에 가슴이 메었다.

작지만 숨길 수 없는 얼룩 같은 상실감.

어머니를 모시기가 힘들었다. 정말 괴로웠다. 지긋지긋했다. 지옥이었다. 진정으로 이런 상황이 빨리 끝나기를 바랐다. 오늘이 오기를 기다리고 또 기다렸다. 그런데.

"엄마……."

어려서부터 수도 없이 불렀을 것이다. 그렇게 부를 사람을 이제 잃었다.

눈가에 맺힌 눈물 한 방울이 뺨을 타고 내려와 목욕물 속으로 사라졌다.

시바 무네노리
2006년 11월 9일

나흘 뒤, 오후 4시 49분. 시바 무네노리가 운전하는 화물 겸용 승합차는 X현 야가 시를 동서로 가로지르는 지방도를 달렸다.

"아 참, 하네다 씨네 할머니 오늘 문상해야 하지 않아? 갑자기 돌아가셨어도 딸은 이제 한숨 돌리겠네."

조수석에 앉은 이노구치 마리코가 함부로 꺼내기 민망한 소리를 했다.

"그렇게 말씀하시면 어떡해요!"

뒷좌석에 앉은 구보타 유키가 화난 목소리로 말했다.

"아, 그래. 잘못했어."

마리코는 대수롭지 않다는 투로 대꾸했다. 유키는 발끈한 표정을 지으며 입을 꾹 다물었다.

두 사람은 역시 궁합이 맞지 않는다.

핸들을 쥔 시바는 살짝 한숨을 내쉬었다.

남녀 세 사람을 태운 이 차는 뒷좌석과 널찍한 짐칸이 통해 있어 거기에는 보일러나 펌프 같은 장비와 함께 운반할 수 있도록 손잡이가 달린 이동식 욕조가 떡하니 자리를 잡았다.

방문 목욕 서비스는 이렇게 세 명이 한 조가 되어 이용 고객의 집을 찾아가는 게 일반적이다.

운전석에 앉은 시바는 오퍼레이터. 차 운전과 욕조 설치 및 장비 관리를 맡는다. 나이는 서른한 살이고 세 사람 가운데 유일한 포레스트 정직원이다.

시바 옆에 앉은 마리코는 간호사. 목욕 전후에 이용자의 바이털을 체크하여 사고가 일어나지 않도록 대비하는 역할을 맡는다. 40대 주부로 일주일에 3회 시간제로 일한다.

비스듬히 뒤쪽에 앉아 뿌루퉁한 표정을 짓고 있는 유키는 도우미. 목욕 작업을 맡는다. 올봄에 단기대학을 졸업했다. 유키도 파트타임으로 일하지만 그 수입으로 생계를 꾸리는 프리터였다. 거의 풀타임으로 주 5일 근무한다.

이 나라 대부분의 도시가 그러하듯 이곳 야가 시는 매년 전체 인구에서 노인이 차지하는 비율이 높아져 개호 서비스에 대한 수요가 매우 높다. 오늘도 아침부터 여러 집을 방문한 뒤 사무실인 '포레스트 야가 케어센터'로 돌아가는 중이다.

11월 들어 이 시간이면 꽤 어두워졌다. 헤드라이트가 비추는 앞쪽에는 앞서가는 차도 마주 오는 차도 보이지 않는다. 이 길은 늘 한산했다. 아마 공사를 하기 위해 깐 도로일 것이다. 교통량에 어울리지 않게 넓은 4차선 도로를 계속 달렸다.

"그래도 하네다 씨네 정말 힘들지 않았어?"

화제가 된 집은 일주일에 두 차례꼴로 방문 목욕을 이용하는 고객으로 이름은 하네다 시즈에라고 했다. 그저께 심부전으로 세상을 떠났다는 연락이 사무실에 들어왔다.

마리코는 가벼운 말투로 말을 이었다.

"그 집 딸이 친정으로 돌아온 싱글마더라서 그냥 살아도 힘겨울 텐데 할머니가 몸져눕고 치매까지 걸렸잖아. 일찍 세상을 떠나 다행 아니야? 그 집 딸 꽤 예쁘게 생겼으니 할머니만 없으면 재혼할 수 있을지도 모르지."

분명히 시즈에는 인지증이 진행되어 어떤 때는 목욕을 시키기도 무척 힘이 들었다. 어머니를 모시는 딸은 볼 때마다 야위어가는 듯했다.

시바 자신도 치매에 걸린 노인을 혼자 돌보는 게 얼마나 힘이 드는지 잘 안다. 몇 해 전 나이 차이가 많이 나는 아버지를 돌보기 시작해 결국 눈감으실 때까지 보살폈다. 이 업계에 들어온 것도 그런 경험이 있었기 때문이다.

"잠깐만요. 아니, 왜 그런 식으로 말씀하시는 거예요? 사람이 죽었단 말이에요!"

유키가 참을 수 없다는 듯이 다시 언성을 높였다.

"그런데 말이야, 내가 병원 시절부터 계산하면 그럭저럭 20년 가까이 간호 현장에서 일을 했는데 돌보기 까다로운 상태이면서도 아주 오래 살 것 같던 노인이 어느 날 불쑥 세상을 뜨는 일이 꽤 있었어."

끔찍한 상상이 빤히 들여다보이는 마리코의 말에 유키는 얼굴이 창백해졌다.

"설마 가족이 죽었다는 이야기는 아니겠죠?"

"설마 그럴 리야. 하지만 그럴 가능성도 제로는 아니지 않겠니?"

"그럴 리가 없어요! 시바 씨, 경찰도 조사를 하죠?"

"아, 응. 그렇지."

갑작스레 질문을 받은 시바는 목을 움츠리며 대답했다.

"집에서 의사가 없을 때 죽으면 경찰이 검시라는 걸 해서 사건일 가능성이 있나 없나 조사하는 게 원칙이지."

시바의 아버지가 돌아가셨을 때도 그랬고, 근무하다 보면 고객이 집에서 죽는 일도 꽤 있다. 드물기는 하지만 경찰이 생전에 어땠는지 상태를 묻는 경우도 있었다. 다만 지금까지 고객이 세상을 떠난 뒤 사건 가능성이 있다고 해서 수사에 착수한 일은 시바가 알기에 한 번도 없었다.

"그것 보세요, 이노구치 씨. 텔레비전 서스펜스 드라마를 너무 많이 보신 거 아니에요?"

유키가 반쯤 따지듯 말했다. 하지만 마리코는 주눅 들지 않고 웃어넘겼다.

"호호호호. 맞아. 난 서스펜스 드라마를 너무 좋아해. 그렇지만 이런 상상도 재미있지 않아?"

마리코의 태도에 결국 유키가 버럭 화를 냈다.

"그만 좀 하세요! 재미 하나도 없으니까!"

물과 기름 같은 두 사람이다.

경험이 풍부한 마리코는 입이 험하고 섬세하지 못하다. 한물간 유행어로 말하자면 오바탈리언*이다. 이 파트타임으로 하는 개호는 어디까지나 용돈 벌이라고 서슴없이 이야기한다. 다만 결코 어설픈 사람이 아니다. 오랜 경험을 지닌 만큼 일을 효율적이고 정확하게 처리한다.

한편 유키는 마리코와 대조적으로, 업무 경험은 아직 얕아 요령이 부족하지만 성실하다. 이 직업에 어떤 종류의 이상을 품고 있다. 프리터로 이 일을 해서 생계를 꾸린다는 이유도 있을 거라는 생각은 들지만 업무에 임하는 자세는 진지하다고 할 수 있다.

그런 유키의 눈으로 보면 얼마 전까지 돌보던 고객이 세상을 떠났는데 그런 몹쓸 상상으로 재미있어하는 마리코를 받아들일 수 없으리라.

하지만 시바는 유키의 그런 성실한 모습이 오히려 더 위태롭게 느껴졌다.

성실한 사람일수록 중간에 포기하고 그만둔다. 이 직업에는 분명히 그런 측면이 있다.

시바가 운전하는 방문 목욕 차량이 포레스트 야가 케어센터에 돌아온 것은 오후 5시가 조금 지난 시각이었다. 차에서 내리자 달과 오리온자리가 하늘에 흐릿하게 떠 있는 모습이 보였다.

* 아줌마를 뜻하는 '오바상おばさん'과 좀비가 나오는 공포영화 제목인 「바탈리언」을 합쳐 만든 조어. 뭐든 자기 마음대로 하는 곤란한 아줌마를 의미하는 말로 쓰인다.

파트타임으로 일하는 마리코와 유키는 여기서 일과 끝이지만 시바는 아직 처리할 일들이 남아 있다. 주차장에서 목욕 차 청소와 점검을 실시한다. 그다음에는 야간 방문 개호 도우미로 일한다.

24시간 대기 태세를 내세우는 포레스트는 사원의 근무 형태가 12시간 근무 2교대다. 아침 9시부터 밤 9시까지 하는 주간 근무가 일주일에 사흘, 밤 9시부터 아침 9시까지 하는 야간 근무가 일주일에 이틀 있다. 형식적으로는 일주일에 이틀 쉬는 것으로 되어 있지만 근무시간이 길기 때문에 법정 노동시간을 훨씬 웃돈다.

펌프에서 물을 빼다가 허리에 통증을 느꼈다. 무거운 이동식 욕조와 제대로 몸을 가누지 못하는 고령자를 들어 올려야 할 일이 많은 직업이라 다들 요통을 느낀다. 특히 요즘은 하루 방문 건수가 늘어나 일이 더 고됐다.

올해―2006년―4월부터 시행된 개호보험법 개정에 따라 방문 서비스에 대한 보수가 인하되었다. 포레스트 본사는 그 대책으로 각 사업소 단위 수주 할당량을 늘렸다. 그 결과 현장 직원들의 부담은 크게 늘어났다. 물론 그렇다고 해서 월급이 많아지지는 않았다.

입사 4년 차인 시바가 손에 쥐는 급여는 대략 18만 엔. 보통면허와 도우미 2급 자격증을 지닌 서른한 살 남자가 허리 통증을 느끼면서까지 긴 시간 노동한 대가치고는 너무 싸다.

포레스트는 텔레비전 CM을 비롯한 광고를 지속적으로 내보내고 같은 업종의 다른 회사를 계속 사들여 이 업계 1위로 뛰어올랐다. 현역 총리대신과도 돈독한 관계라는 회장은 비즈니스 잡지 등에서 시대의 총아처럼 인기를 누린다. 하지만 개호 현장의 현실은 그런 화려함과는 거리가 멀다.

급여는 싸고, 근무시간은 길고, 노동은 고되다.

마리코처럼 오래전부터 이 분야에 종사한 사람들 말에 따르면 '일하는 환경은 예전이 훨씬 나았다'고 한다. 개호보험제도가 시행되어 시장원리가 도입되면서 업무량은 늘고 급여는 줄었다는 이야기다.

사무실에서 머리가 하얀 노신사 같은 남자가 나와 주차장으로 걸어왔다.

센터장인 단 게이지였다.

"아, 시바. 수고했어."

단은 작업 중인 시바에게 말을 건넸다. 옷자락이 긴 검정 코트와 하얀 머리카락 사이에 있는 윤곽이 또렷하면서도 온화한 얼굴. 그 모습이 왠지 마법사를 떠올리게 만들었다. 코트 자락 사이로 검은색 넥타이가 보였다.

"수고하십니다. 지금 하네다 씨네 문상하러 가시는 건가요?"

"아, 그래. 이달 들어 벌써 두 번째네. 겨울에는 돌아가시는 분이 많은 것 같아."

포레스트 계열의 방문 개호 사무소는 고객이 세상을 떠나 서비스가 끝나면 대표자가 문상하거나 장례식에 참석하도록 한다.

"……우리끼리만 하는 소리지만 그 집 따님, 이제 한숨 돌릴 수 있지 않을까?"

단 센터장이 낮은 목소리로 말했다.

말투는 부드러웠지만 차 안에서 마리코가 뱉어냈던 말과 같은 내용이다.

"하네다 시즈에 씨도 원해서 인지증에 걸린 건 아닐 테지. 이런 소리를 해선 안 되는 줄 알지만 이제 구원받은 건지도 모르겠어. 딸이나 하네다 씨 자신이나."

단 센터장은 관리직이지만 도우미로 현장에 나가기도 한다. 하네다 씨네 상황도 잘 안다.

"그럴지도, 모르죠……."

시바는 같은 생각이라는 표정을 지으며 고개를 끄덕였다.

물론 모든 개호가 비참하지는 않다. 포레스트가 경영하는 고급 유료 실버타운의 고객 만족도는 매우 높다는 이야기를 들은 적이 있다. 집에서 가족들이 돌봐주는 경우에도 밝고 평온하게 지내는 사람은 많다. 가족을 돌보면서 지극히 평범한 행복을 지키는 가정은 얼마든지 있다. 그러나 한편으로 개호 부담이 생활을 파괴하는 것도 현실이다. 특히 고독한 가정이나 가난한 가정은 쉽게 그런 상황에 빠진다.

센터장이 자조하듯 중얼거렸다.

"이 업계에서 일하다 보니 나이를 먹는 게 무서워져. 자네야 주변 사람들의 도움을 받아야만 살 수 있는 나이가 되려면 아직 멀었지만 나는 이제 얼마 남지 않았어."

단 센터장은 올해로 쉰여덟 살. 만 2년 뒤면 환갑을 맞는다. 이혼 경력이 있어 지금은 가족 없이 혼자 산다는 이야기를 들은 적이 있다.

주차장을 밝히는 수은등 불빛이 단 센터장의 검은색 코트와 하얀 머리카락을 비쳤다.

문득 차가운 바람이 주차장 아스팔트를 쓸고 지나갔다.

"죽는 게 나을 때도 있으니까."

마법사 같은 검은색 옷을 걸친 남자는 하얀 머리카락을 바람에 나부끼며 말했다.

그건 이 세상의 상식에 비추어 생각하면 개호 사무소의 책임자가 해서는 안 될 발언일지도 모른다. 그렇지만 시바는 고개를 끄덕였다.

개호 업계에 들어오면 누구나 실감한다. 틀림없이 이 세상에는 죽음이 구원이 될 때도 있다는 사실을.

단 센터장은 주차장 끄트머리에 있는 직원 전용 공간으로 갔다. 시바가 출퇴근에 사용하는 중고차 옆에 서 있는 새 차가 센터장의 차다. 흰색 세단이다. 국산 고급 승용차인데 두 달 전에 바꿨다고 했다. 센터장 세대라면 누구나 타고 싶어 하는 차종이라지만 시바는 전혀 이해가 되지 않았다. 시바는 차란 잘 굴러가면 뭐든 상관없다는 생각이다. 월급이 적은 개호 직종에 종사하면서 차에 돈을 들일 마음은 없다. 아주 싸게 산 중고차를 근근이 끌고 다닌다. 차에 대한 이런 생각 차이는 세대 차이라고나 해야 할까?

쿵, 하고 차 문을 닫는 소리가 났다.

흰색 세단은 낮은 엔진 소리를 내며 달려나갔다. 겨울밤 어둠 속으로.

제2장

삐꺽거리는 소리

2007년 4월

오토모 히데키

2007년 4월 11일

 오후 5시 23분. 오토모 히데키 바로 앞에 있는 스테인리스 해부대 위에는 재봉틀도 박쥐우산도 아닌, 바짝 야윈 몸에 복부가 절개된 노인이 누워 있었다.

 X현 노비 시 변두리에 있는 X의대 부속 병원. 그 지하에 있는 해부실이다.

 "사인은 머리 부분에 난 외상이 아니라 그 뒤에 목을 졸려 죽었기 때문에 질식사로 보아야 합니다. 액살이죠. 또 범인은 왼손잡이일 가능성이 높군요."

 사법해부를 담당한 의사가 설명했다.

 "……역시 공범이 있겠군요."

 X현경 수사 1과 형사가 이렇게 대꾸하자 함께 해부를 지켜본 오토모는 말없이 고개를 끄덕였다.

오토모는 올해 초에 지바에서 이곳 X현 지검 본청으로 이동했다. 새 직장에도 어느 정도 익숙해질 무렵 담당하게 된 것이 이 살인 사건이다.

오토모를 보좌하는 역할인 검찰 사무관 시나는 옆에서 창백한 얼굴이었다. 나이는 스물아홉이지만 작년에 들어온 신입이라고 한다. 해부 참관은커녕 시체를 보는 일도 아직 익숙하지 않을 것이다.

해부대에 누운 피해자는 세키네 마사오. X현에서 혼자 살던 여든세 살 노인이다. 그저께 밤에 집에서 갑자기 죽었다.

병원이 아닌 곳에서 사망한 사인 불명 변사체는 검시를 하며, 그게 범죄와 관계가 있는지 판단한다. 법률상 검시는 검사가 지휘하도록 규정되어 있는데 실제로는 검시 경험도 풍부하고 인원도 많은 경찰이 대신 한다.

일반적으로 변사체 가운데 9할 이상은 경찰의 검시 결과 사건성이 없는 사고사나 자연사, 혹은 자살로 판정된다. X현처럼 감찰의제도가 없는 지방에서는 그런 변사체는 해부하지 않고, 검사는 나중에 서류로 보고받을 뿐이다.

검시 결과 '사건성이 있음'으로 판단되었을 때만 검사에게 연락하여 사법해부를 비롯해 자세한 조사에 들어간다.

이번이 바로 그런 드문 케이스였다. 시체의 머리 부분에 외상이 있고 시체가 발견된 집은 어질러져 있었다. 분명히 강도 살인이다. 이런 경우 검사도 가능한 한 사법해부를 참관한다.

현경은 이 해부 결과를 기다리지 않고 이미 용의자를 체포했다.

후루야 요시노리. 26세. 살해된 세키네에게는 누나의 손자, 그러니까 생질손에 해당하는 인물이었다.

후루야는 세키네를 돌본다는 명목으로 자주 방문했던 모양이다. 세키네는 등뼈가 굽어 일상생활에도 지장이 있었는데 적극적으로 돌봐줄 친척이 없어 홀로 힘들게 생활했다고 한다. 그런데 왕래가 별로 없던 생질손인 후루야가 찾아와주자 세키네는 무척 기뻤던 모양이다. 그렇지만 후루야의 속셈은 세키네를 돌보는 게 아니라 돈을 훔치는 데 있었다.

그저께 밤, 세키네는 후루야가 방에 있는 찻장에서 돈을 훔치려는 모습을 보고 나무랐다. 후루야의 속셈을 알아차린 세키네는 펄펄 뛰었다. 당황한 후루야는 옆에 있던 탁상시계로 머리를 때린 뒤 돈을 가지고 달아났다.

어젯밤에 체포된 후루야는 경찰 조사에서 이미 이런 사실들에 대해 자백했다.

사건은 바로 해결될 것 같았는데 후루야의 진술에는 세부적인 내용에서 실제 상황과 모순을 드러내는 부분이 여러 군데 있었다. 가장 중요한 점은 빼앗았다는 돈이 후루야에게 없다는 사실이었다. '무서워서 버렸다'라고 하는데 아무래도 이상했다.

뭔가 숨기는 게 있다.

취조한 형사가 직감적으로 느꼈다. 감식반도 현장에 공범 또 한 명이 있었을 가능성을 발견했다.

그리고 그건 오늘 실시된 사법해부로도 증명되었다.

사인은 후루야가 증언한 것처럼 맞아 죽은 게 아니라 목이 졸려 죽은 것이다. 그리고 목을 조른 범인은 왼손잡이지만 후루야는 오른손잡이다.

아마 이 왼손잡이 남자(목을 조를 힘이 있는 것으로 보아 용의자는 거의 남성으로 보인다)가 돈을 지니고 있으리라. 후루야는 그 남자를 감싸고 있다.

해부실을 나와 시나 사무관은 자꾸 자기 옷 냄새를 킁킁거리며 맡았다.

"신경 쓰이나?"

"예. 왠지 냄새가 계속 날 것 같아서."

처음 해부 현장을 참관할 때 가장 강렬한 자극은 그로테스크한 시각 정보가 아니라 냄새다.

생명이 사라진 인간이 안에서 내뿜는 죽음의 냄새라고밖에 표현할 길이 없는 불길한 악취는 그 공간에 있던 사람에게 달라붙어 저주처럼 언제까지나 떠나지 않을 것 같은 착각을 심어준다.

"이과 출신이지? 학창 시절에 해부는 했을 거 아닌가?"

"수학과라서요. 기껏해야 교양과목 때 붕어나 개구리 해부를 했을 뿐이죠. 사람하곤 전혀 다릅니다."

시나는 이렇게 대답하더니 입을 꾹 다물었다.

시나는 스물여덟 살까지 대학에서 수학을 연구했다는 괴짜다. 그가 이렇게 말한 적이 있다.

"수학 전공자들은 다른 직업을 구하기 쉽지 않습니다. 연구직 모집도 거의 없고요."

그래서 공무원 시험을 치러 검찰 사무관이 되었다고 한다. 키는

180센티미터로 오토모보다 크지만 체중은 60킬로그램 정도밖에 나가지 않는다. 가냘픈 체격에 안경을 쓴 그 모습은 갈데없는 연구자 스타일이다.

"후루야는 예전에 폭주족이었고 자기 동네 불량배들과 아직도 선후배 관계를 유지하고 있습니다. 틀림없이 공범은 그 가운데 있을 거예요. 이 결과를 들이밀면 자백하겠죠."

수사 1과 형사는 해부를 한 의사가 밝힌 소견을 정리한 메모를 보며 자신 있는 표정으로 고개를 끄덕였다.

그 형사 말이 맞다. 어느 현경이나 그렇지만 수사 1과의 취조는 매우 철저하다. 어중간한 똘마니는 거짓말로 그리 오래 버틸 수 없다.

"내일 오후에 압송하게 될 텐데 될 수 있으면 그때까지 자백을 받아내도록 하겠습니다."

형사가 말했다.

형사소송법에 따르면 경찰이 체포한 피의자는 48시간 이내에 석방하거나 검찰로 송치해 구류 수속을 밟아야 한다. 후루야 같은 경우는 당연히 검찰 송치다.

"네."

시나가 대답하고 수첩에 메모했다.

내일은 검찰로 넘어온 후루야를 오토모가 취조하게 될 것이다.

검찰 사무관은 검사의 스케줄 관리를 포함한 비서 같은 역할을 한다. 시나는 학교 경력 때문에 지검 안에서는 '학자 선생'으로 불리며 괴짜 취급을 당하고 있어도 일에는 빈틈이 없다. 다소 고지식한 면은 있지만 그게 플러스 요인으로 작용할 때도 많다. 비교적 문과 계열 출신이 많은 검찰 사회에서 이과 출신인 시나는 그만큼 가치 있는 존재라고 할 수 있다. 오토모는 좋은 사무관을 만났다고 생각한다.

그날은 대학 병원에서 지검으로 돌아온 뒤 시나와 함께 사무 처리에 쫓겨 야근을 했다.

검사의 역할은 1차 수사기관인 경찰이 올린 안건을 처리하고, 피의자를 기소해 재판에 회부하는 일이다. 법률상 수사관을 두고는 있지만 특별 수사부가 다루는 뇌물 수뢰 사건이나 의옥 사건을 제외하면 검사가 직접 사건을 수사하는 경우는 드물다. 오늘 실시한 사법해부처럼 경찰의 수사 활동을 참관하는 경우는 종종 있어도 업무의 대부분은 책상 앞에 앉아 처리한다.

하지만 업무량은 보통이 아니다.

현재 일본에서 발생하는 형사사건에 비해 검사는 그 수가 너무 적다. 어느 지방검찰청이나 일손 부족으로 애를 먹고 있어 검사한 명이 수많은 사건을 떠안는다.

결국 이날 밤도 9시가 넘어서야 일이 끝나 관사로 돌아왔을 때는 이미 10시가 지난 시각이었다.

관사는 X시내에 있는 주택가에 있는데 지검에서 걸어서 20분쯤 걸린다.

지난번에 살던 마쓰도에 있는 관사와 마찬가지로 낡은 단독주택이지만 뜰이 넓어 미국 산딸나무도 있다. 마침 꽃이 피는 시기라 선명한 흰 꽃잎이 달빛을 받아 빛나고 있었다.

지바에 있을 때와 마찬가지로 아내 레이코는 주방 쪽 식탁에서 책을 읽으며 오토모가 돌아오기를 기다리고 있었다.

아내는 오토모보다 한 살 위. 이번 생일이면 만 서른셋이다. 학창 시절에 참가한 대학 연합 자원봉사 때 만나 오토모가 임관하자마자 바로 결혼했다.

"늦었네."

레이코는 책을 덮고 오토모의 상의를 받아 들었다.

읽던 책의 표지가 눈에 들어왔다. 황량한 대지로 뻗어 나간 열차의 철로. 그 옆에는 작은 꽃이 한 송이 피어 있다. 크리스천 여성 작가가 쓴 자기희생을 주제로 한 유명한 소설이었다.

레이코는 오토모와 결혼할 때 세례를 받았다. 거의 어쩔 수 없이 기독교에 입문했지만 책을 많이 읽고 교회도 자주 찾아갔다. 이제는 오토모보다 훨씬 독실한 신앙인 같다.

식탁 한구석에 레이코의 가늘고 긴 머리카락 한 올이 떨어져 있었다. 모근에서부터 3분의 1 정도는 희게 색이 바랬다. 요즘 레이코의 머리에도 흰머리가 보이기 시작해 정기적으로 미용실에서 염색한다.

이미 서른이 지났으니 체질에 따라 흰머리가 일찍 날 수 있을지도 모른다. 하지만 역시 스트레스 때문이 아닐까 하는 생각이 들었다.

검사는 1~2년에 한 차례씩 이동이 있어 전국 방방곡곡을 떠돌게 된다. 그때마다 이사를 해야 하니 가족에게는 큰 부담이다.

레이코는 결혼할 때 '어디든 따라가서 널 도울게'라고 했지만 원래 섬세하고 낯을 가리는 성격이다. 어린애를 키우며 친한 사람도 없는 곳에서 지내는 생활이 맞지 않을 것이다.

오토모가 가정에 더 신경을 쓴다면 모르겠지만 업무가 그걸 허락하지 않는다. 야근과 휴일 근무가 너무 잦아 가정이나 육아나 모두 레이코에게 떠맡긴 셈이다.

레이코는 자기가 말한 대로 '검사의 좋은 아내'가 되려고 하는지 결코 먼저 불평불만을 꺼내지 않았다. 하지만 작은 변화나 분위기로 미루어 얼핏 지쳐 보일 때가 있다. 결혼 후 신앙에 마음을 기댄 까닭도 무의식적으로 스트레스와 균형을 취하기 위해서였는지도 모른다.

오토모는 식탁 위에 떨어진 흰머리를 슬쩍 치웠다.

귓속에서 살짝 통증이 느껴졌다.

"아, 여보, 좀 신경 쓰이는 일이 있는데."

상의를 거실 옷걸이에 걸고 나서 레이코는 노트북 컴퓨터를 가지고 와 오토모에게 보여주었다. 이번에 이사할 때 바꾼 새 노트북이다.

인터넷 브라우저에 신문사 웹사이트가 떠 있고 「도쿄 도, 포레스트에 개선 권고」라는 제목이 보였다.

도쿄 도가 대형 개호 업체인 포레스트의 사업소에 개호보험법 위반 사항이 있다면서 개선 권고를 내렸다는 소식이었다.

포레스트라고 하면 작년에 아버지가 입주한 실버타운인 포레스트 가든의 모회사다.

"여기 아버님이 계신 곳이지 않아? 이 지역 신문에는 실리지 않은 걸 보면 도쿄 지역 뉴스 같은데."

"음."

오토모는 기사를 꼼꼼하게 읽었다. 도쿄에 있는 재택 개호 사업소가 법을 어겼는데, 이번에는 권고로 끝나 영업정지 같은 처분이 내린 것은 아닌 듯했다. 다만 개호보험법에는 연좌제 규정이 있어 한 곳에 부정이 있으면 전체에 조치를 취할 수 있기에 앞으로 포레스트의 태도에 따라 정부의 방침이 바뀔 수 있다고 기사에 적혀 있었다.

"신경이 쓰이기는 하네. 일단 내일 틈이 나면 포레스트를 소개해준 친구에게 전화해볼게. 아버지야 별 영향이 없을 테니 걱정하지 말고."

레이코에게 쓸데없는 마음고생을 시키고 싶지 않은 오토모는 짐짓 약간 밝은 목소리로 말하고 모니터 화면을 일기예보 페이지로 바꾸었다. 사실 아버지가 포레스트 가든에 들어가기 위해 거의 전 재산을 썼기 때문에 마음이 편하지만은 않았다.

"알았어……."

레이코는 왠지 불안한 표정을 지었다. 귀 뒤에 흰머리가 한 올 보였다.

일기예보에 따르면 내일은 맑고 때에 따라 흐림. 저녁에는 비가 온다고 한다.

귓속 통증이 약간 심해졌다.

사쿠마 고이치로

2007년 4월 12일

이튿날, 오전 8시 48분. 종합 개호 기업 포레스트에서 영업부장으로 근무하는 사쿠마 고이치로는 애써 최대한 자신감 넘치는 목소리를 내며 휴대전화 상대와 통화를 했다.

"미안해, 걱정 끼쳐서. 그렇지만 걱정할 거 없어. 한동안 주간지에도 기사가 나가고 할 테지만 그냥 신경 쓰지 마. 우리는 급성장한 회사여서 괜히 더 얻어맞는 거야. 사실 할 이야기는 아니지만 이런 정도 부정은 어디에나 있어. 우리 쪽에서 잘 처리하는 중이야. 만에 하나 무슨 일이 생긴다고 해도 개별 사업소에 해당하는 문제라서 회사 자체에는 큰 영향이 없다니까."

그저께 도쿄 도에 있는 어떤 사업소가 개호보험법을 위반했다며 도쿄 도로부터 개선 권고 명령이 내려왔다. 어제 신문 도쿄 지역판에도 이 문제가 크게 기사화되었다.

그게 원인이 되어 롯폰기에 있는 포레스트 본사는 아침부터 벌집을 쑤신 듯 소동이 벌어졌다. 사쿠마는 책상 앞에 앉아 이메일 프로그램을 띄우고 각 영업소에 보내는 이메일 문안을 작성하던 중이었다.

〈그래? 하지만 연좌제가 적용되면 개별 사업소만이 아니라 경영하는 기업 자체에 대해서도 조치가 떨어지는 거 아닌가?〉

휴대전화에서 의아하다는 목소리가 들려왔다.

전화 상대는 오토모 히데키. 중고등학교부터 함께한 동창생인데 지금은 검사로 일하고 있다. 작년 연말에 사쿠마가 소개해 포레스트가 경영하는 고급 유료 실버타운에 자기 아버지를 입주시켰다.

"연좌제? 분명히 조문에는 있어. 하지만 그럴 리는 없을 거야. 우리가 사업을 정지하면 그야말로 업계 전체가 엄청난 혼란에 빠질 텐데. 톡 까놓고 이야기해서 후생노동성도 우리랑 서로 돕는 사이야. 다들 알다시피 우리 회장님은 경단련 이사이기도 해서 그쪽으로는 다 손을 쓸 수 있거든."

〈……〉

"왜 그래?"

〈업계 정화를 위해서는 리스크를 감수하고서라도 칠 때는 칠 수도 있어……〉

검사가 되어 사회정의를 지키는 위치에 선 오토모가 말했다.

"그렇겠지. 충고 고마워. 하지만 그래도 넌 걱정할 필요 없어. 전에도 이야기했지만 너희 아버님이 계신 그런 고급 유료 실버타운은 안전지대라니까. 애당초 개호보험에 의존하지 않기 때문에 문제가 될 부정행위는 없지. 경영 상태도 양호해. 설사 포레스트가 망한다고 쳐도 너희 아버님이 계신 포레스트 가든은 살아남을 거야. 안심해."

〈그래?〉

중얼거리는 듯한 오토모의 목소리. 미덥지 않다는 느낌이 그대로 전달되었다.

"미안하지만 그 건 때문에 우리도 야단법석이야. 일단 소동이 가라앉으면 밥이라도 먹으면서 이야기하자."

그렇게 말하고 사쿠마는 거의 일방적으로 전화를 끊었다. 휴대전화라 다행이었다. 유선전화였다면 수화기를 내동댕이쳤을지도 모른다.

오토모는 신문 보도를 보고 개선 권고 명령을 받았다는 사실에 불안을 느껴 전화한 모양이다. 하지만 사쿠마가 보기에 오토모는 공연한 걱정이다.

전화로 이야기했듯이 오토모의 아버지가 입주한 고급 유료 실버타운은 이번 권고와는 아무런 관계도 없고 만에 하나 포레스트가 없어진다고 해도 확실하게 지킬 수 있다.

오토모는 아무 걱정 할 게 없는데도 스스로 걱정을 떠안았을 뿐이다.

그 녀석은 옛날부터 그랬다.

짜증이 난다.

사쿠마가 이렇게 생각한다는 사실을 오토모는 모를 것이다.

사쿠마가 오토모와 처음 알게 된 때는 20년 전, 대학교까지 쭉 함께 올라가는 학교의 중등부에서 농구부에 들어갔을 때였다. 그 때는 그리 나쁜 인상이 아니었다. 동급생 팀 동료로 그럭저럭 사이좋게 지냈다. 오토모는 농구를 못해 후보 선수였지만 그래도 진지하게 연습하는 모습은 마음에 들었다. 크리스천이라는 사실을 알고 늘 성실하고 진지한 모습인 까닭은 그 때문인가 생각하기도 했다.

짜증이 나기 시작한 것은 고등부에 올라가 사춘기도 끝났을 무렵이었다. 오토모의 지나치게 진지한 태도와 고지식한 행동이 점점 마음에 들지 않았다. 처음에는 좋게 보았던 농구에 대한 노력도 그가 정규 멤버가 된 뒤로는 탐탁지 않았다.

오토모가 확실히 부담스럽게 느껴진 것은 고등학교 3학년 여름 합숙 때, 매년 부정승차 하던 전통에 오토모가 문제를 제기했을 때였다.

서비스를 이용한 값을 지불해야 한다는 오토모의 주장에는 단순히 자기만 지키면 그만이라는 정의감이 아니라 사회적인 문제까지 감안한 어른스러움이 느껴졌다. 명문으로 평가받는 사립학교에 다니는 부원들의 자각과 자존심을 미묘하게 자극했던 모양이다. 그들 가운데 편도 2천 엔쯤 되는 전철 비용 때문에 어려움을 겪을 사람은 아무도 없었다. 지불하는 게 올바른 행동이었다.

오토모에게 찬성하는 의견이 대부분을 차지했다.

그 자리의 분위기를 파악하고 사쿠마도 '히데 말이 맞아'라고 동조했지만 그때 묘한 불쾌감을 느꼈다.

스스로도 잘 이해되지 않지만, 당당하게 '옳은 주장'을 펼칠 수 있는 오토모나 그걸 받아들이고 따르는 게 분별력 있는 행동인 것처럼 여기는 동료들도 불쾌해서 견딜 수 없었다.

어떻게 너는 그렇게 자신만만하게 '올바른 주장'을 할 수 있는 거지?

어떻게 너희들은 그렇게 순순히 '올바른 주장'에 따르는 거지?

우리가 그렇게 훌륭한 사람들인가?

열여덟 살이었던 사쿠마는 '올바른 게 마음에 들지 않는다'는 기분을 처음 느꼈다.

부정승차 할 수 있는 곳에서는 그렇게 하는 게 당연하다.

이 세상은 원래 그렇다. 사쿠마가 종사하는 업계는 더욱 그러하다. 눈 뜨고 있어도 코를 베어 가는 세상이다.

부정승차를 하는 사람이 나쁜 게 아니다. 역무원이 없는 역을 그대로 두는 철도회사가 멍청한 것이다. 쉽게 할 수 있는 부정승차를 하지 말자고 잘난 척 떠벌리는 녀석은 위선자가 아니면 바보다.

하지만 그때 사쿠마는 오토모의 올바른 주장을 받아들이지 않을 수 없었다. 불쾌감을 숨기고 오토모의 의견에 따랐다.

대학은 둘 다 법학부로 진학했지만 서클 활동을 중심으로 대학 생활을 즐기던 사쿠마와 사법고시를 목표로 삼아 공부 중심으로 생활하던 오토모는 자연스럽게 멀어졌다. 로스쿨 제도가 아니었던 그때, 사립대학 법학과에서는 사법고시를 목표로 하느냐 아니냐에 따라 마치 전혀 다른 학교를 다녔다고 해도 좋을 만큼 학생

생활이 판이했다.

얼굴을 보는 건 선택과목을 들을 때 정도였는데 그 길지 않은 접촉 중에도 짜증이 났다.

지금도 기억이 나는 일은 대학 3학년 때, 법철학 수업 시간이었다.

그때 고베에서 중학생 소년이 초등학교에 다니는 어린이를 잇따라 죽이거나 해치는 사건이 일어나 일본 열도가 들썩였다. 그해 여름 어떤 뉴스 프로그램에서 개최한 토론회에서 한 고등학생이 '왜 사람을 죽이면 안 되는 거죠? 저는 사형을 당하고 싶지 않아서 사람을 죽이지 않는다는 것 이외의 이유를 모르겠습니다'라는 취지의 질문을 했다. 이 질문에 대해 토론 참석자로 출연한 지식인들은 그 학생이 받아들일 수 있을 만한 답을 내놓지 못했다.

수업 때 이 고등학생에게 어떻게 대답해야 하는가를 놓고 학생들끼리 토론했다.

처음에는 소박한 모럴이나 도덕에서 답을 찾는 의견도 나왔다.

"사람의 목숨은 무엇보다 고귀하니까."

"언젠가 부모가 되면 그 이유를 알게 될 것이다."

"그런 자명한 사실에 대해 의문을 품어서는 안 된다."

하지만 이런 대답들은 설득력 있는 보편적인 이유가 되기 힘들다.

"사람의 목숨이 고귀하다는 근거는 있는가?"

"죽을 때까지 독신으로 산다면 사람을 죽여도 된다는 말인가?"

"자명한 사실이라고 의심하지 않는 것은 그저 아무 생각도 하지 않는 거나 마찬가지다."

여러 반론이 제기되었다.

이윽고 논의는 법철학 세미나답게 사회가 살인을 금지하는 문제에 대한 합리성을 논의하는 쪽으로 흘러갔다.

가령 사람들이 자유롭게 사람을 죽여도 되는 사회를 상정하면, 거기에는 '만인에 대한 만인의 투쟁'이라는 말에서 보듯 끔찍하기 짝이 없는 '자연 상태'가 나타난다. 이러한 사회에서는 사람이 안심하고 생활할 수 없고 사회집단을 유지하기도 힘들어진다. 그렇기 때문에 사회를 유지하고 지속시키기 위해서는 법 시스템의 지배를 통해 살인처럼 다른 사람에게 해를 끼치는 행위를 금지할 필요가 있다. 현재 이 사회에서 살아가는 사람은 모두 이 법 시스템의 혜택을 받고 있으며 이를 지켜야 할 필연이 있다— 논의는 사회가 그걸 유지하기 위해 사람과 사람이 맺는 계약에 의해 성립되었다는, 이른바 '사회계약설'로 수렴됐다.

사쿠마는 토론에 참여하면서도 내심 한심하다는 생각을 했다. 결국 '법률로 금지되었으니까 사람을 죽여서는 안 된다'라는 사실을 더 엄밀하게 이야기하려는 것에 지나지 않는다. 하지만 그러면 고등학생의 질문에 대한 답이 되지 않을 것이다. 그 학생은 사형을 당하고 싶지 않다는 이유 말고 다른 이유, 즉 법이나 처벌이라는 약속된 사항 이외의 이유를 요구했다. 그런 질문에는 대답할 방법이 없다.

당연하다. 원래 사람이 사람을 죽여서는 안 될 명확한 이유 같은 건 존재하지 않으니까.

한 계단 더 높은 곳에서 내려다보는 기분이었던 사쿠마에게 찬물을 끼얹은 사람은 역시 오토모였다.

"그렇지만 아마 그 고등학생이 듣고 싶었던 것은 법 시스템이 어쩌니 저쩌니 하는 그런 대답이 아닐 거라고 생각합니다. 제가 만약 그 자리에 있었다면 기껏해야 다음과 같이 대답했을 겁니다—."

이렇게 전제하고 오토모는 마치 그 고등학생이 앞에 있기라도 하듯이 말을 걸었다.

"—네 질문은 아주 오랜 옛날부터 고민해온 문제야. 모든 사람이 납득할 수 있을 답은 아직 나와 있지 않지. 만약 그런 답이 있다면 이 세상에서 살인 같은 건 없어질 테지만 안타깝게도 지난번 그 고베 사건 같은 일은 실제로 일어나고 있어. 하지만 딱 한 가지 확실한 것이 있지. 그건 많은 사람들이 법률과는 관계없이 '사람을 죽여서는 안 된다'라고 하는 생각을 공유하고 있다는 사실이야.

이건 인류가 인권이나 생존권이라는 개념을 획득하기 전부터 그랬었어. 고대로부터 많은 사람이 서로 죽여왔지만 동시에 사람을 죽이는 짓을 망설이기도 하고 남을 구해주거나 지켜주기도 해왔지. 인류의 역사는 서로 죽이는 살인의 역사이면서 동시에 협조와 융화의 역사이기도 해. 사람은 법률이 없다고 해서 바로 서로를 죽이지는 않아. 예를 들어 법으로 금지하지 않아도 사람은 사람을 죽이는 일에 엄청난 죄책감을 느끼기 마련이지.

나는 말이야, 이게 바로 사람이 지닌 근원적인 선한 성격이라고 생각해. 사람이라는 생물은 이것저것 따져서 그렇게 생각하는 게 아니라 그냥 '사람을 죽여서는 안 된다'라고 생각하는 거야. 예를 들면 사람은 누가 가르쳐주지 않아도 꽃을 아름답고 생각해. 화음이 잘 맞는 음악을 들으면 마음이 편하고, 어둠은 무서워하지. 여기에는 이유가 없어. 사람은 태어나면서부터 그렇게 느끼기 마련이야. 그거와 마찬가지로 누가 가르쳐주지 않더라도 사람은 사람을 아끼고 사랑할 줄 알고 사람을 죽여서는 안 된다고 생각하지. 사람이 윤리라고 부르는 건 모두 이렇게 사람이 태어나면서 갖추는 착한 품성보다 먼저 있는 거라고 나는 생각해.

이 착한 마음은 네 안에도 있어. 그렇지 않다면 '왜 사람을 죽여서는 안 되는가?'라는 의문을 품지 않았을 테니까."

오토모의 의견은 사회계약설로는 설명할 수 없는 부분으로 들어간 것이었다. 사람이 사회 유지를 위한 계약으로 살인을 금지한다는 것은 나중에 갖다 붙인 해석이다. 역사적 사실로서 인간 사회가 형성될 때 그런 계약이 이루어지지는 않았다. 그런 점에서 사회계약설은 사고실험에 지나지 않는다고 할 수도 있다. 윤리나 도덕에는 오토모가 이야기하는 것과 같은 직관적, 태어나면서부터 타고난 영역이 분명히 존재한다.

세미나에 참석한 학생들 대부분이 오토모의 의견을 긍정적으로 받아들였다. 윤리학 전문가이기도 한 교수는 이렇게 평가했다.

"플라톤의 이데아론도 그렇고 칸트의 정언명법*도 그렇고 인류 공통의 근본적인 진, 선, 미를 모색하는 시도는 중요하다."

---

* 칸트 철학에서, 행위의 결과에 구애됨이 없이 행위 그것 자체가 선이기 때문에 무조건 그 수행이 요구되는 도덕적 명령.

하지만 사쿠마는 강한 반발을 느꼈다.

그게 무슨 소리야?

결국 출발점으로 되돌아온 것 아닌가. 간단하게 말하면 '안 되는 건 안 된다'라는 토톨로지(동어반복), 알맹이가 전혀 없는 주장이다.

어째서 너는 그런 소리마저 올바른 생각인 것처럼 주장할 수 있지? 다른 사람들도 다 받아들이는 건 아니야!

그러나 사쿠마는 드러내놓고 오토모와 대립하지는 않았다. 오히려 그 의견을 긍정하는 듯한 태도를 취했다. 여름 합숙 때 부정승차와 같았다. 표면적으로는 오토모의 '올바른 소리' 앞에 굴복했다.

돌이켜보면 그건 무의식적인 방어 본능에 따른 행동이 아니었을까?

만약 그런 오토모에게 반론을 제기했다가 패배하면 도저히 눈 뜨고 볼 수 없는 꼴이 된다. 사쿠마의 자존심은 아주 중요한 무엇인가를 잃게 될 것이 틀림없다.

사쿠마는 약간의 스트레스라는 대가를 지불하면서 최악의 사태를 회피했다.

오토모는 그런 사쿠마를 '한동안 뜸했지만 좋은 친구' 정도로 여겼으리라. 그 증거로 작년 말에 연락을 해 왔다. 서먹한 기색 전혀 없이.

오토모의 상담을 받아들인 사쿠마는 철저하게 이용해먹자는 심리가 꿈틀거려 이익률이 높은 고급 유료 실버타운을 추천했다.

하기야 돈이 있다면 그 선택이 최선이라는 진심도 작용했을 테지만.

사쿠마는 오래간만에 오토모와 이야기를 나눈 뒤 여전히 짜증 나는 녀석이라고 생각했다.

농구부 시절의 추억에서 오토모는 '올바른 주장'으로 다른 부원들이 부정승차를 포기하도록 만든 일보다 마지막 시합에서 진 걸 더 잘 기억했다. 그러면서도 검사 나리는 그걸 '멋진 패배'였다고 말씀하셨다. 여전히 위선자다. 아니, 검사가 되어 더 심해졌을지도 모른다.

이 세상에 '멋진 패배'란 없다. 그 시합에서 롱패스를 '최고의 플레이'라고 되돌아보는 짓도 웃기는 일이다.

그건 패스가 아니었으니까.

리바운드를 잡았을 때 사쿠마는 오토모가 골대 앞으로 달려가고 있다는 사실을 몰랐다. 시간이 없어서 그냥 상대편 골대를 향해 힘껏 던졌을 뿐이다. 그게 각도가 맞지 않아 우연히 오토모가 달려가던 방향으로 날아갔다. 그것도 모르고 그리운 듯 추억에 취하는 오토모의 모습이 우스꽝스러웠다.

함께 식사를 하면서 개호 업계의 현실에 대해 이야기할 때도 오토모의 눈빛이 우울해지는 것을 보았다.

역시 그렇다. 이 녀석은 진짜 속사정은 알지도 못하면서 '올바른 것'만 내세우는 위선자다.

그런 생각 때문인지 사쿠마는 허풍을 떨었다. 자기가 일하는 포레스트가 얼마나 유망한 기업인지. 언젠가는 개호 시장을 독점할 거라고 과장했다.

오토모 같은 위선자는 개호가 비즈니스 논리로 움직인다는 사실에 불쾌감에 가까운 위화감을 느끼리라— 그렇게 생각하니 기분이 좋아져 말이 술술 나왔다.

말은 많이 했지만 의도적으로 하지 않은 이야기도 있다. 예를 들면 2006년 개호보험법 개정 이후 포레스트의 경영이 적자로 돌아섰다는 사실이나 주가도 하락하기 시작해 사업 확대 노선에 명백한 그늘이 드러나기 시작했다는 점, 그리고 전국의 사업소가 만성적인 부정을 저지르고 있다는 사실.

사쿠마가 말하지 않은 부정, 즉 포레스트가 사회에 숨기던 부정 행위가 또렷하게 드러난 지금 오토모는 무슨 생각을 할까.

사쿠마는 짜증이 가슴에서 명치 언저리로 쑥 내려가는 느낌을 맛보았다. 하지만 그 울화의 몇 퍼센트가 오토모 때문에 생긴 것인지는 알 수 없었다. 오토모를 떠올리지 않더라도 요 며칠은 거의 잠을 이루지 못하고 대책을 마련하느라 늘 짜증스러운 상태였다.

이번 사태는 작년 말, 오토모의 아버지가 포레스트 산하 고급 유료 실버타운에 입주한 직후에 시작되었다.

국내 최대 신문사가 도쿄 도에만 배포되는 지역판에서 포레스트를 지목하며 도내 사업소에서 부정을 저지르는 의혹이 있다고 폭로했다.

회사는 일단 의혹을 부정했다. 그러나 실제로 개호 업계에는 부정이 만연해 있고, 포레스트도 당연히 같은 부정을 저질렀다. 부정승차를 할 수 있는 곳에서 그렇게 하는 게 당연한 일이니까.

결국 작년 말부터 올해에 걸쳐 도쿄 도가 감사를 실시해 그저께 '개호 보수 부풀리기'와 '사업소 지정 부정 취득'*이라는 두 가지 부정행위 사례를 확인했다며 개선 권고 조치를 내렸다. 이러면 더는 아니라고 우길 수 없게 된다. 회사는 지금까지의 입장을 180도 바꾸어 사실을 인정하고 그 신문사에 대한 사과문까지 발표하기에 이르렀다.

이번에 개선 권고를 받은 회사는 두 곳 더 있지만 포레스트만 도마에 올랐다. 전부터 회사 이름을 지목해 의혹이 보도되었기 때문인지 아니면 텔레비전 CM 등으로 미디어에 많이 노출되어 제일 유명한 회사이기 때문인지는 알 수 없었다.

어쩌다 이렇게 되었을까.

회사는 내부적으로 매우 혼란스러웠다.

타고 오르던 사다리가 없어졌다!

그런 목소리가 튀어나왔다. 사쿠마도 그렇게 생각했다.

실제로 부정행위, 즉 법률 위반이 있었던 이상 변명하기는 어렵다. 하지만 그 당사자 입장에 서면 전혀 다른 풍경이 보인다.

개호보험제도가 시행되기 전, 공무원들은 아주 맛있어 보이는 미끼를 뿌렸다. 〈앞으로 돌봐주는 손길을 필요로 하는 노인이 계속 늘어날 것이다〉 〈일본에서 개호 사업은 유망한 비즈니스다〉

---

* 방문 개호원이 없는데 있는 것으로 신고하는 등 부정한 방법으로 사업소 자격을 취득하거나 유지하는 규정 위반 행위.

— 이런 침 꼴깍 넘어갈 이야기를 음으로 양으로 흘렸다고 한다. 개호 업계 진입은 문턱이 없는 거나 마찬가지라서 포레스트를 비롯한 많은 기업이 뛰어들었다.

분명히 처음 몇 해 동안은 재미가 쏠쏠했다. 포레스트는 개호 보험제도가 시행된 이듬해인 2001년에 흑자로 돌아섰고, 그 뒤로도 순조롭게 실적을 늘려갔다. 사쿠마가 포레스트로 파견된 때는 바로 그 무렵이었다. 오토모에게 이야기한 회사의 팽창 과정도 실제로 존재했다. 도우미를 비롯한 개호 직원의 급여도 높다고는 할 수 없지만 '나쁘지 않은' 수준이었다.

그렇지만 공무원들은 그 본성을 드러냈다. 아니, 애초에 그렇게 짜여 있었는지도 모르겠다.

개호 기업이 큰 이익을 올리자 믿을 수 없을 정도의 제도 개정이 이루어졌다. 기업에 지불하는 개호 보수를 줄였다.

공무원들 시각으로 보면 업체가 이익을 낸다는 것은 여유가 있다는 이야기니 예산을 짜면서 개호 보수를 삭감하는 것이 당연할지도 모른다. 하지만 복지건 뭐건 민간 기업이 영리를 위해 하는 이상 이익이 나지 않으면 제대로 돌아가지 않는다.

자기들이 도박장을 차려놓고 플레이어가 따기 시작하자 규칙을 바꿔 칩을 제대로 주지 않는다. 기업 쪽에서 보면 공무원들의 태도는 야쿠자가 도박장 주인 노릇을 하는 것이나 마찬가지다.

개호 분야에 진출한 기업, 특히 포레스트처럼 전국 규모의 사업을 펼치는 기업은 엄청난 규모의 선행 투자를 하고 많은 종업원을 고용하고 있다. 룰이 바뀌었다고 해서 손을 툭툭 털고 나올 수는 없다. 어떻게든 새로운 룰 아래서 생존해야만 한다.

포레스트를 비롯한 개호 기업은 보수가 줄어든 만큼 인건비나 사무 경비를 줄이고 효율화하여 이익을 확보하려고 했다. 하지만 그렇게 해서 이익이 나면 다음 개정 때 또 그만큼 보수가 깎였다.

이런 일이 반복되자 현장에서 일하는 도우미에 대한 처우는 계속 나빠지기만 했다. 경영도 마찬가지로 악화 일로를 걸었다. 그리고 마침내 포레스트도 작년 개호보험법 개정 이후에는 적자로 돌아서고 말았다.

부정이 이루어지는 배경에는 우선 이런 어처구니없는 제도 개정이 있었다.

포레스트는 이번에 도쿄 도가 지적한 '개호 보수 부풀리기'도 '사업소 지정 부정 취득'도 분명히 저질렀다. 사실 이런 부정은 도쿄 도뿐 아니라 전국 사업소에서 이루어진다. 그러나 그것은 제도가 부정을 저지르지 않으면 존립할 수 없는 업계로 만들었기 때문이기도 하다.

예를 들어 이번에 '개호 보수 부풀리기'로 지적된 부분은 현장 도우미가 고객의 요구에 따라 개호보험의 대상이 되지 않는 서비스를 제공한 경우가 대부분이었다. 도저히 악질적인 부정행위라고 볼 수 없다. 평소 하던 서비스라면 기업이 이익을 내려고 노력한 것으로 볼 수 있는 정도다. 애당초 원인은 이리저리 자의적으로 변경되는 제도 쪽에 있다.

또 누구나 상상할 수 있듯이 도우미를 비롯한 개호 업무는 고되다. 육체적으로나 정신적으로나 부담이 크다. 거기에 더해 개호

보수가 계속 깎이는 가운데 처우는 점점 나빠져간다. 그런 직장에 사람이 모여들 리 없다. 개호 업계는 만성적인 인력 부족에 시달리고 있었다.

개호보험법은 사업소에 최소한의 직원만 규정하고 있는데 그 정원을 모으기도 힘든 지역이 적지 않다. 아니, 대부분의 사업소가 늘 정원에 미치지 못하는 빠듯한 인력으로 움직였다. 만약에 그런 사업소에서 퇴직자가 나오면 어떻게 될까. 아니, 실제로 퇴직자가 나온다. 당연히 대체할 인력은 바로 충원되지 않는다. 당장은 정원보다 모자란 인력으로 영업을 할 수밖에 없다. 이것도 '사업소 지정 부정 취득'에 해당된다는 지적을 받았다.

이런 두 가지 부정은 업계에 만연해 있으며 후생노동성 공무원 가운데는 이런 현실을 빤히 아는 사람도 있다. 하지만 그들은 이런 부정의 원인이 개호보험제도가 지닌 모순 때문이라는 것을 이해하고 업계 유지를 위해 묵인해주었을 것이다.

그렇지만 부정행위는 지적받았다.

—업계 정화를 위해서는 리스크를 감수하고서라도 칠 때는 칠 수도 있어.

딸깍딸깍 키보드를 두드리는 사쿠마의 귀에 조금 전 오토모가 한 말이 되살아났다.

그 녀석다운 말이다. 검사가 되어 사회정의라는 면죄부를 얻은 위선자가 이제 두려울 것은 없다는 소리일까?

웃기지 마라!

하지만 실제로 오토모 같은 심성을 지닌 공무원은 얼마든지 있다.

이번에는 후생노동성이 아니라 도쿄 도 담당자가 엄격하게 단속해야 한다고 강하게 주장을 했던 모양이다.

어지간해서는 움직이지 않으려고 드는 후생노동성을 보다 못한 도쿄 도가 독자적으로 일제 감사를 강행했다. 그야말로 '정화를 위해 리스크를 감수하고 친' 셈이다.

감사 결과 개선 권고가 내려오기는 했지만 구체적인 조치는 없었다. 게다가 전국적인 감사가 아니라 도쿄 도 지역에만 한정된 것이었다. 매스컴도 보도하기는 하나 신문은 도쿄판에만 기사가 나올 뿐이다. 1면에 실은 것은 작년 말에 부정 의혹을 보도한 한 신문사뿐이었다.

그렇지만 그 영향은 작지 않았다. 지금은 지역 뉴스도 인터넷을 통해 전국 규모로 퍼진다. 실제로 올해 X현으로 이사한 오토모의 귀에도 들어갔다.

또 한 곳이기는 해도 큰 신문사에게 걸린 것이 치명적이었다.

눈치를 보는 짓에는 이골이 난 공무원들은 도쿄 도의 감사 이후 태도를 완전히 바꾸었다. 이번에는 후생노동성이 나서서 전국 규모의 감사를 실시할 예정이라고 한다.

오토모와 통화할 때는 부정했지만 연좌제를 적용한 엄격한 조치도 검토하고 있다는 말이 들려온다. 요컨대 전국에 있는 포레스트 산하 사업소 어디선가 부정이 발견되면 연대책임을 물어 본사와 모든 사업소가 영업정지 등의 처분을 받게 된다. 만약 그런 일이 일어나면 폐업이다.

지금 사쿠마는 그 대책을 세우느라 정신이 없었다. 지금 같은 상태라면 속죄양이 될지도 모른다.

정계에 연줄이 있는 회장도 지금 이리저리 손을 쓰느라 분주하게 돌아다닌다고 한다.

사쿠마는 이메일 문안을 작성해 각 사업소로 보냈다.

개호 보수를 부풀려 청구하는 일은 앞으로 절대 하지 말 것. 어떤 사정이 있어도 개호보험 대상 이외의 서비스는 제공하지 말 것. 이 두 가지 사항을 철저하게 따르며 영업 목표를 달성한다—라는 내용이었다.

당장 적자가 커지는 것을 견뎌낼 수 있으면 '부풀리기 청구'는 하지 않을 수 있다. 하지만 골치 아픈 일은 '사업소 지정 부정 취득' 쪽이다. 이걸 개선하기 위해서는 정원을 밑도는 사업소에 인력을 늘려주는 수밖에 없다. 그러나 그게 가능하다면 처음부터 그렇게 했을 테고 부정도 저지르지 않았다. 그렇다고 해서 정원을 채우지 못하는 사업소를 모두 폐쇄할 수는 없다. 그렇게 했다가는 수많은 실업자가 생겨나고 갑작스럽게 서비스를 받지 못하게 된 '개호 난민'이 생긴다. 그러면 사회적 신용을 잃어 주가를 유지할 수 없을 것이다.

그래서 포레스트는 우선 감사를 통해 정원 미달로 지적받은 사업소만 즉각 폐업하기로 했다. 들통난 곳은 처분을 받기 전에 없애고 본사에 누를 끼치지 않도록 한다는 것이다. 달리 뾰족한 방법이 없기 때문에 취한 차선책이다. 솔직하게 이야기하자면 행정처분 피하기다.

사쿠마는 오늘 거래하는 업자나 도쿄 도에 있는 케어매니저협회에 나가 '사과와 설명'을 할 예정이었다. 여태 서로 도우며 지내온 주제에 보도가 나온 순간 포레스트를 비난하기 시작한 놈들이다. 하지만 지금은 그런 녀석들에게도 고개를 숙여야 한다.

사쿠마는 안주머니를 뒤져 약통을 꺼냈다. 흐릿한 쥐색 알약이 두 개 들어 있었다. 사쿠마는 두 알을 모두 손바닥에 꺼내 물도 없이 씹어서 꿀떡 삼켰다.

이게 지금 수중에 있는 마지막 약이다.

벌써 떨어졌나?

점점 더 자주 필요로 한다는 자각은 있지만 멈출 수 없다. 이게 없으면 일이 되지 않는다.

오늘 밤 더 구해야겠군.

약 성분이 몸에 스며들자 짜증이 사라지는 기분이 들었다.

시바 무네노리

2007년 4월 12일

같은 날, 오후 3시 35분. 흐릿한 잿빛 하늘 아래 방문 목욕 차량은 오늘도 순회 경로를 돌았다.

다음이 마지막 방문지다.

차 라디오에서 뉴스가 흘러나왔다.

전국적으로 노인을 대상으로 한 전화 사기 피해가 늘어, 이곳 X현도 작년 피해 총액이 8억 엔을 넘어 기록을 갱신했다고 한다. 피해자의 대부분은 65세 이상인 고령자들이다.

"흠, 노인을 대상으로 사기를 쳐서 큰돈을 가로채는 놈들도 있는데. 우리 같은 경우는 하찮은 월급을 받으면서 어르신들을 기쁘게 해드리려고 애쓰는데도 부정행위라는 소리나 듣다니, 정말 화가 나네."

조수석에 앉은 간호사 이노구치 마리코가 어처구니없다는 목소리로 내뱉었다.

"그렇군요……."

운전석에 앉은 시바 무네노리도 맞장구쳤다.

오늘 아침 단 센터장에게 도쿄 지역 사업소에서 부정행위가 적발되어 개선 권고를 받았다는 이야기를 들었다. 본사는 앞으로 모든 사업소가 법령을 철저하게 지키도록 할 방침이란다. 아무리 좋은 뜻으로 하더라도 개호보험이 되는 서비스 이외에는 부정행위가 되어 회사에 폐를 끼치게 된다고 했다.

"앞으로는 산책을 도와달라는 부탁을 받아도 거절하라는 건가?"

마리코가 입을 삐죽 내밀었다.

전에는 방문한 집의 노인이 산책 부축을 요청해도 개호보험 범위 안에 드는 서비스라 도와드릴 수 있었다. 산책은 대부분의 노인이 좋아해서 이때 부축하는 일은 당연히 '개호'라고 현장 도우미들은 생각했다. 그러나 개호보험법 개정을 계기로 갑자기 여러 지자체에서 산책 부축은 과잉 서비스로 취급되어 보험 대상에서 제외시켰다. 야가 시도 예외는 아니었다.

하지만 아무리 룰이 바뀌어도 현장 도우미는 산책 부축을 부탁받으면 거절하기 어렵다.

"할머니, 죄송해요. 이제 산책 부축은 할 수 없어요. 그러니까 오늘부터 혼자 가세요. 부축이 꼭 필요하시다면 그만큼 돈을 더 내셔야 해요. 보험에서 제외되었기 때문에 전보다 열 배는 비쌀 거예요ー 라고 하라는 건가?"

따지듯 불만을 털어놓는 마리코의 말에 시바도 동의했다.

"그렇게 말할 수야 없죠……."

일을 열심히 하며 노인을 정성껏 보살피는 도우미일수록 그런 말은 하지 못한다. 그래서 부탁받으면 응하게 된다. 서류상 보험 대상 안에 드는 서비스를 한 걸로 치고. 하지만 이런 대응은 법으로 따지면 부정행위가 되고 만다.

"싫어하는 어르신에게 억지로 재활 훈련을 시키는 건 괜찮고 잠깐 산책을 도와드리는 건 안 된다니, 정말 웃기네."

시바는 맞는 말이라고 생각했다.

산책이 개호로 인정되지 않게 된 것은 그게 노인에게 단순한 놀이에 지나지 않아 개호 활동이라고 볼 수 없기 때문이란다. 하지만 단순한 놀이가 왜 문제라는 건가. 움직임이 자유롭지 못해 누가 부축해야지만 집 근처를 걸으며 기분 전환이라도 할 수 있다면 그건 어엿한 개호라고 본다.

인간은 기계가 아니고 개호는 신체 기능을 유지, 보수하는 게 아니다. 직접적으로 신체적인 도움을 드리는 일만이 개호가 아니다. 입이 험한 마리코지만 경력이 오래된 만큼 그런 부분에 대해서는 시바보다 훨씬 잘 알 것이다.

앞 유리창 너머로 보이는 하늘에는 무거운 구름이 가득했다. 당장이라도 비가 쏟아질 것 같다.

시바는 짙은 구름 속에서 천둥 치는 소리가 들린 듯했다. 소리만 들렸지 번개는 없었다.

그건 삐걱거리는 소리 같았다.

"역시 개호보험이 문제야. 공무원 작품이라는 티가 너무 나지 않아?"

시바는 말없이 핸들을 꺾으며 고개를 끄덕였다.

마리코가 말한 대로 개호보험이라는 건 이해하기 힘들 뿐만 아니라 이용하기도 어려운 제도다. 시바도 아버지 간병을 할 때 효과적으로 이용할 수 없었다. 실제로 현장에서 일하는 처지가 된 뒤에도 고개를 갸웃거리는 일이 많았다. '개호보험이 문제'라고 평가해도 할 말이 없으리라.

그렇다고 개호보험을 없애봤자 아무런 해결도 되지 않는다. 공적인 제도가 없으면 오히려 가족에게 부담이 돌아가 그 무게에 짓눌리는 사람이 늘어날 뿐이다. 개호보험이 실시된 지 7년, 그 전에는 가족들이 떠안아야 당연했던 개호에 대해 대가를 지불하고 서비스를 받아도 괜찮다는 의식이 조금은 퍼졌다. 시바는 개호보험이 문제가 있는 제도지만 없는 것보다 낫다고 생각한다.

하기야 낫다고는 해도 그건 뜨겁게 데워진 바위에 물 한 컵 끼얹는 정도밖에 되지 않겠지만.

개호보험이 시행된 직후 개호 비즈니스는 성장 산업이라고 그럴듯하게 포장되었다. 하지만 그건 연기였다. 불에 달군 바위에 물을 끼얹었을 때 요란한 소리와 함께 뭉게뭉게 피어오르는 실체 없는 흰 김.

이제 연기가 걷히자 바위가 식기는커녕 계속 달궈지는 중이라는 사실이 백일하에 드러났다.

사회는 삐꺽거리는 소리가 커지는데 제도는 따라가지 못하고 있다.

개호보험이 생긴 뒤에도 제대로 도움을 받지 못하는 사람이나 개호 때문에 붕괴되는 가정이 늘고 있다. 성장 산업이라고 했지만 종업원의 노동조건은 형편없고 포레스트 본사의 결산도 작년에는 적자라고 들었다.

멀리서 천둥 치는 소리가 계속 들려왔다. 희미하게, 하지만 확실하게 하늘이 으르렁거렸다.

삐걱거리는 소리.

앞으로 노인은 더욱 늘어날 테고, 그걸 떠받칠 세대는 계속 줄어들 거라고 한다.

도움이 필요한 사람이면 누구나 제대로 된 개호를 받을 수 있고, 개호하는 사람도 충분한 보수를 받을 수 있다— 이런 미래는 어떤 제도를 만들더라도 아마 실현 불가능하리라.

10년 뒤에 사람들은 분명히 고통으로 얼굴을 찡그리며 '아아, 돌이켜보니 10년 전이 훨씬 나았어'라고 한숨을 내쉴 게 틀림없다. 그리고 20년 뒤에 사람들은 더욱 고통스러워하며 같은 대사를 중얼거릴 것이다.

—너무 비관적일지도 모르지만 시바가 가장 현실감 있게 느끼는 미래 예상이다.

시야 끄트머리에서 뭉게뭉게 피어오른 구름은 하늘을 시커멓게 뒤덮었다.

일단 지금 시점에서는 10년 뒤의 미래보다 걱정해야 할 일이 두 가지 있다. 하나는 날씨, 또 하나는 저 여자다.

시바는 뒷좌석을 슬쩍 살폈다.

도우미인 구보타 유키가 내내 입을 다문 채 눈을 감고 등받이에 기대어 앉아 있다. 자는 건 아닌 듯하다. 안색이 창백해 그리 좋아 보이지 않았다.

"얘, 너 아직도 신경 쓰는 거야? 그만해, 망할 영감탱이가 그런 걸 가지고 뭘 그래?"

마리코가 뒤를 보며 유키에게 말했다. 기가 막힌다는 표정 같기도 했고 웃는 것 같기도 했다. 어쩌면 걱정해서 말을 거는지 몰라도 그런 마음이 제대로 전달되지는 않을 것이다.

유키는 아무런 대답이 없었다.

예감은 있었고 그건 요 몇 개월 조금씩 형태를 드러냈다.

오늘 같은 일이 일어나는 건 시간문제였다.

"닥쳐! 이 망할 늙은이야!"

조금 전에 방문한 집에서 유키는 고객인 일흔두 살 할아버지에게 폭언에 가까운 소리를 질렀다.

목욕 도움을 받던 할아버지가 그곳을 씻어줄 때 '정성껏 서비스 해줘. 괜찮다면 빨아줘도 좋고'라는 외설적인 말을 했던 것이다.

개호 업무를 하다 보면 성희롱을 당하는 일이 드물지 않다. 늘 따라다니는 어려움이라고 해도 될 지경이다. 이럴 때 도우미에게 요구되는 것은 심각하게 받아들이지 말고 가볍게 흘려버리며 웃는 얼굴로 대응하는 자세다.

상대방은 몸이 불편한 노인이다. 가령 상대에게 잘못이 있더라도 버럭 고함을 질러서는 안 된다. 상대도 사정이 있을 테고, 적적해서 그러는지도 모른다. 화낼 게 아니라 가볍게 받아넘기며 싫다는 뜻을 전하면 된다. 자꾸 치근거리거나 도저히 참을 수 없을 때는 상사와 의논하면 근무 배치를 바꾸는 등 대책을 세운다. 그 자리에서 바로 감정을 드러낼 게 아니라 상대의 기분을 배려하여 대응하는 게 중요하다— 라고 되어 있다.

유키는 내내 그렇게 하려고 애써왔다. 그 남자 노인이 오늘 특별히 심한 농담을 한 것은 아니다. 지금까지 유키는 몸을 건드리는 등 더 악질적인 성희롱을 당한 적도 있다. 다만 내내 참고 꾹꾹 눌러오던 것이 바로 그때 한계치를 넘었을 뿐이다. 그리고 그래서 화를 냈다.

유키는 자기가 한 말에 스스로 놀란 표정을 짓더니 마침내 주르륵 눈물을 흘리고 반복해서 말했다.

"죄송합니다. 죄송합니다. 죄송합니다……."

할아버지는 유키가 설마 울 줄은 몰랐던 모양이다. 폭언을 퍼부은 유키에게 뭐라 하지도 못하고 어쩔 줄 몰라 했다.

하지만 시바는 유키의 말이나 눈물이 그 할아버지를 향한 것이라고는 생각하지 않았다. 그건 틀림없이 유키의 몸이 이제는 한계에 이르렀다고 스스로에게 알리는 신호였을 것이다.

유키가 이 일을 처음 시작했을 때는 밝고 싹싹했다. 그야말로 젊은 도우미의 모범 사례처럼 열심히 일했다. 하네다 시즈에 씨가 세상을 떴을 때처럼 마리코가 내뱉은 쓸데없는 소리에 진지하게 반론을 펼치기도 했다.

하지만 올해 들어 유키는 마리코가 무슨 이야기를 하건 대꾸가 없어졌다. 가볍게 넘길 수 있게 된 것도 아니다. 말하자면 마음의 문이 닫혔다. 마리코뿐만 아니라 어느 누구에 대해서나. 일하는 중에도 내내 말이 없었다. 꼭 필요한 말밖에 하지 않았다. 표정이나 태도도 생기를 잃었고 지난달부터는 지각이나 무단결근까지 했다.

시바는 개호 현장에서 일하면서 이와 비슷한 모습을 여러 차례 보았다.

의욕을 가지고 개호 현장에서 일하던 사람이 점점 기운을 잃고 시체처럼 되어갔다. '소진'되었다고나 할 수 있는 현상. 특히 개호라는 직업에 어떤 이상을 품고 뛰어든 사람일수록 쉽게 그랬다.

개호는 대인 서비스다. 그저 고객을 물리적으로 보살펴준다고 해서 끝나는 일이 아니다. '진심'이라고 표현되는 감정 측면의 서비스도 이 업무에 포함된다. 웃고 싶지 않아도 미소를 짓거나 하고 싶지 않은 일이라도 기꺼이 하는 척하며 공감하지 않아도 고개를 끄덕여야 한다. 개호에는 원래 컨트롤할 수 없는 것인 감정을 억지로 조절해야만 하는 감정노동이라는 측면이 상당 부분 있다.

시바가 보기에 감정노동에 맞는 사람이 있고 전혀 아닌 사람이 있다. 도중에 그만두는 사람은 반드시 유키처럼 성실한 사람들이다.

개호 현장에는 사람과 사람 사이의 따스한 교류나 감동적인 경험도 있다. 하지만 그 이상으로 폭언과 폭력, 성희롱 같은 불상사도 있다.

그리고 그런 문제를 일으키는 개호 대상 노인은 틀림없이 약자다. 지켜줘야 할, 배려해야 할, 친절하게 대해야 할 약자.

속으로는 지긋지긋해도 안면 근육을 움직여 웃는 표정을 지어야만 한다.

성실한 마음일수록 빨리 침식되어 무너져 내린다. 경우에 따라 유키처럼 다 타고 남은 재가 폭발을 일으키기도 한다.

목욕 차가 마지막 방문지에 도착했다. 지은 지 오래되었지만 넓은 마당이 있는 깔끔한 단독주택이다. 다행이라고 할까, 고객인 이 집 주인은 점잖은 할머니다.

"구보타 씨. ……괜찮아요?"

차를 세우고 시바가 고개를 돌려 유키에게 물었다.

"예."

유키는 살짝 떨리는 목소리로 대답하더니 힘없이 눈을 뜨고 천천히 움직이기 시작했다. 전지가 거의 닳아버린 장난감이 겨우 작동하는 느낌이었다.

오늘이 마지막이 되겠구나.

유키는 내일 아침 무단결근하고 그대로 직장에서 사라질 것이다.

그건 이미 예감이 아니라 확신이었다.

오토모 히데키

2007년 4월 12일

같은 날, 오후 4시. 그 목소리는 살짝 떨렸다.

"나, 난 죽일 생각이 없었어요. 정말입니다. 그렇지만 소리를 질러서…… 그만 깜짝 놀라……."

X지방검찰청 취조실.

검사 오토모 히데키 앞에서 진술하는 피의자는 후루야 요시노리. 생활을 거들어준다며 작은할아버지에게 접근해 돈을 훔치려다가 결국 죽이고 만 녀석이다. 길게 기른 갈색 머리카락에 아무렇게나 솟아난 수염, 입을 열면 덧니가 드러났다. 파이프 의자에 앉은 후루야 뒤에는 압송을 담당한 현경 경찰관이 무표정하게 서 있었다.

오토모 옆에서는 사무관인 시나가 노트북을 펼치고 조서를 꾸미기 위해 기록을 했다.

오토모의 머릿속에 문득 오늘 아침 일이 되살아났다. 개호 기업에 근무하는 친구 사쿠마 고이치로에게 사적인 전화를 했었다. 단순히 키워드 일치에 지나지 않지만 이 사건에도 개호가 얽혀 있다.

"너 죽일 생각은 없었다니, 그럼 왜 때렸지? 노인을 그렇게 때리면 큰일 난다는 건 알잖아!"

오토모는 일상생활에서는 거의 쓰지 않는 강압적인 말투로 후루야를 다그쳤다.

"……그, 그만, 깜짝 놀라서. 어쨌든 소리를 지르지 못하게 하려고……."

"그게 죽이려고 그런 거 아니야?"

"아, 아뇨…… 그렇지만, 죽인 건 사카 씨라서……."

후루야는 시선을 한곳에 두지 못하며 고개를 숙였다.

현장검증과 어제 있었던 사법해부를 통해 공범자가 있다는 증거는 나왔다. 함께 해부 과정을 참관했던 형사가 예고했듯이 오늘 압송되기 전에 이미 후루야는 자백을 한 상태였다. 공범은 사카 아키유키, 28세. 예전에 후루야가 어울리던 폭주족 리더였던 남자라고 한다. 현경은 이미 사카의 행방을 추적하기 시작했다.

후루야와 사카는 둘이서 돌봐드린다는 핑계로 후루야의 작은할아버지, 세키네 마사오를 방문했다. 현금을 훔치려다가 들켜 후루야가 탁상시계로 머리를 때렸다. 이때 세키네는 쓰러지기는 했지만 아직 숨은 붙어 있었다. 사카가 세키네의 목을 졸라 목숨을 앗았다. 그 뒤 사카는 후루야에게 '각자 도망치자. 누가 먼저 잡히

건 입을 다물도록 하자. 서로 원망하기 없기다'라고 설득한 뒤에 훔친 돈을 가지고 달아났다고 한다. 그리고 아마 사카도 예상했을 테지만 경찰은 세키네와 혈연관계인 후루야를 먼저 검거했다.

양아치도 나름대로 의리가 있는지 후루야는 일단 약속대로 사카 아키유키를 감싸며 자기 단독 범행이라고 진술했다. 그렇지만 공범이 있다는 사실을 인정한 뒤로는 태도를 완전히 바꾸어 사카가 주범이고 자기는 말려들었다고 증언을 뒤집는 중이다.

그런 후루야의 모습을 보니 오토모는 귓속이 뜨끔거리기 시작했다.

"죽일 마음이 없으면 왜 사카가 목을 조를 때 말리지 않았어! 왜 바로 구급차를 부르지 않은 거지! 죽을 걸 빤히 알면서 내버려 둔 건 살인이나 마찬가지야!"

설사 후루야가 죽일 생각이 없었다고 주장하더라도 지금 인정하는 상황만으로도 강도 살인 공모 공동정범으로 구성요건은 충분히 갖출 수 있다. 단순하게 법적인 죄만 묻는 거라면 무리해서 살의가 있었다는 사실을 인정하게 만들 필요는 없다. 그러나 후루야에게 자기가 사람을 죽였다는 사실을 자각하게 해야만 한다.

일본 형사재판의 유죄 비율은 99.9퍼센트. 이 숫자만 봐도 빤히 드러나듯이 법정은 유죄냐 무죄냐 하는 사실을 다투는 공간이 아니라는 이야기다. 일본 형사 법정은 '정밀사법'이라고 불린다. 검사는 사전 수사와 취조로 사실관계에 대해 의심의 여지가 없을 정도까지 확실하게 준비하고, 유죄라는 확신이 섰을 때만 기소한다. 극히 일부 예외적인 사건을 제외하면 재판관이나 변호사도 유죄를 전제로 재판에 임한다.

이런 법정에서 이루어지는 재판은 부권주의적이다. 검사는 피고인에게 죄를 묻고, 변호사는 피고가 얼마나 반성하는지 이야기하며, 재판관은 피고인을 꾸짖어 새사람이 되라고 촉구한다. 그 증거로 판결을 내린 뒤 재판관은 피고에게 '설유說諭'라고 부르는 설교를 하는 독특한 관습이 있다. 성경을 놓고 맹세하는 관습이 없는 일본의 재판이지만 실제로는 매우 종교적이고 도덕적이다. 법률상의 범죄뿐만 아니라 인간으로서 저지르지 말았어야 할 잘못까지 단죄한다.

이런 방식의 사법제도는 결과적으로 판결은 같더라도 피고로 하여금 어떤 죄를 자각하게 하여 그 죄를 지울 것인가에 따라 재판의 의미가 바뀐다.

오토모는 후루야를 노려보았다.

후루야는 겁을 먹은 듯 보이지만 동시에 어떻게든 살인죄를 면하려고 눈치를 살피는 모습도 얼핏 드러났다.

이런 인간은 사람을 죽인 죄를 씌워 처벌하고 싶다. 아니, 그래야만 한다.

그런 생각이 지배적이었다.

"고개를 들어!"

오토모가 언성을 높였다.

만약 아내가 피의자를 조사 중인 오토모를 보았다면 놀라리라. 집에서는 (뿐만 아니라 평소 일을 할 때도 취조만 제외하면) 언성을 높인 적이 결코 없다.

넉넉한 가정에서 여러 사람의 선의에 둘러싸여 자란 오토모는 어려서부터 당연히 성선설을 믿었다. 이 세상에 타고난 악인은 없다. 텔레비전 뉴스에 나오는 범죄자들은 모두 뭔가 잘못되어 저렇게 된 게 틀림없다. 같은 반 친구들 가운데 '장난꾸러기'나 '거친 녀석들'이 있었지만 도저히 어쩔 수 없는 '악당'은 한 명도 없었으니까.

자라면서 이 세상은 단순히 선악만으로 구분할 수 없는 일이 많고, 또 겉으로 드러난 선악은 상대적으로 변하는 경우가 있다는 사실도 이해했다.

그래도 인간의 혼이라고 해야 할 근본 부분은 기본적으로 선한 성품을 갖추고 있다고 믿었다.

그 근거는 **죄책감**이다.

고등학교 때 농구부에서 문제를 제기했던 부정승차가 그렇듯 아주 사소하더라도 나쁜 짓을 저지르면 죄책감을 느낀다.

이것은 사람의 영혼이 악보다는 선을 바란다는 증거라고 여겼다.

아버지가 선물한 성경을 보면 사도 바울은 '올바른 사람은 없다. 단 한 사람도 없다'*라고 편지에 적었다. '원죄'라고 불리는 기독교의 중심 개념이다. 사람이 완전히 조화를 갖춘 낙원에서 쫓겨나 불완전한 존재가 되어버린 것, 그 자체가 죄라고 한다.

성경을 받은 지 얼마 안 되던 중학교 때는 바다가 갈라지는 것

*『로마인들에게 보낸 편지』 제3장 10절.

도, 물이 포도주로 변하는 것도 거짓말이라고 생각했다. 에덴동산도 상상의 세계라고 여겼다. 그런데 이 원죄라는 개념은 쉽게 받아들여졌다.

맞다. 인간은 불완전한 존재다. 그러면 안 되는 줄 알면서도 그만 나쁜 짓을 저지르고 만다. 자기도 모르는 사이에 다른 사람에게 상처를 입히는 일도 있다. 그런 불완전한 모습을 죄라고 생각하는 것은 역시 선을 추구하기 때문이리라.

때로 원죄설은 성악설로 이야기되는 경우도 있지만 오토모에게는 더할 나위 없는 성선설로 여겨졌다.

사람은 왜 나쁜 짓을 저지를까?

왜 나쁜 짓을 저지르면 안 되는가?

물음 자체가 이미 답이다. 선을 추구하기 때문이다.

누가 시키지 않아도 남을 돕고, 다른 이들에게 도움이 되고 싶어 한다. 사람은 배우지 않아도 사람을 따스하게 품거나 사랑할 줄 알며 남을 해칠 때는 망설인다. 그리고 만약 나쁜 짓을 저질렀을 때는 죄책감에 시달린다.

올바른 사람은 없다. 단 한 사람도 없다. 하지만 **바로 그렇기 때문에 사람의 품성은 선하다.**

검사로서 범죄자와 대치하게 된 지금도 오토모의 마음속에는 성선설이 자리 잡고 있다. 오히려 범죄자와 접할수록 그 생각은 더욱 굳어졌다.

임관하고 나서 많은 범죄자를 취조했지만 좋아서 죄를 지은 사람은 전혀 없었다. 범죄자들은 거의 예외 없이 죄책감을 느낀다.

'피도 눈물도 없다'라고 할 수밖에 없을 흉악한 범죄를 저지른 사람조차 죄책감은 있었다.

이 세상에는 애초에 양심이나 선의 같은 걸 타고나지 않아 이유 없이 남을 해치는 짓을 살아가는 보람으로 여기는 반사회적인 인격을 지닌 인간도 있다고 한다. 일종의 인격 장애로 사이코패스라고 불린다. 하지만 오토모는 아직 그런 범죄자를 만난 적이 없다.

어릴 때 머릿속에 그린 소박한 세상 그대로 범죄자들은 모두 어디선가 발을 잘못 디뎌 어두운 길로 들어선 사람들이었다.

인간관계, 금전 문제, 또는 사회적인 요인이나 성장 환경. 그런 것들이 인간이라면 누구나 지녔을 선한 성품을 뒤흔든다. 선한 성품이 흔들리고 뒤틀리고 사라졌을 때 사람은 결정적인 죄를 짓는다.

물론 그렇다고 해서 죄를 용서한다고 다 해결될 문제는 아니다. 죄를 지은 까닭은 바로 인간으로 태어날 때 타고난 영혼에 깃든 선한 품성을 지키지 못했기 때문이니까.

그렇기 때문에 단죄해야 한다. 처벌해야만 한다. 인간이라는 증명으로서.

후루야는 천천히 고개를 들더니 시선을 허공에 던졌다.

오토모는 목소리에 힘을 준 채 물었다.

"너 어렸을 때 네 작은할아버지가 귀여워했겠지?"

"예."

후루야가 기어 들어가는 목소리로 대답했다.

조서에 따르면 후루야는 초등학교 때까지만 해도 작은할아버지 집에 자주 오가며 손자나 마찬가지로 귀여움을 받았다고 한다. 그런데 후루야가 중학교에 들어가 폭주족과 어울려 나쁜 친구들을 사귀면서 가족과 멀어졌다. 고등학교를 중간에 그만두고 그 뒤로는 사카 같은 패거리와 함께 자질구레한 범죄를 저지르다가 스물두 살에 공갈 협박으로 전과가 생겼다.

"한 차례 탈선했던 네가 몸이 자유롭지 못한 자기를 돌봐주러 오겠다고 했을 때 작은할아버지는 어떤 생각이 들었겠나?"

"……."

후루야는 다시 고개를 푹 수그렸다.

"기뻤을 거야. 그런데 네가 그 마음을 배신하고 돈을 훔치려고 하는 걸 알았을 때는 기분이 어땠을까? 그리고 죽음을 맞이할 때는 어떤 심정이었겠어!"

후루야의 눈이 촉촉해졌다.

죄를 짊어지게 한다는 것은 결국 죄책감을 느끼도록 만드는 것이다. 모든 사람의 영혼에 깃든 선한 성품에 호소하여 회개시키는 일이다.

죄인 자신이 죄를 자각하고 죄책감의 무거운 사슬로 마음을 묶어야 비로소 단죄가 시작된다.

"흔히 주마등이라고 하지. 사람이 죽는 순간 옛날 일이 눈앞에 스쳐 지나간다는 그거 말이야. 네 작은할아버지는 틀림없이 네 생각을 했을 거야. 어릴 때 네가 다리에 매달리던 모습 같은 걸. 그런 네가, 어린 시절 얼굴이 남아 있는 네가 바로 앞에서 흉기를 들고 자기 머리를 내려쳤어. 게다가 목이 졸려 죽어가는데 가만히 보고만 있었지. 마지막 순간에 얼마나 원통했겠어!"

후루야는 어깨를 떨며 흐느꼈다.

오토모는 후루야가 죄책감을 느꼈다는 생각이 들었다.

그래, 좋아. 너 같은 녀석은 자책해야만 해. 회개하라, 회개하라! 회개하라, 회개하라!

오토모는 마치 뭔가에 홀린 사람처럼 머릿속으로 회개하라는 소리를 반복하고 있었다.

검사는 경찰이 송치한 피의자를 취조한 뒤 구류 청구를 할 것인지 말 것인지 결정한다. 강도 살인범인 후루야는 당연히 구류되어 재판 때까지 유치장에서 생활하게 될 것이다. 오토모는 구류 청구서를 작성해 상사인 차장검사의 재가를 받았다.

그런 다음 바로 검사실로 돌아와 다른 사건 자료를 읽기 시작했다. 오토모가 맡고 있는 사건은 이 건만이 아니다. 현재 피의자의 신병을 구속해야 할 사건을 11건이나 떠안고 있다.

오토모는 오후 8시 조금 지나 다시 차장검사 방을 찾았다.

담당하고 있는 업무상 과실치사 사건의 기소에 대해 의논하기 위해서였다.

검사를 '단독 관청'이라고도 부른다. 한 사람 한 사람이 그 판단과 책임에 입각해 국가나 정부로부터 독립된 권한을 행사할 수 있다. 또 한편으로 각자가 자의적으로 강권을 발동하는 일이 없도록 '검사 동일체 원칙'이 있어 검찰총장을 정점으로 하는 지휘 계통에는 절대복종이 요구된다.

일본에는 검사만 기소권이 있다. 예를 들면 경찰이 사건의 범인을 체포하더라도 검사가 기소하지 않으면 그냥 풀어주게 된다. 형사재판의 유죄율이 매우 높은 현실을 감안하면 이 나라에서는 범죄냐 아니냐를 결정하는 사람은 검사라고 해도 지나친 말이 아니다. 게다가 최고형은 사형이다. 극단적으로 이야기하면 검사는 일본에서 유일하게 합법적인 살인을 할 권리를 지니고 있는 셈이다. 그 책임이 매우 무겁기 때문에 독단적으로 전횡을 휘둘러서는 절대 안 된다. 사건 처리에 대해서는 상사에게 자세하게 보고하고 재가를 받아야 한다. 검찰청의 상의하달 방식은 어느 관공서보다 더 단호하다.

"어때, X현 생활에 좀 익숙해졌나? 부인은 가정을 잘 지키시고?"

차장검사인 히라기는 조서를 펼치며 물었다.

"예."

오토모가 대답했다.

히라기는 특별 수사 쪽에서 오래 일한 실력파다. 집안일은 여자에게 맡기는 게 당연하고 인생은 모두 일에 집중해야 한다고 거리낌 없이 말한다. 법정이 그렇듯 검사 사회에도 부권주의적인 가치관이 지배적이다(물론 여성 검사도 있지만 그 검사들에게도 강한 부성이 요구된다).

다만 세대 차이 때문일까? 오토모는 그렇게까지 가정을 돌아보지 않는 자세에는 위화감이 들었다.

그렇다고 해서 일을 팽개치고 매일 정시 퇴근 할 수는 없다. 검사의 판단에 따라 다른 사람의 인생이 바뀐다. 업무 성격상 늘 여러 사람의 인생에 대한 책임을 떠안아야 한다. 히라기의 말대로 인생의 100퍼센트를 걸지 않으면 제대로 일을 해낼 수 없는 직장이기는 하다.

"피해자는 길을 헤매고 있었던 건가?"

히라기는 조서를 훑어보며 물었다.

"예, 그래서 갑자기 튀어나왔을 가능성을 배제할 수 없습니다."

의논하고 있는 사건은 자동차 운전에 의한 업무상 과실치사 사건, 즉 교통사고다.

밤중에 사거리에서 87세 남성이 법정 속도를 20킬로미터나 초과한 트럭에 치여 사망했다. 피해자는 인지증으로 식구들이 잠깐 한눈을 판 사이에 집을 빠져나가 헤매고 있었다고 한다.

"정말 고령화 사회로군……."

히라기는 불쑥 혼잣말하듯 중얼거렸다.

"내가 처음 검사 생활을 시작한 게 20년 전인데 형사사건에 노인이 얽히는 일은 많지 않았지. 그런데 요 몇 년 사이에 피해자나 가해자가 노인인 경우가 점점 늘어나는 느낌이야."

오토모는 자기가 맡고 있는 사건을 떠올렸다. 우선 이 사건과 조금 전 취조한 후루야 사건은 양쪽 모두 피해자가 노인이다. 그밖에도 날치기 사건의 피해자가 78세, 빈집털이 범인이 67세, 곧 공판이 시작될 절도 상습범이 70세……. 확실히 노인이 관련된 사건은 적지 않다. 전국적으로 피해가 확대되고 있는 전화로 송금을 요구하는 사기의 피해자도 대부분 노인이다. 역시 고령화 사회가 되면서 범죄에도 반영이 되는 것이리라.

"그건 그렇고. 묘하군, 묘해."

히라기는 미간을 찡그리며 말했다.

"예."

교통사고를 업무상 과실치사로 재판에 넘길 경우 가해자의 과실과 피해자의 사망 간의 인과관계를 증명해야 한다.

이 사고에서는 트럭이 속도위반이었는데 이것만으로는 인과관계 증명이 되지 않는다. 왜냐하면 법정 속도로 달리던 트럭에 치여도 사람은 죽기 때문이다. 게다가 피해자가 인지증으로 길을 헤매고 있었다는 사실도 가해자에게는 유리하다.

자동차 보험 처리 때 '과실 비율'이란 개념이 있다. 교통사고 과실에는 이렇게 누구의 잘못인지 또렷하지 않은 부분이 있기 마련이다. 그래서 유죄율에 신경을 쓸 수밖에 없는 검사는 유죄라는 확신이 들 때만 기소한다. 그러다 보니 교통사고 가해자는 기소되지 않는 경우가 매우 많다. 일반적인 교통사고는 약 90퍼센트가 불기소, 사망 사고라도 30퍼센트 이상이 불기소 처리 된다. 벌금이나 면허정지 같은 도로교통법상의 처분만 내리고 죄는 묻지 않는다.

하지만 이번 경우는 피해자가 사거리에서 치였다. 그 사거리에는 신호등이 없었지만 일단정지 표지판이 있었기 때문에 운전자가 이걸 무시했다는 이야기가 된다.

"솔직히 자네는 어떻게 생각하나?"

히라기가 물었다.

"기소해야 한다고 생각합니다."

솔직하게 대답했다. 운전자가 일단정지를 무시하지 않았다면 사고는 일어나지 않았을 가능성이 높다. 게다가 사망이라는 피해의 무게를 고려하면 기소해야 할 사안이라고 생각했다.

운전자는 사고가 일어난 도로가 야간에는 사람이 거의 다니지 않아 아무도 법정 속도를 지키지 않았고 일단정지도 하지 않는 곳이었다고 변명했다. 그러나 남들이 다 무시한다고 해서 규칙을 어겨도 된다는 법은 없다. 게다가 결과적으로 사람까지 죽인 사람에게 죄를 묻지 않는다면 말이 안 된다.

히라기는 씩 웃으며 고개를 끄덕였다.

"그러면 기소장을 작성해서 가지고 오게. 그다음에 이야기하지."

일단 계속 진행하라는 지시다. 히라기는 위험을 두려워하지 않고 결과를 얻으려는 타입이다.

"예."

대답하면서 오토모는 오늘 아침 전화로 사쿠마에게 했던 말을 떠올렸다.

―정화를 위해서는 리스크를 감수하고서라도 칠 때는 칠 수도 있어.

그건 그냥 으름장을 놓으려던 말이 아니었다.

칠 필요를 느끼면 치는 것이 단속하는 입장에 서는 사람의 습성이다.

생각해보면 그 전화 통화 때 사쿠마의 말투는 평소 취조할 때 듣는 범죄자들과 느낌이 비슷했다. 여유가 있는 척하지만 그렇지 않다는 느낌이 왔다. 사쿠마가 '괜찮다'고 할수록 사실은 괜찮지 않을 거라고 생각한다. 작년에 함께 식사했을 때 느낀 위태로움이 몇 배로 부풀어 오르고 있었다.

사쿠마가 말한 '이런 정도 부정은 어디에나 있어'라는 말은 사고를 일으킨 운전자의 변명과 본질적으로 같았다. 단속하는 쪽에서 보면 완전히 아웃이다.

오토모는 개호보험법의 운용 실태와 후생노동성의 분위기는 모른다. 하지만 자기가 만약 후생노동성 담당자라면 이번 기회에 철저하게 부정을 쳐낼 거라는 생각이 든다.

차장검사실에서 나오니 복도 창밖 어둠 속에 내리는 빗줄기가 보였다.

언제부터 오기 시작한 걸까? 꽤 거세게 내리고 있다.

계속 실내에 있던 오토모로서는 하늘이 인내의 한계를 넘어선 때가 언제였는지 알 도리가 없었다.

사쿠마 고이치로

2007년 4월 13일

날짜가 바뀌어 오전 0시 3분. 저기압은 편서풍을 타고 서쪽에서 동쪽으로 흘렀다.

사쿠마 고이치로가 포레스트 본사 건물을 나올 무렵에는 도쿄에도 비가 내리기 시작했다. 하늘을 뒤덮은 비구름을 롯폰기 가로등이 어슴푸레 비추고 있었다. 사쿠마는 건물 1층에 있는 편의점에서 비닐우산을 샀다. 그걸 펴고 롯폰기 거리를 니시아자부 방향으로 걸었다.

아주 곤란한 상황일지도 모른다……

오늘은 종일 거래처에 설명하러 돌아다녔는데 그 느낌이 좋지 않았다. 노골적으로 적의를 드러내는 사람까지 있었다. 지금까지 업계 최대 기업이라는 사실을 내세워 무리한 요구를 해온 것에 대한 반발이라도 하는 걸까?

회장이 정계에 손을 쓰기 위해 총리대신 주변과 접촉을 시도했지만 거절당했다는 이야기를 들었다. 팸플릿에도 실린 '저는 포레스트를 응원합니다'라는 **공약**을 지킬 마음이 없는 모양이다.

지금까지 포레스트를 떠받치던 모든 것이 등을 돌리고 있었다.

바람 방향이 바뀌어 비닐우산이 마구 흔들렸다. 빗방울이 비스듬히 몰아쳐 뺨이 젖었다.

속이 부글부글 끓었다.

어쩌다 이렇게 된 걸까?

사쿠마가 추구하는 것. 그건 어릴 때부터 변함이 없다.

승리, 성공 그리고 거기서 얻어지는 무엇이든 해낼 수 있다는 자신감.

어릴 때부터 승부를 좋아했다. 아니, 이기는 걸 좋아했다. 남에게 이겼을 때 느끼는 우월감은 내 존재 가치를 더욱 빛나게 한다. 이 혼탁한 세상에서 인정받고 있다는 자기 긍정을 얻을 수 있다.

초등학교에 다닐 때는 공부나 운동이나 일등이었다. 중학교는 명문 사립학교에 다녔다. 그 학교에서도 농구부 에이스였고 성적은 늘 상위권을 지켰다.

때마침 경기에 거품이 잔뜩 끼었을 때라 저팬 애스 넘버원 시대였다. 록펠러센터나 고흐의 「해바라기」를 사들인 어른들로부터 사쿠마 소년은 자기 미래의 모습을 보았다. 나도 저렇게 압도적인 승리를 거두겠다.

대학을 졸업하고 사회에 나온 때는 1998년. 이미 거품이 꺼져 취직 빙하기가 한창인 시기였다. 명문으로 꼽히는 대학마저 직장을 잡지 못해 한숨 쉬는 학생이 많았다. 하지만 사쿠마는 유명 기업체 여러 곳에 합격했다.

이때 철이 들 무렵부터 어렴풋이 느끼던 사실에 대해 확신을 가졌다.

나는 다른 녀석들과 다른 특별한 사람이다. 경쟁이 심할수록 더 또렷하게 드러난다. 불황이건 뭐건 내게는 아무 상관 없다. 특별한 나는 계속 승리를 거둘 수 있다.

마음대로 선택할 수 있는 직장 가운데 브랜드 이미지가 좋은 대형 전기기계 제조 회사를 골랐다. 배정받은 부서는 영업부였다. 거기서 사쿠마는 자기 확신을 증명이라도 하듯 입사하자마자 놀라운 실적을 올렸다.

영업직은 사쿠마에게 천직이었다. 영업의 비결은 적극적인 사고와 커뮤니케이션 능력이다. 사쿠마는 둘 다 갖추고 있었다. '반드시 해낼 수 있다'고 자기에게 이야기하며 밝고 끈기 있고 힘차게 클라이언트에게 다가갈 수 있었다. 그렇게 해서 성공을 움켜쥐었을 때의 성취감은 기가 막혔다.

과정보다 결과를 따지는 현실 사회는 사쿠마에게 아주 마음 편한 곳이었다.

하지만 이윽고 자기가 들어간 회사가 생각보다 천장이 낮다는 사실을 깨달았다. 아무리 생각해도 자기보다 무능한 상사가 위에 여러 명 똬리를 틀고 앉아 훨씬 많은 월급을 받고 있었다. 힘겹게 경쟁하고 있는 것은 젊은 사원들뿐이고 나이 든 사원들은 안일한 생활에 젖어 있었다. 그리고 이사 이상의 임원은 모두가 이런저런 형태로 창업자 가족과 친인척 관계였다.

결국 사쿠마는 1년 만에 회사를 그만두고 보다 천장이 높고 자극적인 환경을 찾아 나섰다. 그 무렵 아직 창업한 지 얼마 되지 않은 인재 파견 회사로 옮겼다.

새 회사는 낡은 체질을 지닌 대기업보다 훨씬 마음에 들었다. 때마침 파견 노동에 대한 대폭적인 규제 완화가 이루어져 회사는 실적이 급신장했다.

정체 상태에 빠진 경제 상황을 배경으로 직장이 필요한 노동자와 인건비를 줄이려는 기업의 교량 역할을 해서 이익을 남긴다. 그곳은 상대의 처지를 적극적으로 이용해야 돈을 벌 수 있는 노골적인 세계였다.

마치 인신매매 비슷한 구석이 있는 파견 업계의 실정을 비판하는 목소리도 있었지만 나중에 포레스트의 오너가 되는 회장은 '인재 파견업은 새로운 가치를 창조하는 비즈니스다'라고 했다.

양심이니 모럴이니 하는 기존의 범주에 얽매이지 않고 철저하게 이윤을 추구한다. 불리한 점은 숨기고 유리한 면은 부풀린다. 달콤한 즙을 빨아먹을 수 있는 상황이라면 끝까지 빤다. 짜낼 게 있으면 짜낼 만큼 짜낸다. 그렇게 해서 이익을 극대화하는 것이 이 세계의 정의다. 결과적으로 이기적인 자세야말로 이 세상을 살아가는 데 도움이 된다— 이런 이야기를 거침없이 하는 회장에게 사쿠마는 존경심까지 품었다.

회장의 말은 압도적으로 옳다.

파견업을 비판하는 사람들은 머리 나쁜 위선자다. 만약 파견업이 없다면 기업은 계속 오르는 비싼 인건비 때문에 힘들어하고 노동자는 일자리가 없어 힘들 것이다. 주변에서 불평하는 놈들보다 회장이 훨씬 이 세상에 도움이 되는 일을 한다.

사쿠마는 학생 때부터 품고 있던 '올바른 게 마음에 들지 않는다'는 감정의 정체를 깨달았다. 위선이기 때문이다. 당당하게 '올바른 것'을 주장하는 녀석은 그저 기존 가치에 매달려 있을 뿐인 위선자다.

회장이 이야기하는 비전에는 위선이 없었다. 대신 보람이 있었다. 신대륙을 찾는 배 맨 앞자리에서 노를 젓는 느낌이 들었다.

사들인 개호 기업으로 파견 근무가 결정되었을 때도 기분이 좋았다.

구조는 인재 파견과 똑같다.

개호가 필요한 노인과 개호 노동자를 이어주고 이익을 얻는다. 야박하지만 사람들이 지금 필요로 하는 일이다. 말로만 그럴듯하게 노인을 돕는 게 아니다. 노인들 주머니에서 썩어가는 돈을 세상 밖으로 끌어내야 한다.

사업은 좋은 흐름을 타고 있었다. 이 배로 어디든 갈 수 있을 것이다…… 라고 생각했다.

어떻게 된 영문인지 갑자기 조류가 바뀌었다. 배가 바람에 휘말려 가라앉으려 하고 있다는 느낌이 왔다.

이대로 있으면 가라앉는다. 패배다. 계속 승리를 거두어야 할 특별한 내가 패배한다. 있어서는 안 될 일이다.

위선자!

사쿠마는 이번 포레스트의 부정을 지적했다는 도쿄 도 담당자를 떠올렸다. 만난 적은 없지만 사쿠마의 머릿속에서 그 담당자는 오토모와 같은 표정을 하고 있었다.

의기양양한 표정으로 교과서 같은 이야기를 늘어놓으며 배에 구멍을 뚫는다.

위선자 새끼!

사쿠마는 포레스트를 규탄하는 기사를 쓴 신문기자를 떠올렸다. 다들 오토모와 같은 표정이다.

자기 잘못에는 눈감고 잘난 척하며 우르르 덤벼들어 남의 발목을 잡아끈다.

그런 위선자들의 작태는 정의도 뭣도 아니다. 자기 위치를 이용해 기쁨을 느낄 뿐인 마스터베이션이다.

마지막 전철을 놓치지 않으려고 우산을 안고 뛰는 사람들과 엇갈려 지나쳤다. 대조적으로 차도에서는 차가 느릿느릿 움직이고 있다.

자정이 지났는데도 큰길가에 늘어선 점포들은 불이 꺼지지 않아 거리는 환하다. 알록달록 경박한 빛이 빗방울에 스며들었다. 나이 많은 사람들은 경기가 한창 흥청거리던 시대에 비하면 너무 조용하고 한적해졌다고 하지만 사쿠마는 거품경제가 한창이던 시절의 롯폰기를 알지 못한다.

니시아자부 사거리를 지나 조금 더 가다가 오른쪽으로 꺾어서 좁은 골목으로 들어갔다. 뱀처럼 구불구불 뻗은 골목에서는 비 냄새가 물씬 풍겼다. 그 골목 빌딩과 빌딩 사이에 있는 바를 찾아 들어갔다.

사쿠마가 가게에 들어서자 카운터에서 바텐더가 슬쩍 눈짓을 했다.

"룸에서 약속이."

사쿠마가 말하자 바텐더는 말없이 고개를 끄덕였다.

20평쯤 되는 가게에는 카운터와, 넉넉하게 공간을 차지한 두 개의 칸막이 박스석이 있었다. 카운터에는 만화에 나올 법한 엄청난 근육을 지닌 흑인 두 명이 낮은 목소리로 대화를 나누고 있다. 박스석 하나에는 표범 무늬 모피 드레스를 입은 인형 같은 여자와 볼썽사나운 악어 무늬 양복을 입은 뚱뚱한 중년 남자가 앉아 있었다. 얼핏 봐서는 누가 포식자인지 알 수 없다.

사쿠마는 그런 아주 작은 동물원 옆을 지나서 가게 안쪽으로 들어갔다. 파티션 뒤에 숨은 듯이 룸으로 들어가는 문이 있었다.

안으로 들어가니 단출한 방 한복판에 소파가 있고 테이블에 술과 간단한 안주가 놓여 있었다. 소파에는 눈썹이 없이 머리카락을 올백으로 넘긴 남자가 술잔을 기울이고 있었다.

"아."

남자는 술잔을 들어 올렸다. 테이블에는 소 그림이 그려진 술병이 있었다. 진한 향이 나는 이 술은 저 남자의 이미지와 잘 어울린다.

남자는 성이 젠이라고 했지만 본명은 모른다. 아마 또래일 텐데 나이도 모르고 평소 무슨 일에 종사하는지도 모른다. 떳떳한 사회 생활을 하는 사람이 아니라는 사실만은 분명했다.

사쿠마는 맞은편 자리에 앉았다. 겐이 앉은 자리 뒤로는 작은 문이 보였다. 여차하면 룸에서 바로 골목으로 빠져나갈 수 있는 '비상구'다. 다행히 아직까지 저 문을 이용한 적은 없다.

"다음 달에는 반드시 돈을 줄 테니까 외상으로 좀 줄 수 없겠나?"

사쿠마가 입을 열자 겐은 소리 없이 웃었다.

"일 바쁘지 않은가? 그쪽 회장님도 엉덩이에 불이 붙었다고 소문이 자자하던데. 최근까지 그렇게 친한 척하던 총리대신도 등을 돌려 쌀쌀맞게 구는 거 아니야?"

소문이 빠른 사람이다.

겐과 알게 된 것은 회장이 주최한 파티에서였다. 그때 사쿠마는 아직 파견 근무 전이라 인재 파견 회사 사원이었다. 회장은 놀기 좋아해 화려한 사생활로 소문이 났다. 파티에는 유명 기업체의 경영자나 연예인부터 겐처럼 정체를 알 수 없는 사람까지 온갖 부류가 모여들었다.

"제발, 야마 좀 줘."

사쿠마는 겐을 가만히 바라보았다. 겐은 사시라서 시선은 부딪치지 않는다.

"약을 외상으로 파는 멍청이는 없어."

겐은 어처구니없다는 듯이 말했다.

파티에서 처음 만나 죽이 맞은 겐은 사쿠마에게 '약간 독특한 건강 보조 식품인데, 먹어보겠나?'라며 은색 알약을 주었다. 처음에는 무료로 샘플을 줄 테니 마음에 들면 사라는 수법은 건강 보조 식품을 팔 때 흔히 쓰는 수법이다.

하지만 물론 그 알약에 포함된 것은 비타민이나 아미노산 같은 영양 성분이 아니었다. '藥馬'라고 쓰고 '야마'라고 읽는 회색 알약의 주성분은 메스암페타민*이다. 효과는 아미노산과 비교도 할 수 없다. 입에 넣고 꿀꺽 삼키면 몇 분 안에 중추신경을 자극하고 머릿속이 산뜻하게 맑아진다. 불안은 사라지고 집중력이 높아졌다. 말하자면 각성제인데 주사기나 다른 장비도 필요 없는 간편한 알약이라 시작하는 데 거부감은 들지 않았다.

이런 약물이 의존성이 있다는 사실은 상식으로 알고 있었다. 하지만 스스로 잘 조절할 수 있을 것 같았다. '약간 독특한 건강 보조 식품'이라는 겐의 말이 절묘한 표현이라는 생각까지 들었다. 결국 가끔 겐으로부터 야마를 사기 시작했다.

인재 파견 회사 시절에는 야마를 큰 거래나 중요한 계약을 앞두고 캡슐로 복용하면 무척 재미있는 결과가 나왔다. 고객을 대할 때 늘 적극적이고 과감한 대응이 필요한 영업이라는 직종에 각성제가 가져다주는 힘은 결정적이었다. 사쿠마가 원래 지니고 있던 적극적인 사고와 커뮤니케이션 능력을 한계 이상으로 끌어올리는 도핑 같았다.

사용하다 보니 이 '약간 독특한 건강 보조 식품'이 섹스할 때도 뛰어난 효과를 발휘한다는 사실을 깨달았다. 일을 잘 해결한 뒤에 벌이는 자축 파티 삼아 야마를 먹고 고급 콜걸을 불러 하룻밤 지

---

* 두뇌의 도파민 시스템을 강하게 활성화시켜 환각 상태를 일으키는 중독성 불법 마약.

내고 나면 일이 더 잘 풀렸다.

직장에서 계속 성공이 이어지자 사쿠마는 흥분했다. 급여와 보너스가 올라가는 것 이상으로 좋은 성과를 내고 있다는 사실에 도취했다. 사쿠마가 정말로 원하는 것은 승리, 성공 그리고 거기서 얻어지는 무엇이든지 해낼 수 있다는 자신감이었다.

그러다 보니 인재 파견 회사 영업부에서 누구보다 뛰어난 성적을 거두었고 포레스트에 부장 대우로 파견 근무를 시작했다.

이때까지만 해도 야마가 윤활유가 되어 모든 일이 잘 돌아가는 듯했다. 그러나 포레스트에 근무하면서 언제부턴가 공회전이 시작되었다. 처음에는 좋았다. 하지만 개호보험법이 개정될 때마다 실적은 점점 떨어졌다.

사쿠마는 인재 파견 회사 시절과 마찬가지로 적극적인 영업을 펼쳤지만 결과가 나오지 않았다. 야마의 힘을 빌려 자기 능력을 한계 이상 발휘해도 끄떡도 않는 두꺼운 벽이 있는 것 같았다. 업무에서 흥분보다 스트레스를 많이 받았다. 무슨 일이든 해낼 수 있다는 자신감은 줄어들고 말로 표현할 수 없는 불안감에 시달렸다.

어쩌면 나는 특별한 인간이 아닌지도 모르겠다— 문득 이런 생각에 사로잡혔다.

아니야! 지금은 상황이 약간 좋지 않을 뿐이다. 다시 좋아질 거다.

몇 번이고 스스로를 타일렀지만 불안은 가시지 않았다. 몸 어딘가 약한 부분에 구멍이 난 것 같았다. 이번에는 그걸 메우려고 야마를 먹고 여자를 불렀다. 야마를 먹고 여자를 부르는 일이 점점 잦아졌다. 겐과 자주 연락했다. 약을 사고 여자를 부르는 데 월급을 거의 다 썼다.

중독? 말도 안 돼. 난 언제든 끊을 수 있어. 그냥 지금은 이 어려운 상황을 극복하기 위해 필요할 뿐이야.

진심으로 그렇게 생각했다. 그래서 현역 검사인 동창생도 태연히 만났고, 함께 식사를 했다.

주머니를 탈탈 털었고, 그걸로도 모자라게 된 지금까지 사쿠마는 자기가 약물과 섹스에 빠진 상태라는 생각은 해본 적이 없다. 빠진 게 아니라 잘 헤엄쳐가고 있는 것으로 믿었다.

"뭐 돈을 빌려줄 무서운 형님을 소개해줄 수도 있지만 그러면 사쿠마 씨는 아마 끝장일 텐데."

차갑게 웃는 겐을 보며 사쿠마는 반발을 느꼈다.

끝장이라고? 왜 너 같은 녀석에게 그런 소리를 들어야 하지? 마침 가진 돈이 없을 뿐이다. 잠깐 빌린다고 해서 문제가 될 일은 없다.

"괜찮아. 돈 빌려줄 녀석 소개해."

"아, 잠깐, 사쿠마 씨. 더 좋은 방법이 있어. 포레스트 영업부장이잖아? 회사 데이터에 접근할 수 있는 모든 권한이 있지? 고객 명부를 비롯해 포레스트가 관리하는 데이터와 교환하는 조건이라면 야마는 얼마든지 줄 수 있지."

"데이터? 그걸 어디에 쓰려고?"

"난 이래 봬도 새로운 사업을 계속 만들어가는 기업가야. 도쿄 북쪽에 약 판매 말고도 여러 사업이 있지. 지금 가장 관심이 있는 부분은 노인을 상대로 한 장사야."

노인을 상대로 한 장사?

이 남자가 설마 개호 비즈니스에 손댈 리는 없다. 그 꿍꿍이는 머리를 굴리지 않아도 쉽게 짐작이 갔다.

"사기?"

"그렇지. 역시 눈치가 빨라. '오레오레 사기'*지. 솔직히 지금은 쉽게 돈을 벌 수 있어. 잡힐 염려도 거의 없고. 신나게 버는 거지. 국내 최대 개호 기업인 포레스트가 관리하는 치매 노인들 정보는 우리에게 보물 창고야."

"……."

보물 창고. 확실히 그렇다. 일본 노인은 돈을 많이 가지고 있다. 하지만 대부분 장롱 깊숙한 곳이나 예금통장에 넣어두어 움직이지 않는 돈이다. 그걸 끌어내 생명을 불어넣는다. 그런 아이디어는 젠이나 포레스트나 차이가 없다. 개호의 대가로 돈을 받느냐 사기를 쳐서 돈을 빼앗느냐 하는 방법의 차이일 뿐.

"어때, 데이터 줄래?"

사쿠마는 고민했다.

하지만 방법이 중요한 건가?

죽은 돈에 생명을 불어넣는 일이 더 중요하지 않은가?

젠은 리스크가 없다고 했다. 그게 사실이라면 역무원이 없는 무

---

* '오레おれ'는 '나'라는 뜻을 지닌 일본어로 주로 노인들에게 자식인 척 전화해 돈을 송금하게 만드는 사기다.

인역까지 부정승차를 하는 거나 마찬가지다.

"하나만 가르쳐줘. 당신 야쿠자야?"

사쿠마가 묻자 겐은 코웃음을 쳤다.

"말했잖아? 기업가라고. 요즘에도 야쿠자가 되는 녀석이 있다면 진짜 멍청이지. 폭력단 대책법으로 칭칭 얽어매기 때문에 전혀 재미없어."

결국 프리로 움직이는 뒷골목 인물이라는 건가?

사쿠마는 생각에 잠겼다.

겐에게 데이터를 넘기느냐 마느냐가 아니었다. 어떻게 하면 겐과 대등한 입장에서 거래를 할 수 있을지 궁리한 것이다.

영업사원으로서의 솜씨를 보여줘야 할 순간이라고 생각했다.

〈그〉

2007년 4월 16일

사흘 뒤, 오전 8시 22분. 〈그〉는 자기 그림자를 밟으며 주택가
보도를 걷고 있었다.

어제까지 우중충했던 하늘이 오늘은 활짝 갰다.

티 하나 없이 맑게 갠 하늘이 너무 푸르러 오히려 불길하게 느
껴지는 아침이었다.

바로 앞에 아파트 단지가 보였다.

야가아사히 단지. 주민 절반이 65세 이상이다. 노인만 혼자 사
는 세대가 30퍼센트를 넘고, 그 가운데 절반이 독거노인이다. 의
지할 곳 없는 노인들이 모인 한계부락*. 아사히(아침 해)라는 이름
과는 달리 황혼 같은 단지인 셈이다.

---

* 일본의 사회학 용어로 사회 공동체로 존속하기 어려운 부락을 말한다.

단지 입구에 게시판이 보였다. '오레오레 사기, 보이스피싱 조심하세요'라는 포스터가 눈에 들어왔다. 뉴스에서도 요즘 크게 화제가 되고 있다. 피해가 상당히 자주 일어나는 모양이다.

〈그〉는 단지의 동과 동 사이에 있는 작은 공원으로 들어가 벤치에 걸터앉았다.

그 모습은 너무 한가해서 햇볕을 쬐러 나온 사람처럼 보였을 것이다. 눈썰미가 있어 〈그〉의 귀에 이어폰이 꽂혀 있다는 사실을 알아차린 사람이라도 라디오를 듣나 보다 싶어 아무런 의심도 하지 못했을 게 틀림없다.

〈그〉는 귀를 기울였다.

오늘은 '처치'가 아니라 '조사'를 하는 날이다.

'조사' 대상은 이 단지에 있는 어떤 집.

그 집 상황을 도청기 전파가 그에게 전해주었다.

1DK짜리 좁은 집의 주인은 오가타 가즈, 85세. 혼자 사는 노파다. 거동이 힘들어 거의 침대에서 지내는 시간이 길다. 요즘은 건망증이 심한데, 어쩌면 인지증 조짐인지도 모른다. 주말에만 도우미가 방문해 보살피고, 평일에는 옆 동네에 사는 며느리가 돌봐주러 온다.

〈왜 소변을 보겠다고 말하지 않으세요!〉

이어폰에서 날카로운 목소리가 들려왔다. 며느리 목소리다.

〈미, 미안하구나.〉

할머니가 힘없는 목소리로 대답한다.

아마 아침을 먹이는 중에 그만 오줌을 싸고 만 모양이다.

〈어머니는 정말 왜 그러세요!〉

〈그, 그러지 말거라.〉

〈안 돼요! 이건 벌이에요!〉

찰싹! 맞는 소리가 났다.

〈아앗!〉

찰싹! 찰싹! 찰싹!

〈아파, 아프다구. 아파. 내가 잘못했다, 잘못했어.〉

며느리가 시어머니를 때리는 소리와 용서를 비는 시어머니의 목소리.

잠시 후, 며느리가 흐느끼는 소리도 섞여 들려왔다.

〈흑흑…… 왜. 어째서…….〉

울면서 때리는 건가.

가족 개호에서 학대는 늘 있기 마련이라고 해도 될 정도로 많다. 하지만 몸이 자유롭지 못한 가족을 재미로 때리는 사람은 거의 없다. 스트레스라는 이름의 실이 사람을 조종하는 것이다.

이 며느리도 분명 그러하리라. '어째서'라고 묻는 대상은 가즈가 아니라 바로 자기 자신일 것이다.

마음이 감당할 수 있는 용량은 사람마다 다르다. 이 며느리는 매일 시어머니를 돌보러 다니는 생활이 한계에 이르렀을 것이다.

〈미안하구나. 내가 이런 꼴이 되어서. 아예 죽어버리면 좋을 텐데.〉

며느리의 목소리에 비해 가즈의 목소리는 침착했다.

〈왜 그런 말씀을…… 왜 그런……, 흑흑.〉

며느리의 목소리는 울음에 가려 끊어졌다.

〈그〉는 눈을 감고 숨을 크게 들이쉬었다.

〈그〉는 확인한다. 자기 마음속에 있는 의지— 살의를.

원한이 있는 것도 아니고 미울 리도 없다. 하지만 죽이겠다. 그런 투명한 살의가 확실히 있다.

죽이기 위해 이렇게 귀를 기울여 '조사'를 한다.

우선 죽여야 할 대상인가를 살핀다. 그리고 죽일 수 있는 타이밍을 파악한다.

초조해해서는 안 된다. 무리하지도 않는다. 괜찮다. 리스크는 있지만 신중하게 처리하면 별문제 없을 것이다.

경험을 통해 〈그〉는 알고 있다.

조심스럽고 신중하게 하면 완전범죄가 가능하다는 사실을.

제3장

로스트

2007년 6월

오토모 히데키

2007년 6월 6일

오전 11시 15분. 재판관이 판결을 했다.

"피고인을 징역 3년에 처한다."

집행유예도 붙이지 않고 구형한 대로 나온 판결이었다. 하지만 담당 검사인 오토모 히데키는 아무런 성취감도 느끼지 못했다.

귓속이 또 뜨끔거렸다.

옆에 앉은 사무관 시나가 살짝 한숨을 내쉬는 소리를 냈다.

맞은편에 앉은 변호사는 물론이고 판결을 내린 재판관마저 얼굴을 찡그리고 있다.

무거운 분위기에 싸인 좁은 법정 안에서 단 한 사람, 피고인만 안도하는 표정을 짓고 있었다.

아르마딜로처럼 등이 굽은 가와우치 다에, 70세. 무직에 주거 부정. 이른바 노숙인이다. 죄명은 상습 절도. 알기 쉽게 이야기하면 상습적인 좀도둑이다. 편의점에서 110엔짜리 주먹밥을 슬쩍하다가 현행범으로 체포되었다.

상습이라고는 해도 절도로 3년 실형 판결이 나오는 경우는 이례적이다. 여기에는 특수한 사정이 있다. 피고인인 다에가 그걸 원했기 때문이다.

"될 수 있으면 교도소에서 오래 지낼 수 있게 해주시오."

취조할 때 다에가 간절하게 부탁했다.

일반적인 형사사건의 범인, 특히 가벼운 범죄를 저지른 피의자는 될 수 있으면 실형 판결을 피하고 싶어 한다. 하지만 다에는 스스로 교도소에 들어가기를 바랐다.

"바깥세상에서는 나를 돌봐줄 사람이 없거든. 교도소가 훨씬 인간답게 지낼 수 있다우."

이게 다에가 교도소에 있기를 원한 이유다.

다에가 실형을 받은 것은 이번이 처음은 아니다. 겨우 반년 전에 같은 죄로 1년 동안의 교도소 생활을 마치고 출감했다.

다에는 류머티즘 때문에 관절이 변형되었다. 개호가 필요한 노인이지만 노숙인이라 주소도 없기 때문에 개호보험 이용은커녕 기초생활보호 대상자에 대한 지원도 받을 수 없다.

생활보호는 기본적인 인권 가운데 하나인 생존권을 보장하는 제도인데 주소가 없다는 이유로 받을 수 없다면 심각한 문제다. 하지만 재정난 때문에 이렇게 대응하는 지자체가 적지 않다.

의지할 곳이 없는 다에는 살기 위해 불편한 몸을 이끌며 좀도둑질을 반복하고 그때마다 체포되어 '반성하지 않아 죄질이 나쁘다'는 이유로 교도소에 들어갔다.

그러면 교도소 안에서는 하루 세 끼 식사를 차려주고 화장실이나 목욕할 때도 부축해준다. 지병인 류머티즘도 교도소에서 나름대로 신경을 써주며, 상태가 나빠지면 의사를 불러주거나 약을 준다. 이런 것들은 최소한의 인간적인 대우인데 다에에게는 더 바랄나위 없는 상태다.

다에는 깨달았다. 자기 같은 노인에게는 사회보다 교도소 쪽이훨씬 낫다는 사실을.

"할머니, 교도소는 좋은 곳이 아니에요. 어떻게든 노력해서 사회에서 자립할 방법을 찾아보지 않으시겠어요?"

체포 후 취조를 하면서 오토모는 그렇게 설득에 가까운 말을건넸다. 하지만 다에는 알지도 못하는 소리 하지 말라는 듯이 이렇게 대꾸했다.

"형사 양반. 에구, 아니지. 검사 나리지. 그야 검사 나리에게는형무소가 좋지 않은 곳이겠죠. 그렇지만 내겐 극락이라오. 나도나쁜 짓은 하고 싶지 않아요. 그렇지만 방법이 없잖아? 자립한다니, 검사 나리가 보살펴줄 거요? 아니죠? 그러니까 형무소에 보내요. 도둑질로는 안 되겠소? 어디 불이라도 지르면 될까? 사람을죽이면……? 뭐 이런 몸뚱이로 그러다가는 외려 내가 죽을지도모르지만……."

다에는 범죄자다. 그리고 자기가 지은 죄를 반성하지도 않는다.재범 가능성이 매우 높다. 실형을 받아야 할 이유는 충분하다.

하지만 그게 처벌이 되는 걸까?

오토모는 성선설을 믿는다. 사람은 누구나 영혼에 착한 품성을 간직하고 있다고 생각한다. 처벌이란 단순히 사실을 확인해 형벌을 내리는 게 아니라 착한 품성에 호소하여 죗값을 짊어지게 하는 것, 죄책감을 품고 회개하게 하는 일이다.

취조 과정에서 느낀 바에 따르면 다에에게도 성선설은 적용된다. 다에의 영혼에도 착한 품성은 있다.

다에는 누굴 해칠 생각이거나 악한 마음을 품고 죄를 짓지는 않는다. 인간답게 살 수 있는 공간이 교도소밖에 없어서 거기 들어가기 위한 수단으로 죄를 짓는다. 이런 상태라면 죄를 죄라고 자각할 수가 없다.

만약 진짜 다에를 처벌한다면 이 사회에서 다에가 죄를 범하지 않더라도 인간답게 살아갈 방법을 제시해야만 한다.

하지만 오토모에게는 불가능한 일이었다.

검사인 오토모가 할 수 있는 일은 형식적으로 죄를 묻는 일뿐이다.

가와우치 다에는 교도소에 들어갈 수 있을 때까지 죄를 지을 것이다. 그렇다면 치안 유지를 위해 실형을 내려 구속하는 것이 마땅하다. 그게 처벌이라고 부를 수 있는지 어떤지는 차치하고.

아마 오토모뿐만 아니라 변호사나 재판관도 마찬가지 생각이리라.

결국 법정은 다에에게 원하는 대로 '형'도 '벌'도 되지 않는 '형벌'을 내렸다.

판결을 내린 뒤 재판관이 피고인에게 '설유'를 했다.

"피고인은 형벌을 받아들여 많이 반성하고 출소한 뒤에는 다시 이런 짓 하지 않더라도 생활할 수 있도록 애를 써주세요."

'애를 쓰라'는 격려가 아무런 보탬도 되지 않는다는 사실을 재판관도 잘 알고 있다.

"예. 감사합니다."

다에는 머리를 조아리며 얼굴 가득 미소를 지었다.

"솔직히 가와우치 씨는 피해자인지 가해자인지 모르겠어요."

지방법원 문을 나서자 시나가 중얼거렸다.

무슨 뜻인지 안다. 오토모도 같은 심정이다. 하지만…….

"그 이야기를 시작하면 끝이 없어. 의도적으로 범죄를 저지르는 사람은 대개 불우하거나 뭔가 피해를 입은 상태지. 그렇지만 똑같이 불우해도 죄를 저지르지 않는 사람이 대부분이야. 그런 이상 죄를 저지른 사람은 역시 범죄자로서 처벌을 받아야만 해."

"예, 그렇죠. 그건 알겠습니다. 그렇지만…….."

시나는 우물거리면서 이렇게 말을 이었다.

"가와우치 씨 같은 사람이 앞으로 늘어나지 않을까요?"

"늘어나?"

"예. 일본은 출산율은 낮은 가운데 고령화가 진행되고 있죠. 그건 단순히 국민의 평균 연령이 높아진다는 이야기가 아니라 세대별 인구가 극단적인 불균형을 일으킨다는 이야기가 됩니다. 몸이 불편한데 의지할 가족이 없는 노인은 틀림없이 늘어날 거예요. 그런 사람이 수입이나 저축이 없고 복지에서 배제되어 생활이 교도

소보다 더 형편없어지면 범죄를 저지를 동기부여가 됩니다. ……
골치 아프죠, 교도소가 사회에서 밀려난 노인들이 모여 사는 양로
원처럼 되어버릴 테니까요."

가와우치 다에의 시각에서 보면 분명히 교도소는 교정 시설이
아니라 양로원 같은 곳인지도 모른다. 물론 그건 교도소의 본래
목적이 아니다.

"그렇지. 하지만 범죄를 저지른 사람을 내버려둘 수는 없어. 결
국 우리는 앞에 놓여 있는 일들을 묵묵히 할 수밖에 없지."

시나가 염려하는 바는 당연하지만 검사의 권한을 넘어서는 일
이다.

"그렇죠……."

오토모와 시나는 큰길로 나왔다. 콘크리트 건물이 묘지석처럼
서 있는 거리를 걸었다.

X현은 현청 주변에 세무서와 지방법원, 지방검찰청 본청, 현경
본부 같은 건물이 몰려 작은 관공서 거리를 형성하고 있다. 이곳
을 거점으로 삼은 대기업 빌딩과 신문사, 지방 방송국 사옥도 이
구역에 있어 낮에는 유동인구가 많다.

오가는 사람들이 웅성거리는 소리와 차의 배기가스가 빌딩과
빌딩에 난반사되어 독특한 리듬을 연주했다.

걸으며 며칠 전 차장검사 히라기로부터 들은 노인이 관계된 형
사사건이 늘고 있다는 이야기를 떠올렸다. 오토모가 담당하는 범
위 안에서 생각하면 피해자건 가해자건 범죄에 휘말린 노인은 의
지할 곳이 없는 사람들이었다.

돌보겠다고 거짓말하고 접근한 사람에게 살해된 노인이나 길을 헤매다가 트럭에 치인 노인은 제대로 보살펴주는 사람이 있었다면 목숨을 잃는 일이 없었으리라.

이런 생각을 해봐야 소용없는 노릇이지만 만약 누구나 오토모의 아버지가 입주한 실버타운 같은 곳에서 지낼 수 있다면 범죄를 저지르는 노인이나 범죄에 휘말리는 노인은 훨씬 줄어들 것이다.

─이 세상에서 가장 끔찍한 격차는 노인 격차야.

길거리의 어수선한 소리가 귀울림과 섞였다. 법정에서부터 내내 귓속이 뜨끔거렸다.

"알고 있었겠지만 말입니다."

신호를 기다리며 시나가 혼잣말처럼 내뱉었다.

"뭘?"

오토모는 시나의 얼굴을 바라보며 물었다.

"아, 그러니까 일기예보로 내일 날씨는 알 수 있잖아요? 늘 정확하다고 할 수야 없어도."

시나는 정면에 보이는 신문사 건물을 바라보며 말했다. 그 벽면의 가로로 긴 전광판에는 일기예보, 뉴스, 오늘의 운세가 순서대로 비치고 있었다.

예보에 따르면 오늘은 맑지만 내일부터 비가 올 거라고 한다. 다른 해보다 일주일쯤 늦은 장마가 이제 슬슬 시작될 모양이다.

시나가 말을 이었다.

"그렇지만 일주일 뒤의 날씨를 예측하기는 상당히 어렵죠. 1년 뒤가 되면 거의 점을 치는 거나 매한가지일 겁니다. 맞을 수도 있고 안 맞을 수도 있고. 이건 날씨에 한정된 이야기가 아니라 주가나 경마, 프로야구 우승팀도 그렇듯이 미래에 관해서는 대개의 경우 어떤 고등수학을 쓰더라도 정확하게 예측할 수는 없거든요. 그야말로 도박의 대상이 될 정도죠. 다만 예외적으로 꽤 먼 미래까지 안정된 예측을 할 수 있는 일도 있습니다. 그 가운데 하나가—."

숫자에 강한 시나 사무관은 잠깐 멈췄다가 말을 이었다.

"—인구예요. 인구 추계라는 것은 10년, 20년 정도는 대략 어긋나는 일이 거의 없죠. 지금 고령화 사회라고 이야기하지만 이렇게 될 거라는 사실은 20년 전, 아니 그보다 훨씬 전부터 알고 있었던 겁니다."

"그런가……?"

알고 있었나?

그럴 것이다. '고령화'나 '출산율 감소'라는 말 자체는 이미 오래전부터 들었다. 그리고 알고 있었다는 것은 지금도 알고 있다는 이야기이기도 하다. 앞으로 일본에서 저출산 고령화가 더 진행될 거라는 사실은 인구 통계 전문가가 아니라도 알고 있다.

신호가 바뀌자 사람들이 움직이기 시작했다.

오토모는 횡단보도를 다 건너더니 불쑥 걸음을 멈췄다.

"왜 그러세요, 검사님?"

"미안. 잠깐 기다려줘."

건물 전광판은 일기예보에서 한 줄짜리 뉴스를 내보내고 있었다.

〈속보. 후생노동성, 포레스트 행정처분 내리기로. 개호 사업 지속 불가.〉

오늘 조간에는 실리지 않았던 뉴스다. 아버지가 포레스트 계열의 고급 실버타운에 있는 오토모는 다른 사람들과 사정이 다르다.

오토모는 주머니에서 휴대전화를 꺼내 인터넷 브라우저를 띄웠다. 뉴스 사이트에서도 같은 기사를 맨 위에 내보내고 있었다.

〈대형 개호 기업 포레스트에 퇴장 조치〉

후생노동성 노건국*은 전국 규모로 실시한 감사 결과 포레스트의 여러 사업소에서 매우 악질적인 부정이 있었음을 발견했다며 연좌제를 적용하여 포레스트 본사에 대해 개호 서비스 사업소의 신규 및 갱신 지정을 허가하지 않는 처분을 내릴 방침이라고 밝혔다. 이에 따라 포레스트는 새로운 사업소 개설은 물론 기존 사업소의 갱신도 불가능해져 개호 사업에서 퇴출당할 위기에 놓였다.

휴대전화 화면에 뜬 기사에는 4월에 도쿄에서 개선 권고를 받았다는 소식을 들었을 때 오토모가 느꼈던 염려가 고스란히 현실로 나타나고 말았다.

오토모는 인터넷 브라우저를 닫고 전화번호부에서 포레스트를 권한 사쿠마의 번호를 찾았다.

〈지금 거신 번호는 전파가 닿지 않는 곳에 있거나 전원이 꺼져

---

* 老健局. 기존 노인보건복지국이 2001년 명칭을 '노건국'으로 변경했다.

있습니다―.〉

들려온 것은 기계적인 안내 메시지였다.

전광판은 뉴스에서 오늘의 운세로 넘어갔다.

〈오늘 최고의 행운을 누릴 별자리는 전갈자리! 뜻하지 않은 좋은 일이 일어날지도 모릅니다!〉

이런 무책임한 미래 예측의 말이 깜빡거리며 지나갔다.

신화에 따르면 오만한 거인 오리온은 대지의 여신 가이아의 분노를 사서 그녀가 풀어놓은 전갈의 독침에 찔려 목숨을 잃는다. 그걸 상징하듯 겨울이면 밤하늘 한복판에 있던 오리온자리는 전갈자리가 모습을 드러내는 여름이면 도망치듯 서둘러 사라진다―.

그 여름 개호 업계의 교만한 거인 포레스트는 치명적인 침을 한 방 맞고 말았다.

시바 무네노리

2007년 6월 11일

닷새 뒤, 오후 2시 2분. 눈을 뜨자 세상은 빛을 잃고 어두컴컴한 아파트의 우중충한 천장만 눈에 들어왔다.

아, 그런가. 꿈이었나?

시바 무네노리는 숨을 한 차례 푹 내쉬더니 천천히 몸을 일으켰다.

점점 맑아지는 의식이 몸에 달라붙는 습기를 포착했다.

그저께, 현 기상대가 장마에 들어간다고 선언했다. 벌써 며칠째 비가 추적추적 내리고 있다.

침대 옆에 놔둔 자명종 시계를 보았다. 야근을 마치고 돌아와 침대에 누운 게 10시쯤이었으니 네 시간쯤 눈을 붙인 셈인가?

시바가 일하는 야가 케어센터의 2교대제 근무는 야근한 다음 날이면 원칙적으로 쉰다.

다시 그 기분 좋은 꿈속으로 돌아갈 수 없을까 싶어 눈을 감았지만 높은 불쾌지수 때문에 현실로 도로 끌려 나왔다. 이제 낮잠을 즐기기도 힘든 계절이 되었다. 하기야 다시 잠이 든다고 해도 같은 꿈을 꿀 수 있다는 보장이 있는 것도 아니지만.

조금 전 꾼 것은 어린 시절 꿈이었다. 아버지와 단둘이 간 가족여행. 불빛이 들어온 포트타워 앞을 미키마우스와 신데렐라가 조명을 빛내며 퍼레이드를 벌이고 있었다. 전망탑에서 일렉트리컬 퍼레이드?

있을 수 없는 광경이지만 왜 그런 꿈을 꾸었는지는 금방 알 수 있었다. 고베에 있는 포트아일랜드에 갔을 때의 추억과 도쿄 디즈니랜드에 갔을 때의 기억이 뒤섞인 것이리라. 둘 다 시바가 초등학교 때의 일이다. 이제는 꿈속에서나 만날 수 있는 아버지가 즐거운 듯이 웃고 있었다. '좋은 추억'이 잘 뒤섞여 과장된 꿈. 멀어질수록 기억은 아련해지지만 추억은 또렷해진다.

시바는 침대에서 나와 차광 커튼을 열었다.

흐린 하늘에서 쏟아지는 빛이 방 안으로 밀려 들어왔다.

바닥에 떨어진 리모컨을 집어 들어 텔레비전을 켰다.

보고 싶은 프로그램이 있어서는 아니었다. 너무도 화려했던 꿈과 현실의 차이를 메울 수 있는 시끌벅적한 소리가 필요했을 뿐이다.

채널을 두 번 바꾸자 낯익은 남자의 얼굴이 화면에 나왔다.

낮 와이드쇼인 모양이다. 남자는 스튜디오 한가운데에 사회자와 해설자에 둘러싸여 앉아 있었다.

남자는 얼핏 보기에도 안색이 좋지 않았다. 길쭉한 눈 밑에는 거무스름한 그늘이 졌다. 뭔가 변명 같은 걸 주절주절 이야기하고 있는데 기운이 없어 마치 산송장 같았다.

그 남자는 포레스트의 회장. 지방의 방문 개호 사무소에 근무하는 시바가 보기에는 구름 위에 있는 사람이었다.

물론 직접 만난 적은 없지만 사무소 한구석에는 저 회장이 현직 총리대신인 보수당 정치인과 굳게 악수를 나누는 사진이 걸려 있어 사무실에 나가면 좋건 싫건 얼굴을 보게 된다. 그 사진에서는 샤프한 기업가답게 씩씩하게 웃는 얼굴이었는데 지금 텔레비전 화면에 비친 얼굴에서는 그런 흔적을 찾아볼 수 없었다.

"이보세요, 아침부터 여러 프로그램에 출연한 모양인데 이제 와서 변명해봐야 아무도 믿지 않아요!"

거침없는 발언으로 유명한 여배우가 회장을 몰아세웠다.

"아뇨, 결코 변명하는 게…… 다만 우리가 부정을 저지른 배경에는 개호 비즈니스의 구조적인……."

"그게 변명이라고요! 그렇게 행정처분을 피하려고 아직도 지저분하게 변명을 늘어놓는 겁니까?"

회장의 풀 죽은 목소리는 여배우의 호통에 지워지고 말았다.

아마 회장은 매스컴에서 자신이 설득하여 분위기를 바꾸려는 모양인데 이런 상태라면 계획은 어긋났다.

닷새 전인 6월 6일, 후생노동성이 포레스트에 사실상 퇴장 조치라고 할 수 있는 매우 혹독한 처분을 내렸다. 그날 밤, 포레스트는 기자회견을 열고 모든 개호 사업을 그룹 기업의 자회사에 일괄 양도하겠다고 발표했다. 이렇게 하면 경영 모체가 바뀌기 때문에 포레스트가 행정처분을 받더라도 법률상으로는 사업을 계속할 수 있게 될 터였다.

하지만 세상의 반응은 차가웠다.

그 이튿날인 6월 7일, 주요 신문 모두가 1면 톱기사와 사설로 포레스트 문제를 다루며 처분은 당연하고 사업 양도는 악질적인 처분 회피라고 비판했다.

그리고 6월 9일에는 전국의 지방자치단체가 일제히 포레스트에 대해 반발하며 각 지자체의 권한으로 자회사에 대한 사업 양도를 인정하지 않겠다고 선언했다. 후생노동성도 그룹 자회사에 사업을 양도하는 것은 바람직하지 않다는 견해를 밝혔다.

결국 포레스트는 그룹 내부에서 사업을 양도하려던 계획을 동결했다. 그 뒤에도 회장은 어떻게든 사업을 계속하고 싶다는 뜻을 내비쳤지만 이 또한 여론이 받아들이지 않고 '이제 와서'라며 더 혹독한 비판을 받았다. 지금 텔레비전에서 보여주고 있듯이.

프로그램은 마치 공개 처형장 같았다.

한때는 시대의 총아로 대우받던 사람이 이제는 멍석말이를 당하고 있다.

스튜디오에 설치된 커다란 모니터에 회장이 소유한 호화 저택과 요트, 고급 클럽 같은 곳에서 비싸 보이는 술을 마시는 회장의 사진이 나왔다.

"당신은 노인들한테 우려낸 돈으로 이런 사치를 즐긴 겁니다!"

"아뇨, 그건 내 개인 재산이라……."

"마찬가지잖아요!"

회장과는 대조적으로 해설자들은 생기가 넘쳤다.

"당신 같은 사람은 개호 사업을 할 자격이 없어요!"

"맞아요. 개호로 돈을 벌다니, 언어도단이오!"

"개호는 정말로 사심 없는 마음으로 사람을 대할 수 있는 사람만 할 수 있는 일이에요!"

"이제 손을 떼세요!"

싸구려 텔레비전 수상기의 깨진 스피커가 호통을 쳤다.

미쳤다.

시바는 그렇게 생각했다.

분명히 포레스트는 부정을 저질렀고, 회장은 청렴결백하다고 말하기 어려운 인물이다. 하지만 조금만 조사해보면 개호 업계 전체 구조에도 문제가 있다는 사실을 알 수 있다.

그걸 무시하고 한 기업과 개인을 목매달아 그 모습을 전파에 실어 전국에 내보내고 있다.

미쳤다.

돈을 벌다니, 언어도단이라고?

사심 없는 마음으로 사람을 대할 수 있는 사람만 할 수 있어?

저 사람들이 지금 제정신으로 하는 소리인가? 저러고도 양식 있는 사람이라고 할 수 있나?

돈을 받지 않고 사심 없이 다른 사람의 밑을 닦아줄 수 있는 사람이 얼마나 있단 말인가?

무서울 정도의 상상력 부족.

시바는 포레스트에서 일하는 동안 지겨울 정도로 보아온 개호에 쫓기는 사람들의 모습을 떠올렸다.

아버지를 돌보는 괴로움을 그 누구에게도 하소연하지 못하고 견뎌내는 딸.

시어머니 시중을 떠맡아 자기 의무라고 생각하면서도 결과적으로 학대하는 며느리.

이상을 품고 들어온 도우미는 근무 중에 폭언을 퍼부은 다음 날부터 무단결근하고 일을 그만두었다.

미디어가 내보내는 상상력이 결여된 양식은 개호 업계 종사자를 더욱 궁지로 몰아넣는다.

시바는 짜증이 나서 텔레비전을 껐다.

꺼진 화면에 자기 모습이 비쳤다.

그걸 보고 정신이 퍼뜩 들었다.

꿈에서 본 아버지를 닮았다. 같은 곡선을 그리는 눈썹, 조금 두툼한 입술. 아버지의 50퍼센트는 유전자로 시바의 몸속에 남아 있다는 사실을 증명이라도 하듯이 닮은 자신의 얼굴.

텔레비전 때문에 거칠어졌던 마음이 그나마 가라앉았다.

여기서 화를 내고 있어봤자 아무 소용이 없다. 내게는 해야 할 일이 있다.

아버지를 돌보던 나날들의 기억은 기둥처럼 시바를 지탱하고 나침반처럼 나아갈 방향을 알려주었다.

그건 추억이라고 할 수 있을 정도로 멀지도 않지만 또렷하지도 않은 기억이다.

시바의 아버지가 쓰러진 것은 1999년 7월. 예언이 빗나간 여름이었다.

그때 아버지는 일흔한 살이었고 시바는 스물세 살. 할아버지와 손자만큼 나이 차이가 큰 부자간이었다. 어머니는 시바가 초등학교에 들어가기 전에 교통사고로 세상을 떠나 아버지와 단둘이 살았다.

시바가 고등학교를 마칠 때까지는 그럭저럭 사이가 좋았지만 대학 진학을 계기로 시바가 도쿄에서 혼자 지내면서 삐꺽거리기 시작했다.

1년에 몇 차례 고향에 돌아가면 아버지는 묘하게 공격적인 말을 했다. '고마운 줄을 모른다'느니 '어차피 대학에서는 놀기만 할 거다'라느니 하며. 뜬금없이 '내 지갑을 훔쳤다'고 야단을 친 적도 있었다.

지금 돌아보면 그게 인지증의 징조였고 혼자 지내는 쓸쓸함 때문에 오는 스트레스와 어울려 마음이 복잡해졌으리라. 하지만 그때 시바는 갑자기 까다로워진 아버지를 멀리하려고만 했다.

대학을 마친 뒤 시바는 도쿄에서 프리터가 되었는데, 그 이야기를 하자 아버지는 '제대로 된 직장을 구해라' '대학까지 나와서 그게 뭐냐'라며 잔소리를 했다.

시바는 생각했다.

아버지 때와는 시대가 다르다고.

그렇다. 시대가 다르다. 시바와 아버지가 태어난 시대는 완전히 대조적이다.

아버지는 1928년생. 3년 뒤에 만주사변이 일어나 일본은 중일전쟁에 들어간다. 그리고 태평양전쟁. 중학교 2학년 때 근로봉사에 동원된 아버지는 그대로 전쟁이 끝날 때까지 공장에서 계속 일했다. 고등학교도 가지 못한 아버지였지만 전쟁이 끝난 뒤에 손재주가 있는 젊은이가 귀했던 덕분에 나름 이름이 있는 철강 전문 무역회사에 취직했다고 한다. 그 뒤 일본 경제는 고도 성장기를 맞이해 국민소득이 크게 늘어났다. 아버지도 예외는 아니라서 마흔 전에 독립하기에 충분한 저축을 했고, 이곳 X현에 땅을 사서 철물점을 열었다. 경제 규모가 점점 더 커지면서 장사는 순조로웠다. 그러다 가게를 접고 은퇴했으니 아버지는 좋은 시절을 살아온 셈이라고 할 수 있다.

한편 시바가 살아온 이 시대에는 경제에 활력이 없었다. 언제 끝날지 모르는 내리막길의 연속이었다.

시바가 태어난 때는 1975년. 소년기를 보낸 쇼와 시대 말기는 일본이 버블이라고 부르는 광풍에 휩싸여 있었다. 돈이 있는 걸 '풍요롭다'라고 한다면 이 나라가 역사상 가장 풍요로웠던 그때, 거기에는 돈과 함께 꿈이라는 말이 넘쳐났다.

꿈을 가져라, 꿈을 믿어라, 꿈을 향해 나아가라. 꿈 같은 모험, 꿈 공장, 꿈의 열도, 꿈, 꿈, 꿈, 꿈.

세상 모든 것을 돈으로 사들이는 게 뒤가 켕겨서 어른들은 그걸 숨기려는 듯이 자식들에게 꿈을 이야기했다.

너희는 무한한 가능성이 있다. 개성을 중요하게 여겨라. 꿈을 찾아 그걸 이루어라. 괜찮다. 믿으면 꿈은 반드시 이루어진다.

학교 선생님이나 텔레비전에 나오는 지식인들도 모두 그런 달콤한 이야기를 해댔다.

아버지도 예외는 아니었다. '자기만의 꿈을 찾아야 한다.' 시바가 어릴 때 아버지가 입버릇처럼 했던 말이다.

풍요라는 거품의 막에 싸인 어린이들은 꿈을 믿었다. 개성을 중요하게 여기며 자기실현이 어른이 되는 길이라고 믿었다.

그러나 실제로 어른이 되었을 때 시바를 기다리고 있던 것은 꿈이 아니라 빙하기로 비유되는 전에 없던 취업난이었다.

무자비한 자명종이 울어대며 꿈에서 깨어날 때라고 알렸다.

버블 붕괴―.

그 충격을 제대로 받은 시바 세대에게 어떤 중앙 일간지가 '로스트 제너레이션'이라고 이름을 붙였다. 다양한 사람들을 한마디로 규정하는 매스컴의 악습에 코웃음이 나면서도 당사자로서 묘하게 설득력이 있는 명칭이라는 느낌이 들었다.

분명히 우리는 '잃어버린 세대'인지도 모른다.

있어야 할, 또는 예전에는 있었던 '풍요'를 잃어버린 세대. 작은 파이를 다투는 경쟁은 치열하기 짝이 없다. 학생은 좋은 성적으로 여러 유명 기업의 합격증을 받아 들거나 국가고시에 합격한 '승리자 그룹'과 거듭되는 면접에 정신이 마모되는데도 합격하지 못하는 '패배자 그룹'으로 나뉘었다.

시바는 후자였다.

어렸을 때 어른들이 주입한 꿈, 무한한 가능성, 개성, 자기실현도 모두 시바와는 관계없는 '승리자 그룹'의 것이었다. 시바 같은

'패배자 그룹'은 아무리 시간이 지나도 실현되지 않는 자기를 끌어안고 꿈의 잔재 속을 헤매야만 했다.

이야기가 다르다. 이럴 리가 없지 않은가.

한 방 호되게 얻어맞은 기분이었다.

상승하는 시대의 파도만 타며 살았던 아버지에게 '제대로 일을 해라'라는 소리를 듣고 싶지는 않았다.

나라고 좋아서 프리터가 된 것은 아니다. 아버지도 불황이라 가게 문을 닫지 않았는가.

은퇴라고 하면 듣기야 좋지만 아버지는 시바가 대학에 들어간 해에 적자로 돌아선 장사를 포기하고 가게와 집을 처분한 뒤 세를 살기 시작했다. 그 뒤로 수입은 없이 가게 판 돈을 헐어 생활했다. 제대로 일하지 않는 것은 피차 마찬가지 아닌가 하는 생각이 들었다.

아버지와 얼굴을 마주하기 싫어서 한동안 고향에 돌아오지 않았다.

그러던 어느 날 병원에서 전화가 왔다.

아버지가 뇌경색으로 쓰러져 급히 수술해야 하는데 가족의 동의가 필요하다는 이야기였다. 수술을 해도 살 수 있을지 모른다, 그렇지만 수술하지 않으면 절대로 살아날 수 없다고 했다.

지금 돌이켜봐도 이상하지만 이때 머릿속에는 아무런 생각도 없었다. 뭔가 생각하거나 느끼거나 한 기억이 없다. 머리를 잘라낸 개구리의 척수반사처럼 입이 움직였다.

"부탁드립니다. 수술해주세요!"

전화를 건 사람은 수술은 일단 시작할 테지만 수술비 문제도 있으니 가능한 한 빨리 병원으로 와달라고 했다.

아르바이트 일정을 빼먹고 급히 X현으로 갔다.

아버지가 돌아가시는 거 아닌가?

나이를 생각하면 그리 이상한 일은 아니다. 하지만 왠지 그건 먼 훗날의 일이어야 한다는 느낌이 들었다.

슬프다거나 걱정된다거나 하는 그런 구체적인 느낌은 거의 없었다. 그저 답답함과 불안감만 마음을 가득 채웠다.

불규칙하게 흔들리는 급행 전철 안에서 자연히 머릿속에 아버지와 지내던 추억의 단편이 떠올랐다.

어릴 적 경기를 일으킨 시바를 등에 업고 병원으로 달려가던 아버지. 그때 아버지의 등은 무척 넓었다.

수업 참관하러 온 학부모 가운데 혼자만 남자, 그것도 노인이 와서 창피했던 일. 그때 아버지도 틀림없이 창피했을 것이다.

중학교 때는 분위기에 휩쓸려 별 죄책감도 없이 물건을 훔치다 걸렸다. 그때 아버지는 시바를 한 대 때린 뒤 '미안하구나. 절반은 내 책임이다'라며 눈물을 흘렸다. 주먹보다 그 눈물이 아팠다.

그리고 시바가 대학에 합격하자 바로 가게를 처분했다. 불황 때문만은 아니었다. 시바의 등록금을 마련하기 위해서였다.

요 몇 해 서먹했던 것도 아버지와 자식 사이였기 때문이다.

아버지는 나를 사랑했다. 그건 알고 있었다. 그리고 오랜 세월 받기만 했지 아무것도 갚지 못했다는 사실을 그제야 깨달았다.

시바가 병원에 도착했을 때는 이미 수술이 끝나 아버지는 집중

치료실에서 혼수상태에 빠져 있었다.

"전력을 다해 의학적으로 할 수 있는 일은 다 했습니다. 눈을 뜨실지 어떨지는 50대 50입니다. 마음의 각오는 해두세요."

의사는 분명히 그렇게 말했다.

침대 위에서 창백한 얼굴로 잠이 든 아버지의 모습은 오는 전철 안에서 떠올렸던 것보다 훨씬 나이가 들어 보였다.

아버지가 이렇게 작고, 이렇게 주름투성이였던가?

눈물이 나왔다.

아버지, 제발. 눈을 떠주세요. 지금 돌아가시면 안 돼요.

죽음의 문턱에 서 있는 아버지를 보니 그런 감정이 치밀었다.

그리고 수술 이틀 뒤.

"무, 무네노리야……."

정신을 차린 아버지는 더듬더듬 시바를 불렀다.

"아버지, 아버지……, 아버지!"

시바는 눈물과 콧물로 범벅이 된 얼굴로 아버지를 계속 불렀다.

옆에 있던 간호사도 눈물을 흘렸다.

그리고 아버지는 3개월쯤 입원해 재활 치료도 받았지만 결국 좌반신불수가 되었다. 일상생활에 늘 도움이 필요해 혼자 생활하기는 어려울 거라고 했다.

원래 시바는 아버지가 깨어나면 고향으로 돌아올 작정이었다. 정성껏 돌봐드리기로 맹세했다.

그날 이후 아버지가 세상을 떠난 날까지 결코 편하지 않았다. 아니 괴로웠다고 해야 정확할 것이다.

인지증 조짐이 있는 노인이 뇌경색을 일으키면 증세가 급격히 악화되는 경우가 있다고 한다. 시바의 아버지가 바로 그런 케이스였다.

몸과 정신이 모두 불편한 아버지는 너무 무거워 혼자 부축하기 쉽지 않았다.

예상보다 훨씬 힘들어 '그때 차라리 수술이 잘못되었더라면……' 하는 생각마저 들었다.

하지만.

"고맙구나."

아버지가 이렇게 이야기한 것은 돌아가시기 직전, 간병하기 시작한 지 만 4년 되던 12월이었다. 그날은 컨디션이 꽤 좋아 시바를 제대로 알아보았다. 자기가 인지증이라는 사실도 알고 있는 듯했다.

"나는 이제 뭐가 뭔지 분별할 수 없으니…… 할 수 있을 때 이야기해두어야겠구나. 네가 있어주어 행복했어. 내 아들로 태어나주어 고맙구나."

아버지가 그렇게 말하며 살짝 웃었다.

그리고 일주일 뒤인 2002년 12월 24일, 크리스마스이브 밤에 아버지는 세상을 떴다.

마지막에 그 말이 있었기 때문에 아버지에게 보상을 받았고 자기도 아버지에게 조금은 갚아드렸다는 생각을 할 수 있었다.

그리고 깨달았다. 설사 나이가 들어 신체 기능이 쇠퇴해 자기 몸을 추스르지 못하더라도, 설사 인지증일지라도 사람은 여전히 사람이라는 사실을. 때로는 기쁘고 때로는 슬픈, 행복과 불행 사이를 오가는 사람이라는 사실을.

마지막까지 아버지 곁을 지켰던 경험은 시바의 가슴속에서 자기가 태어난 시대를 저주하는 마음을 지워주었다.

분명히 나는 내리막길인 시대에 사회에 나왔다. 그러면 오르막길을 올라갔던 아버지는 편했을까? 그렇지는 않을 것이다. 아버지가 어렸을 때는 지금보다 훨씬 가난하고 치안도 좋지 않았다. 중학교만 마치고 취직한 것도 그러고 싶어 그 길을 선택하지는 않았다. 내가 비디오게임을 즐기는 틈틈이 영어 단어를 외우던 나이에 아버지는 이미 어른들 사이에 섞여 일을 했다. 독립해서 장사를 시작한 것도 게으르면 할 수 없는 일이다. 내 시대에는 내 고통이 있듯이 아버지 시대에는 아버지의 고통이 있었을 것이다ㅡ.

이제 태어난 시대를 저주하지 말자. 어떤 시대, 어떤 처지라도 해야 할 일은 있을 테니까.

시바는 아버지가 고령이었던 탓에 또래보다 훨씬 일찍 개호를 경험했다. 그리고 간단치 않은 그 무게와 그래도 지켜야 할 인간의 존엄을 깨달았다.

그런 내가 할 수 있는 일. 그런 내가 해야 할 일.

개호라는 직업.

고령화가 진행되는 이 나라에서는 시바의 아버지처럼 마지막 순간까지 개호를 필요로 하는 노인이 계속 늘어날 것이다.

시바는 아버지를 떠나보낸 뒤 곧바로 개호 도우미 자격을 따서 포레스트의 직원 모집에 지원했다.

전에 취직이 안 되어 고생했던 일이 거짓말이었던 것처럼 쉽게 채용되었다. 사상 최고의 취직난이라고 하지만 들어갈 수 있는 직장은 있었다. 자기가 너무 고르고 있었다는 사실을 깨달았다.

이제 곧 입사 5년이 된다. 지난 5년간 개호 수요가 계속 늘고 있다는 사실을 실감했다.

포레스트에 처분이 내려졌다고는 해도 개호를 필요로 하는 사람은 줄어들지 않는다.

포레스트가 어떤 형태로든 개호 사업을 계속할 수 있다면 시바도 그대로 일을 계속할 수 있다. 만약 사무소가 문을 닫는다고 해도 다른 곳으로 옮기면 그만이다.

근본적으로 아무것도 변한 것이 없다.

해야 할 일을 하면 된다.

내가 할 수 있는 일이 얼마 되지 않더라도. 그래도 해야 할 일은 하겠다.

결국 그 길뿐이다.

사쿠마 고이치로
2007년 6월 20일

9일 뒤, 오후 2시 30분. 사쿠마 고이치로는 방 한쪽에 놓인 소파에 걸터앉아 오늘 나온 주간지를 뒤적이고 있었다.

사이타마와 도쿄의 경계. 아라카와 옆에 있는 가와구치 시 쪽에 자리한 위클리맨션의 어느 방.

창밖으로 보이는 강과 공장 풍경이 꽤 멋지지만 블라인드를 꼭꼭 닫아두어 아무도 볼 수 없다.

방 한가운데 큼직한 사무용 책상과 파이프 의자가 있고 거기 세 남자가 앉아 있었다. 모두 20대 젊은이들이었다. 두 명은 컴퓨터를 조작하고 있고 한 명은 휴대전화를 귀에 대고 있다. 책상 위에는 탁상 파일 박스들이 놓여 있어 마치 소호 사무실 같다.

사쿠마가 보고 있는 주간지에는 「추락한 우상! 개호를 미끼로 삼은 돈의 노예에게 천벌을!」이라는 끔찍한 제목으로 포레스트와 그 회장을 비난하는 특집이 실려 있었다.

지나치게 일방적인 기사였다. 개호 업계의 현실에 대해서는 정확하게 전달하는 내용이 하나도 없었다. 스캔들과 여자 알몸으로 돈을 버는 주간지가 무슨 낯으로 '돈의 노예'라고 몰아세울 수 있다는 말인가.

하지만 '추락한 우상'이라는 표현은 절묘하다.

사쿠마가 한때 존경했던 회장이 비참하게 늪에 빠져들고 있었다.

그러나 동정은 하지 않는다.

회장은 옳았지만 가라앉는 배에서 얼른 빠져나오지 못한 얼간이다. 아니 빠져나오고 싶었지만 그럴 수 없었던 걸까? 아마 이게 일반 사회에서는 한계일지도 모른다. 너무 화려한 승리를 거두면 얻어맞는다. 정당한 방법으로 이익을 최대화해도 두드러지면 위선자들에게 발목을 잡힌다.

그렇다면 나는 다른 사회에서 성공할 테다. 계속 이겨나가겠다.

"그래서 지금 피해자는 당장 위자료 10만 엔을 내놓으면 합의해준다고 해요. 그런데 아드님이 지금 가진 돈이 없는 모양입니다. 그러니 어머님, 송금해주실 수 있겠어요? 돈을 주지 않으면 아드님은 범죄자가 돼요."

휴대전화를 든 야지마란 남자가 빠른 말투로 이야기하기 시작했다.

전철에서 치한으로 붙잡힌 남자의 어머니와 통화를 하고 있는 것이다.

경찰관이라고 했지만 물론 거짓말이다. 피해자도 가해자도 존재하지 않는 가짜 치한 사건이다. 하지만 갑자기 경찰이라고 전화가 와서 '아드님이 전철에서 성추행을 했습니다'라는 소리를 들으면 노인들은 패닉 상태에 빠져 냉정한 판단을 하지 못한다. 그리고 그 허점을 노려 송금하게 만든다. 이 사무실에서 하는 일은 바로 그런 작업이다.

"예, 예. 그렇게 해주시면 이쪽도 고맙죠. 그럼 지금 부르는 계좌로 부탁드립니다. 바로 보내셔야 합니다. 30분 이내에."

잘된 모양이다.

"예, 예. 확실합니다."

야지마는 전화를 끊더니 사쿠마에게 의기양양한 미소를 지어보였다. 탈색한 울프커트에 가느다란 눈썹. 피부는 햇볕에 알맞게 그을었다. 민소매 탱크톱과 위에는 폭이 좁은 재킷을 걸치고 있다. 요즘 똘마니들은 야쿠자보다 호스트에 가깝다.

"아, 잘했어. 하지만 아직 끝난 게 아니야. 확실하게 입금 확인해."

야지마는 다른 두 사람과 눈짓을 주고받고 고개를 끄덕였다.

"예."

4월, 겐에게 포레스트가 관리하던 고객 데이터를 넘기라는 이야기를 들었을 때 사쿠마는 겐이 하고 있는 사기에 관해 자세하게 물은 뒤 이렇게 대꾸했다.

"데이터는 건네지. 대신 나도 한몫 끼게 해줘. 노인들을 속이는 건 자신 있으니까."

사기는 범죄다. 그런 정도는 안다. 하지만 겐이 하는 이야기를 들어보니 '잘될 것 같다'는 생각이 들었다. 포레스트에 붙어 있기보다 겐과 손을 잡는 게 더 가능성 있어 보였다.

이렇게 나오는 사쿠마를 겐은 재미있어하면서 끼워주었다. 사쿠마는 포레스트 본사가 관리하는 고객 데이터를 몽땅 휴대용 하드디스크에 복사한 다음 회사를 그만두었다.

틀림없이 리스크가 큰 전직이었지만 아마 정답이었던 것 같다.

사쿠마가 그만둔 뒤 포레스트는 곧 문을 닫았다. 후생노동성으로부터 사실상의 퇴장 처분을 받고 회장은 비참한 모습으로 매스컴의 뭇매를 맞고 있었다.

한편 사쿠마는 이쪽 사기에서도 일찌감치 결과를 냈다.

지금까지 겐이 했던 방식은 친척을 가장해 돈을 보내라고 하는 단순한 '오레오레 사기'였지만 사쿠마가 제안하여 경찰관과 변호사가 등장하는 복잡한 보이스피싱으로 전환했다.

사쿠마가 포레스트에서 들고 나온 데이터에는 노인들의 가족 구성과 경제 상황까지 포함해 상세한 개인 정보가 있었다. 그 데이터를 잘 활용하면 타깃에 맞춘 효과적인 시나리오를 짤 수 있었다.

이게 대박이었다. 수입이 크게 늘었다. 겐도 사쿠마의 수완에 놀랐는지 보이스피싱 관리를 완전히 맡겼다.

"이달 매상은 어때?"

사쿠마가 묻자 야지마가 활짝 웃으며 손가락 세 개를 펴 보였다.

"끝내줍니다. 이미 세 개 넘었죠. 목표액 달성도 여유 있습니다."

한 개가 100만 엔이니 300만 엔이라는 소리다.

"그래?"

사쿠마는 만족스러운 표정을 지으며 고개를 끄덕였다.

겐이 자칭 기업가라고 했듯이 보이스피싱 작업 현장은 매우 사무적이었다.

이 위클리맨션은 '지점'으로 불린다. 한 지점에는 야지마 같은 '종업원'이 세 명에서 다섯 명 근무한다. 겐은 이런 지점을 사이타마와 도쿄에 네 개 가지고 있는 '사장'이며 사쿠마에게는 지금 네 개의 지점을 관리하는 '매니저'란 직책이 주어졌다.

종업원이 보이스피싱으로 번 돈은 '매상'이라고 부르고 그 안에서 성과에 따라 '급여'를 준다. 지점마다 매달 목표액도 설정되어 그걸 달성하면 성과급 지급 비율이 올라가는 시스템이다.

위법 행위만 하지 않는다면 벤처기업인 셈이다.

사기 집단이 이런 형태를 취하는 까닭은 특별히 회사 놀이를 하고 싶어서는 아니다. 범죄라고 해도 지속적으로 이익을 낼 수 있다면 이런 질서를 만드는 편이 더 합리적이다.

질서가 도입되면서 범죄는 일정한 규칙 아래 목적을 달성하는 일상 업무가 된다. 이러면 죄책감이나 긴장감은 줄어들지만 성과가 올랐을 때의 성취감은 오히려 크다.

당연히 야지마를 비롯한 종업원은 범죄자가 되고 싶어 여기 온 사람들은 아니다. 성공하고 싶은 것이다. 그들은 10대의 한 시절을 폭주족이나 불량 청소년으로 지냈다. 스무 살이 넘어서면 사회에서 자리를 잡을 곳이 없는 녀석들이다.

옛날이라면 폭력단에 들어가 심부름이라도 했을지 모르지만 요즘은 상하 관계가 엄격할 뿐 재미는 별로 없어 조폭 세계에 들어가는 젊은이는 줄어들었다. 겐은 그런 젊은이들을 모아 사기나 약장사 같은 걸 하고 있다. 요즘 이런 불법적인 비즈니스 집단이 늘어나고 있다고 한다.

사쿠마가 보기에 야지마 같은 애들은 범죄를 저지르고 있다는 의식이 거의 없다. 직장에 나가 일하듯, 또는 게임 하는 기분으로 노인에게 전화를 걸어 돈을 우려낸다. 나중에 자기 손에 들어오는 돈보다 성취감 쪽이 더 강한 동기로 작용하고 있는 것 같다.

애당초 사쿠마도 마찬가지였다. 자기가 지휘하는 지점의 매출이 늘어날 때마다 짜릿한 성취감을 느꼈다. 예전에 인재 파견 회사의 영업부에서 성과를 올릴 때와 같은 흥분이 되살아났다.

중요한 점은 승리, 성공 그리고 거기서 얻어지는 무엇이든 해낼 수 있다는 자신감이다.

"그래도 매니저님이 오신 뒤로 대단하네요! 전에는 한 달에 두 개 하는 일도 거의 없었는데."

야지마는 존경스럽다는 눈빛을 보냈다. 사쿠마는 자존심이 충족되어 뿌듯했다. 하지만 고개를 저으며 말했다.

"전에 하던 방식은 너무 연구가 부족했어. 노인한테서 돈을 빼낼 때 가족을 걱정하는 마음을 자극하기만 하는 단순한 오레오레 사기는 별로 효과적이지 않아. 노인들을 가장 확실하게 움직이도록 만들 수 있는 동기는 걱정하는 마음이 아니라 '불안'과 '수치심'이지. 그래서 불안과 수치심을 불러일으킬 상황을 만들면 훨씬 더 낚기 쉬워."

사쿠마가 사기에 도입한 방법론은 영업직으로 일할 때 익힌 원칙을 그대로 응용한 것이다.

노인뿐 아니라 네거티브한 감정이 많은 사람들을 잘 움직인다. 그 가운데서도 불안과 수치심은 특히 강력하게 작용한다. 사람을 움직이기 위해서는 불안감과 수치심을 어떻게 자극하느냐가 관건이다.

겐에게 '노인들을 속이는 건 자신 있다'고 한 사쿠마지만 지금까지 익혀온 영업 스킬이 예상보다 훨씬 더 잘 먹혔다. 아니, 오히려 이쪽이 훨씬 더 영업 기술을 제대로 써먹을 수 있겠다는 생각이 들었다.

인재 파견이나 개호 사업, 보이스피싱도 야비하기는 거기서 거기다. 위선자의 눈치를 보며 입에 발린 소리를 하지 않아도 괜찮은 만큼 차라리 사기 쪽이 더 낫다는 생각마저 들었다.

"과연."

야지마는 사쿠마가 한마디 할 때마다 꼬박꼬박 감탄한 표정으로 고개를 끄덕인다. 사쿠마는 의기양양하게 말했다.

"잘 들어. 지금 일본의 개인 금융자산 총액은 1천 400조 엔이야. 엄청난 돈이 있지. 하지만 돈은 이렇게 많은데 경제는 불경기다. 왜 그런지 아나? 돈이 돌지 않기 때문이야. 실은 그 금융자산 대부분을 노인들이 독점하고 있어서 그래. 쌓아놓고 쓰려고 하지 않으니까. 그래서 우리 젊은 세대에게 돈이 돌지 않는 거야. 바로 이 점이 머리를 써야 할 부분이지. 돈은 쌓여 있는 곳에서 가져오면 돼. 쓰지 않는다면 억지로 쓰게 만들면 돼. 노인들로부터 돈을 빼내는 일은 죽어 있는 돈을 되살리는 일이기도 해. 허물어져가는 이 나라의 경제를 구할 길이기도 하고."

사기를 정당화하자는 논리가 아니다. 사쿠마는 실제로 그렇게 생각하고 있었다. 노인을 타깃으로 삼은 사기는 이 세상을 위해서도 도움이 된다고.

"역시 매니저님 말씀은 뭔가 다릅니다. 전 진심으로 존경합니다."

사쿠마의 말을 얼마나 이해했는지는 몰라도 야지마는 그렇게 알랑거렸다. 다른 두 명도 같은 생각이라는 듯이 고개를 끄덕였다. 입에 발린 말이라는 걸 알면서도 기분은 좋았다.

다른 지점에서도 그렇지만 종업원들은 다들 실적을 끌어올리는 사쿠마의 지시를 잘 따랐다.

사쿠마가 연락용으로 쓰는 휴대전화가 진동했다. 남의 명의로 개통한 대포전화다.

"여보세요."

"저어, 정보를 판다고 이야기를 들었습니다만."

상대는 누군지 밝히지도 않고 용건부터 꺼냈다. 귀에 익지 않은 목소리다. 겐의 인맥을 통해 소문을 듣고 전화를 했으리라.

사쿠마는 포레스트에서 가지고 나온 데이터 가운데 자기들이 쓰지 않는 지방의 데이터를 판매하는 부업도 하고 있다. 겐이 '보물 창고'라고 했듯이 고령자의 개인 정보는 탐내는 사람이 무척 많았다.

"장소는?"

사쿠마가 묻자 상대방은 X현 정보를 달라고 요구했다.

사쿠마는 반사적으로 오토모의 얼굴을 떠올렸다. 정의를 최고의 가치로 떠받드는 지겨운 녀석. 진 시합의 기억을 소중하게 간직하고 있는 얼간이. 자기 아버지를 안전지대에 넣어두고도 개호 업계를 염려하는 위선자. 4월에 전화가 왔을 때 지금은 X현에 근무한다고 했다.

사쿠마는 자기가 판 정보로 오토모가 근무하는 지역을 어지럽힐 수 있다면 재미있겠다는 생각이 들었다.

"아, 있죠. 특별히 싸게 드리겠습니다."

사쿠마는 씩 웃으며 대답했다.

그날 밤, 겐이 불러서 이케부쿠로에 있는 초밥집에서 방을 따로 잡아 식사를 했다.

등 푸른 생선을 잘 못 먹는 사쿠마는 초밥을 그리 좋아하지 않지만 겐은 무척 즐겼다. 함께 식사를 할 때면 늘 초밥이었다. 농어가 요즘 한창 맛이 있을 때라며 계속 입으로 가져갔다. 사쿠마는 그 모습을 볼 때마다 속이 거북했다.

초밥을 먹으며 앞으로의 일을 어떻게 할 것인지 의논했다.

일단 두 사람의 관계는 경영자와 매니저, 겐이 주인이고 사쿠마는 고용된 직원이다. 하지만 요즘 겐은 보이스피싱 지점에 거의 얼굴을 내밀지 않고 사쿠마에게 맡긴 채 약 판매 같은 사업에 전념했다. 분업하는 공동 경영자라고 하는 편이 더 정확할지도 모른다. 적어도 사쿠마는 그렇게 생각하고 있었다.

"그나저나 사쿠마 씨는 기막힌 타이밍에 빠져나왔어. 문제가 있다는 이야기는 제법 있었지만 설마 그렇게 갑자기 없어지게 될 줄은 몰랐지."

물론 포레스트 이야기다. 이제는 사쿠마도 보도를 통해서만 알 수 있지만 아무래도 손쓸 방법이 없는 개호 사업을 매각하기로 한 모양이다. 매각할 곳으로 의료 개호 계열 쪽 교육 기업인 '무쓰미 에듀케이션'과 대형 이자카야 체인 '유유'의 이름이 거론된다.

"그렇지. 뭐 이렇게 요란하게 침몰하고 있으니 이용하지 않을 도리가 없지."

"이제 와서 이용이라니, 가능한가?"

"가능해. 간접적으로. 지금 매스컴은 포레스트 때리기에 정신이 팔려 개호 제도에 대한 건설적인 이야기는 거의 나오지 않고 있어. 이런 식으로 진행되면 결과적으로 사회불안을 부채질할 뿐이야. 특히 노인들이 불안해져. 불안해하는 사람들일수록 낚기 쉽지. 게다가 나는 포레스트 고객 정보를 가지고 있거든. 이건 말하자면 앞으로 어떻게 될지 불안해진 노인들 목록인 셈이지. 이제부터 이걸 이용해 한동안 돈을 꽤 벌 수 있을 거야."

"과연. 인텔리는 다르군."

겐의 목소리에 살짝 질투가 묻어났다. 사쿠마는 그걸 놓치지 않고 슬며시 우월감에 젖었다.

전부터 겐을 정체 모를 기분 나쁜 남자라고 느꼈었는데, 가까이에서 보니 의외로 바닥이 얕은 똘마니였다.

인맥이 풍부해 소문에 빠르고, 거느린 불량소년 출신들이 여럿이라는 점은 장점이지만 겐 자신에게는 이렇다 할 재능이 없었다.

둘이 손을 잡은 지 얼마 지나지 않았을 무렵에는 겐이 뒷골목 세계의 비즈니스에 대해 여러 가지를 가르쳐주었다. 하지만 기본적인 방법과 구조를 쭉 파악한 지금은 사쿠마가 겐에게 이것저것을 가르치는 일이 많았다.

"그런데 사쿠마 씨, 사이드 비즈니스도 잘되는 것 같던데."

겐이 화제를 바꾸었다. 말투에 살짝 가시가 돋았다. 얼굴에서도 웃음기가 사라졌다.

처음에 겐은 데이터 판매에 반대했다. 그래서 매상 일부를 주겠다는 조건과 '원래 이 데이터는 내 것이잖아. 그걸 이용해서 내가 돈을 버는 게 뭐가 잘못이지? 게다가 네 입장에서는 아무것도 하지 않고 돈이 들어오잖아. 반대할 이유가 없을 텐데'라고 하는, 사쿠마 입장에서 보면 당연한 이치를 설명해 받아들이게 만들었다.

데이터는 잘 팔렸고, 돈이 되었다. 겐에게도 이익이 된 셈이다. 하지만 겐은 여전히 뭔가 내키지 않는 모양이다. 그 이유는 안다. 질투다.

겐은 사쿠마의 능력을 질투하는 것이다.

"덕분에 이달은 모든 지점이 목표액을 달성했어. 복잡한 일들은 내게 맡겨. 당신은 사장이야. 떡 버티고 앉아서 돈이 들어오기만 기다리라고."

높여주는 척하며 겐을 무시했다. 그러자 눈치를 챘는지 겐은 사시인 눈을 부릅떴다.

화가 났나?

사쿠마는 순간 등에서 식은땀이 났다. 하지만 애써 태연한 척했다.

그래서 뭐. 절대 아무 일 없을 것이다.

사쿠마가 가세하면서 보이스피싱 매출은 폭발적으로 늘었다. 당연히 겐에게 돌아가는 이익도 많아졌다. 사쿠마와 사이가 틀어지면 겐도 손해다. 속셈은 어떻든 표면상 나름대로 사쿠마를 내세울 것이다.

겐은 숨을 내쉬더니 따분하다는 듯이 말했다.

"……그렇지. 우리 사업으로 돈을 제대로 벌면 불만은 없어."

겐이 숄더백을 뒤져 비닐봉투를 꺼냈다. 그 안에는 야마 정제가 잔뜩 들어 있었다.

겐과 약속한 보수의 일부분이다.

"앞으로도 열심히 해줘."

겐은 알약이 든 비닐봉투를 사쿠마 쪽으로 밀었다.

"음. 걱정 마."

사쿠마는 씩 웃으며 약을 받아 들었다.

오토모 히데키

2007년 6월 27일

7일 뒤, 오전 5시 47분. 어렴풋이 안개가 낀 현경 주차장에서 차한 대가 출발했다. 경광등이 없는 승용차, 위장용 순찰차다.

"아, 검사님의 아버님이 그 포레스트 가든에 계십니까?"

핸들을 쥔 나이 많은 형사의 말투로 보아 포레스트 가든이 고급 실버타운이라는 사실을 알고 있는 듯했다.

"예, 뭐."

조수석에서 오토모 히데키가 대꾸했다.

평일 이른 아침. X현에서 세 번째로 큰 도시 구노 시로 이어지는 지방도로는 오가는 차가 거의 없었다. 뒷자리에는 사무관 시나가 멍하니 창밖을 보고 있다.

하늘은 어둡고 흐렸지만 비는 내리지 않았다.

안내를 맡은 형사와 별생각 없이 이런저런 이야기를 나누다 보니 부모님 모시는 문제가 화제에 올랐다.

"저도 고급까지는 아니어도 어디 유료 실버타운에 모실 돈이 있으면…… 아, 미안합니다. 나쁜 뜻으로 한 이야기는 아닙니다."

"아뇨, 댁에서 모시기는 정말 힘들죠."

"예, 집사람이 노이로제에 걸린 모양입니다."

형사는 우울한 표정으로 미간을 찡그렸다. 형사의 어머니는 허리가 좋지 않아 집에서 가족이 돌보고 있단다. 부부와 자녀 둘에 어머니가 함께 살지만 실상 어머니 시중은 아내가 도맡아 한다.

포레스트 가든을 오토모에게 소개한 사쿠마가 '가족 개호야말로 일본에 내린 저주'라고 했던 말이 떠올랐다. 특히 맡을 인원이 적어 한정되기 쉬운 가정에서는 한 사람에게 부담이 집중되는 문제가 일어난다. 집안일을 모두 아내에게 맡기는 오토모가 이 형사에게 뭐라고 할 처지는 아니지만.

"요즘 매스컴이 시끄럽던데 포레스트 가든에도 영향이 있을 것 같습니까?"

형사가 물었다.

포레스트 문제는 지금 국민들의 가장 큰 관심사다. 처분을 빠져나가기 위해 그룹 안에서 사업 양도를 획책하기도 하고, 회장이 여러 민영방송 와이드쇼에 계속 출연해 실컷 화제가 되었다. 텔레비전, 신문, 잡지 등 모든 미디어가 연일 보도하고 있다.

결국 개호 사업을 매각하기로 정리되었지만 그에 따라 개호 서비스를 받을 수 없는 '개호 난민'이 발생하는 게 아니냐며 불안하게 바라보는 시각도 있다.

"아뇨, 괜찮을 것 같습니다. 그쪽은 개호보험을 이용하지 않기 때문에요."

행정처분을 받고 나서 곧바로 포레스트 가든의 원장한테서 〈앞으로도 변함없는 서비스를 약속드릴 수 있으니 크게 걱정하지 마시기 바랍니다〉라는 연락이 왔다. 애당초 포레스트 가든에는 이번 문제가 된 부정행위가 없고, 독립 채산제인 데다가 경영 상태도 양호하기 때문에 모기업이 바뀐다고 해도 이름이 변하는 정도 이상의 큰 영향은 없을 거라는 이야기였다.

안전지대. 전에 사쿠마가 그렇게 말했다. 설사 포레스트가 망해도 포레스트 가든은 살아남을 것이라고. 아이러니하게도 그 말대로 되었다.

오히려 오토모가 마음에 걸리는 것은 사쿠마와 연락이 되지 않고 있다는 사실이었다.

며칠 전 포레스트 본사의 직통 번호로 걸었더니 다른 남자가 전화를 받아 '죄송합니다. 사쿠마 씨는 일신상의 사정으로 퇴사했습니다'라고 했다.

그 뒤에 사쿠마의 휴대전화로 걸었지만 해약했는지 연결되지 않았다.

지금 포레스트가 처한 상황을 생각하면 퇴사한 사실 자체가 그리 이상하지는 않다. 하지만 한마디쯤 했어도 좋지 않았겠나 하는 마음이었고 그 뒤로 완전히 소식을 알 수 없다는 게 위화감이 든다. 포레스트로 전화를 걸었을 때 받은 사람의 말투에는 뭔가 석연치 않은 부분이 있었는데 퇴사가 원만하게 이루어지지 않은 느낌도 들었다.

"역시 고급 실버타운이라 안심이 되겠군요. 우리야 복권이라도 당첨되기 전에는 어머니를 그런 곳에 모실 수 있으려나?"

형사는 자조 섞인 표정으로 말했다.

안심……?

오토모는 생각했다. 분명히 포레스트 가든은 마음 놓을 수 있는 안전지대일지도 모른다. 하지만 입주하려면 억 단위의 돈이 든다.

형사 말대로 일반인은 복권이 당첨되기 전에는 들어갈 수 없다. 아버지를 그곳에 모시기는 했지만 나중에 오토모 자신은 도저히 들어갈 수 없을 것이다.

보도에 따르면 포레스트의 최근 결산이 적자였다고 한다. 모든 개호 사업 운영이 포레스트 가든처럼 안정적이지는 않으리라.

개호보험법 위반이라는 부정행위와 회장의 화려한 사생활이 클로즈업되어 마치 포레스트가 부정한 수단으로 큰돈을 벌어들였다고 착각하기 쉽지만 실제로는 부정을 저지르고도 적자 경영에 쪼들렸다.

앞으로 사업을 매각하더라도 적자 부문까지 모두 인수할 기업이 나타날까? 나타난다고 해서 그걸 계기로 정상화되기는 어렵지 않을까?

비즈니스라면 정상화가 당연하다. 채산성이 낮은 부문은 동결하거나 폐지하게 된다. 하지만 한편으로 개호는 복지이기도 하다. 돈을 벌지 못한다는 이유로 이미 시작한 사업을 그만두면 그 이용자, 특히 그 서비스에 기대어 살고 있는 사람은 생존권이 위협받는다. '개호 난민'은 불 보듯 빤한 결과다.

이런 상황이 닥치고 보니 언젠가 느꼈던 '개호 비즈니스'라는 말이 지닌 찜찜한 느낌의 정체가 바로 이해되었다.

단순한 부정행위가 아니라 이 나라에 축적된 왜곡이 가져온 필연이다.

지금 벌어지고 있는 포레스트를 둘러싼 소동과 노숙인 노파가 교도소에 들어가기 위해 도둑질을 한 사정은 같은 현상이 다른 식으로 표출된 것 아닐까?

내 가족은 안전지대에 두고 이런 걸 염려하는 태도는 기만일지도 모른다.

"검사님, 저 앞입니다."

사무적인 말투로 바뀐 형사의 목소리에 상념에서 벗어났다.

차는 구노 시 중심가로 들어섰다. 이 주변은 X현에서도 '젊은이의 거리'로 꼽힌다.

쇼핑 빌딩을 중심으로 비디오 대여점, 백엔숍, 패밀리 레스토랑, 편의점, 의류 양판점 등 전국 어디에나 있을 법한 캐주얼한 체인점이 즐비하다.

이른 시간이라 오가는 사람이 없어 아직 잠에서 깨어나지 않은 것처럼 조용했다.

목적지는 거리의 큰길에서 좁은 골목으로 들어가야 보이는 아파트였다. 4월에 강도 살인으로 체포된 후루야 요시노리의 공범자, 사카 아키유키가 숨어 있다는 정보가 들어왔다.

사카를 체포하기 위한 가택수색에 오토모와 시나도 동행했다.

중범죄자가 체포될 걸로 예상되는 가택수색을 할 때면 검사도 입회하는 경우가 꽤 있다.

골목 앞에 현경에서 나온 중형 호송차가 서 있었다. 작전에 투입될 경찰들을 수송하고 사카를 체포한 뒤 현경까지 호송하기 위한 차량이다. 이 차량도 경광등이 없어 평범한 마이크로버스로 보인다. 골목 입구에는 남자 2인조가 주변을 살피며 서 있었다. 만에 하나 사카가 여기까지 도망쳐 나왔을 때를 대비해 배치한 사복형사다.

형사는 호송차 뒤에 차를 세우더니 무전을 주고받았다.

"이제 곧 시작합니다. 잠시 기다리십시오."

작전에 들어갈 경찰관들은 이미 아파트로 가고 있다. 어디까지나 '손님' 위치인 오토모는 사카가 체포될 때까지는 여기서 대기해야 한다.

"이런 곳에……."

뒷좌석에 앉은 시나가 창밖을 흘끔흘끔 보며 혼잣말처럼 중얼거렸다.

나무는 숲에 숨기라고 했지만 역 근처는 도망친 범인이 숨어 있을 만한 장소가 아니다.

"왜 이런 곳에 돌아와 있는 걸까요?"

시나가 고개를 갸웃했다.

사카는 한 차례 X현 밖으로 도망쳤다가 얼마 전 고향으로 돌아온 모양이다. 수사하는 입장에서 보면 일부러 체포당하러 와준 셈이다.

형사는 코웃음을 쳤다.

"그놈이야 완전히 추적을 따돌린 줄 알겠죠. 만약을 위해 숨어 살고 있지만 아마 자기는 쫓기고 있지 않다고 생각할 겁니다."

경찰은 후루야가 공범에 대한 정보를 자백했다는 사실을 숨긴 채 사카의 뒤를 쫓고 있었다. 지금은 매스컴도 후루야의 단독 범행으로 보도하고 있다. 후루야에 대한 재판은 다음 달 초로 잡혀 있다. 그 뒤에는 공개수사로 전환할 예정이었다.

"후루야가 죄를 모두 뒤집어썼다고 생각해서 안심하고 돌아온 겁니까?"

"그렇죠. 사카가 숨어 있는 걸로 보이는 곳은 폭주족 시절에 친하게 지내던 녀석 집입니다. 사카 이외에도 여러 명이 드나드는 걸 확인했죠. 은신처라기보다는 집합소 같은 곳입니다."

"후루야가 자기 이야기를 털어놓았을지도 모른다는 생각은 하지 않는 건가요?"

시나가 석연치 않다는 말투로 물었다.

"그런 녀석들은 단순합니다. 쉽게 속이고 배신하죠. 그런데도 자기가 속거나 배신당할 거라고는 생각지 못합니다. 뭐 나쁜 놈들만이 아니라 사람들이 대개 그렇게 단순하고 어리석게 살아가는 건지도 모르지만요."

형사는 베테랑답게 냉정한 인간관을 이야기했다.

구름 사이로 살짝 해가 났다. 오늘은 장마도 잠깐 쉬어갈 모양이다.

"어?"

형사가 약간 의아하다는 소리를 냈다. 시선은 백미러 쪽을 향하고 있었다.

큰길에서 들어온 흰색 세단이 뒤에 차를 세우려 하고 있었다. 경찰 관계 차량은 아니다.

가만히 지켜보니 흰색 세단에서 남자가 내렸다. 차와 마찬가지로 머리카락은 백발, 얼굴은 막 나온 아침 햇살을 받아 잘 보이지 않았다. 그는 오토모 일행이 탄 차 바로 옆에 있는 자판기로 다가갔다.

"아, 담배를 사려는 건가?"

형사가 중얼거렸다.

자판기에서 담배를 사려고 우연히 차를 세웠나 보다.

오토모는 무심코 남자를 살피고 있었다. 남자가 산 담배의 독특한 포장이 눈길을 끌었다. 얼핏 보였지만 오토모는 그 담배 이름을 알고 있었다.

쇼트피스.

아버지가 즐겨 피워 집에는 늘 그 검정에 가까운 짙은 군청색 작은 담뱃갑이 여러 개 있었다.

쇼트피스는 JT가 생산하는 제품 가운데 니코틴 함유량이 가장 많고 필터가 없는 담배다. 아버지는 '피스는 성경하고 관계있는 담배라 흡연 또한 신앙의 한 형태다'라는 억지를 쓰며 계속 피웠다.

피스 담배의 포장지에는 금색 새가 찍혀 있다. 이 새는 구약성경에 나오는 비둘기라고 한다. 부리에 올리브 가지를 물고 방주로 돌아와 대홍수를 피한 노아에게 지상의 평화를 알린 비둘기다.

담배를 산 백발 남자는 흰색 차로 돌아갔다.

요즘 피스처럼 독한 담배를 피우는 사람은 대부분 나이가 많은 사람들뿐이다. 세단이 출발한 직후 무전기에서 경관의 날카로운 목소리가 들려왔다.

〈용의자 확보! 확보했습니다!〉

"가시죠."

"예."

형사의 말이 떨어지자마자 오토모와 시나도 차에서 내렸다.

골목은 차 두 대가 겨우 지나갈 수 있을 정도의 폭이라 양옆에는 높은 빌딩과 낮은 주택이 늘어서 있다. 재개발된 번화가에 비하면 뒤죽박죽이다.

아파트 앞까지 가자 여러 명의 제복 경찰관이 현관을 통제하고 있었다. 그리고 젊은이 세 명이 사복 경찰에게 끌려 나왔다. 그 가운데 짧은 금발에 탱크톱을 걸친 체격 좋은 남자가 사카였다. 나머지 두 명은 함께 있던 한패일 것이다. 저항하는 기색도 없이 고개를 숙인 채 끌려 나왔다. 표정은 제대로 보이지 않았지만 조만간 취조 때문에 여러 차례 얼굴을 보리라.

형사와 함께 현관을 지나 아파트로 들어갔다. 벽은 새로 칠했는지 반짝반짝 윤이 났어도 지은 지 오래된 듯했다. 계절 탓인지 복도에서는 곰팡내가 풍겼다.

사카가 숨어 있던 곳은 2층 모퉁이 방이었다. 안에서는 마스크를 한 수사관이 묵묵히 증거 물품을 압수하고 있었다. 현관의 신발 벗어두는 곳에 폴로셔츠를 입은 중년 남자가 할 일 없어 심심하다는 듯이 서 있었다. 이 아파트 주인이거나 관리인인 모양이다. 가택수색을 할 경우 법을 어긴 수색을 막겠다는 명목으로 반드시 거주하는 사람이나 그에 준하는 제3자가 입회하도록 한다. 남자는 요구받았기 때문에 어쩔 수 없이 여기 있다는 표정으로 말없이 수색하는 모습을 멍하니 바라보고 있었다.

수사하는 입장에서는 이런 허수아비 같은 입회인이 편하다. 오토모는 입회인 옆을 지나 안으로 들어갔다. 작업에 방해되지 않도록 한쪽 구석에 서서 진행 상황을 지켜보았다. 사카는 내일이라도 지검으로 압송될 것이다. 취조할 때를 대비해 방의 상태, 분위기로부터 조금이라도 잡아낼 수 있는 게 있을지 꼼꼼하게 살폈다.

구조는 2DK로 침대가 있는 침실과 테이블이 있는 거실로 나뉘었다. 전체적으로 환기가 되지 않은 상태였다. 들쩍지근한 냄새가 났다.

거실에는 만화잡지와 CD, DVD, 게임기 따위가 어지러이 놓여 있었다. 역시 젊은이들이 모이는 공간이라는 느낌이 왔다.

수사관들은 우편물 같은 종이 다발과 노트북 컴퓨터, 휴대전화 등을 압수용 골판지 상자에 담아 내갔다. 범죄 증거가 될 데이터가 나오는지 현경에서 정밀 수사를 하게 될 것이다.

침실 쪽에서는 침대를 완전히 뒤집어 그 안에 숨겨두었던 노란색 패키지의 작은 병을 수거하고 있었다. '러시'라는 거래가 금지된 약이다. 방향제로 팔리지만 실제는 각성제와 매우 비슷한 향정신성 약품이다. 오랫동안 약사법 규제 대상이 아니었던 터라 성인용품점 등에서 버젓이 판매되었다. 작년부터 규제하기 시작해 정식 루트를 통한 거래는 거의 없기 때문에 법을 어긴 경로로 구입했을 가능성이 높다. 수량으로 보아 자기들이 쓸 용도가 아니라 팔기 위한 재고일지도 모른다.

"사카와 폭력단의 관계는?"

오토모가 형사에게 물었다.

"그다지 깊은 관계는 없는 것 같군요. 요즘 젊은 깡패들은 다들 마찬가지입니다. 이제 야쿠자 세계도 고령화가 진행되어 위로 올라갈 자리가 별로 없으니까요. 젊은 애들이 들어가봐야 힘들기만 하지 별 재미가 없습니다."

형사가 머리를 긁으며 대답했다.

"게다가 요즘은 큰 조직에 들어가지 않아도 휴대전화와 컴퓨터만 있으면 여러 가지 범죄를 저지를 수 있죠. 약을 판매하거나 보이스피싱, 사채업 등등. 그런 짓을 젊은이들끼리만 하는 게 요즘 스타일입니다. 벤처 범죄 조직이라고나 할까요? 규모는 작지만 이런 녀석들을 단속하는 건 참 번거롭습니다. 시대가 다른 세상이 된 거겠죠…… 제 나이 탓일까요?"

이곳에 오기 전에 근무했던 지바에서도 비슷한 이야기를 들었다. 아마 전국적인 경향이리라.

"어라."

시나가 불쑥 소리를 질렀다.

"왜 그래?"

"저어, 저거 USB 아닌가요?"

시나는 구석 쪽에 있는 컬러박스 위에 놓인 재떨이를 가리켰다.

큼직한 철제 재떨이는 자질구레한 물건을 담아두는 데 쓰는지 양철 배지나 휴대전화 스트랩 같은 것이 들어 있었다.

시나는 거기에서 손가락 한 마디만 한 작은 물건을 집어 들었다.

"보세요."

시나는 그 물건을 양쪽으로 잡아당겼다. 그러자 은빛 단자가 나타났다. 데이터를 옮길 때 쓰는 소형 USB 메모리였다. 가로세로 2센티미터도 되지 않지만 백과사전을 훨씬 넘는 분량의 정보를 담을 수 있다. 당연히 압수해야 할 물품이었다.

"허어, 이렇게 작은 게 있습니까?"

전자기기에 대해 잘 모르는 형사는 신기하다는 듯이 들여다보았다.

"저도 같은 걸 가지고 있어요. 편리하죠."

시나는 형사에게 메모리를 건넸다.

"그렇게 편리한 걸 이런 나쁜 놈들도 사용하니 골치로군."

형사는 아주 작은 기억장치를 손가락으로 집어 들며 쓴웃음을 지었다. 조금 전에 했던 말을 되풀이했다.

"시대가 다른 세상이 된 거겠죠…… 제 나이 탓일까요?"

〈그〉

2007년 6월 27일

같은 날, 오전 7시 28분. 〈그〉는 편의점에서 사 온 과자 빵으로 아침 식사를 때운 뒤 담뱃갑을 뜯었다.

검정에 가까운 짙은 군청색 작은 담뱃갑에는 금빛 새가 찍혀 있다. 쇼트피스. 새가 부리에 나뭇가지 같은 것을 물고 있다. 뭔가 유래가 있을지도 모르지만 〈그〉는 알지 못했다.

다들 독한 담배를 싫어하기 때문인지 요즘은 편의점이나 자판기에서도 거의 찾아볼 수 없는 담배다. 이 부근에서는 구노 시내에 있는 자판기에만 있다. 오늘 아침에도 일부러 거기까지 가서 사 왔다.

그렇다고 해서 〈그〉가 담배를 피우는 건 아니다. 필터가 없고 니코틴이 많은 담배가 〈그〉에게는 더 편해서지 다른 피스 담배라고 안 될 리는 없다.

그냥 피스를 쓰다 보니 계속 일이 잘 풀려 사소한 징크스처럼 여기고 있을 뿐이다.

〈그〉는 책상 위에 초등학교 과학 수업 시간처럼 몇 가지 간단한 실험 도구를 늘어놓았다.

비커, 알코올램프, 삼발이, 그리고 주사기 두 개. 일반 가게에서는 주사기를 팔지 않아 인터넷 통판으로, 다른 것은 차를 타고 지나가다가 일용잡화를 파는 가게에서 산 물건이다.

〈그〉는 비커에 물을 조금 따르고 익숙한 손놀림으로 피스를 하나하나 까서 담뱃잎을 물속에 뿌렸다. 한 갑에 든 열 개를 모두 까서 물에 담고 비커를 알코올램프에 얹은 다음 불을 붙였다. 물이 끓어 이윽고 비커 안의 담뱃잎이 요동치기 시작했다. 잎이 춤을 추며 안에 간직했던 성분을 토해내면서 끓는 물을 적갈색으로 물들였다.

액체가 짙고 사악한 색채를 띠면 불을 끄고 비커의 뚜껑을 덮어 상온에서 식힌다. 잠시 후 비커가 손으로 건드릴 수 있을 온도가 되면 거름망으로 담뱃잎을 건져내고 다른 비커로 옮긴다.

니코틴 용액은 이렇게 만들었다.

불순물이 많이 섞여 있을 테니 정확한 농도를 알 수 없지만 군이 정확해야 할 필요는 없었다. 중요한 것은 치사량 이상의 농도로 니코틴을 뽑아내면 그만이다.

〈그〉는 주사기에 이 용액을 50cc 빨아들인 다음 바늘에 캡을 씌웠다. 예비용으로 한 개 더.

주사기를 케이스에 넣고 검은색 나일론 파우치에 담았다. 그리고 〈그〉는 방 한쪽 선반에 얹어놓았던 공책과 작은 쿠키 깡통을 꺼냈다.

공책에는 〈그〉가 지금까지 '조사'하고 '처치'한 내용이 기록되어 있다. 오늘 밤, 또 새로운 '처치'를 할 예정이다.

후보자는 두 명이다. 야가아사히 단지에서 사는 오가타 가즈라는 노파와 야가 시 북쪽 구릉지대 히바리가오카 단독주택에 사는 우메다 히사하루라는 노인이다. 두 사람 다 거의 몸져누운 독거노인이며 낮에는 가끔 가족이 돌봐주러 온다. 밤중에 찾아가면 틀림없이 혼자 있기 때문에 '처치'는 쉬울 것이다. 혼자 지내는 노인들이라 문단속은 잘되어 있을 가능성이 높지만 두 집 모두 열쇠까지 이미 만들어두었다.

〈그〉는 쿠키 깡통을 열었다. 안에는 열쇠가 몇 개 들어 있었다. 〈그〉는 잠시 생각한 뒤 안에서 하나를 꺼냈다.

역시 더 오래 '조사'해온 오가타 가즈를 오늘 밤 '처치'하기로 했다. 우메다 히사하루는 다음 차례다.

〈그〉는 파우치에 열쇠를 넣고 공책과 쿠키 깡통을 원래 있던 자리에 얹어놓았다.

준비는 모두 끝났다. 남은 것은 밤이 오기를 기다리는 일뿐. 그렇다고 한가한 시간은 아니다.

시계를 확인하니 벌써 8시가 꽤 지난 시각이었다.

이제 슬슬 출발해야지, 자칫하면 지각이다.

시바 무네노리

2007년 6월 27일

같은 날, 오전 8시 52분. 시바 무네노리가 야가 케어센터 사무실에 들어서자 이미 여러 명의 직원과 파트타임 도우미들이 출근해 차를 마시며 담소를 나누고 있었다.

"안녕하세요?"

"안녕하세요? 아, 저어 시바 씨, 혹시 아세요? '무쓰미'가 될지 '유유'가 될지?"

인사를 나누자마자 그런 질문이 날아들었다.

"아뇨. 잘 모르겠네요."

시바는 어깨를 으쓱해 보였다.

'무쓰미 에듀케이션'과 '유유'는 둘 다 포레스트를 사들일 가능성이 있다고 언론에 이름이 오르내리는 기업인데 시바 같은 말단 사원은 자세한 내용을 알 수 없다.

일단 후생노동성의 처분이 내린 지 3주가 지난 오늘도 포레스트 야가 케어센터는 전과 다름없이 영업을 계속하고 있다.

이곳은 이용자 수가 250명이 넘는 시내 최대의 방문 개호 사무소라서 갑자기 업무가 정지되면 큰 혼란이 예상된다. 시 보건소로부터도 '책임지고 영업을 계속해달라'는 요청이 들어와 있었다.

아마 전국 사업소가 마찬가지 상황일 것이다. 본사에는 '영업을 중지하라'고 하면서 개별 사업소에는 '계속하라'고 주문하는 기묘한 현상이 일어나고 있다.

"안녕하세요?"

뒤에서 낮은 목소리가 나 돌아보니 센터장 단이 막 들어왔다.

파트타임으로 일하는 사람들은 시바에게 한 질문을 단에게도 던졌다.

"아뇨, 저도 모르겠네요."

단이 얼버무리는 목소리가 들렸다.

시바는 타임카드를 누르고 근무 배정표를 확인했다. 오늘 낮에는 운전기사 겸 오퍼레이터로 방문 목욕 차를 몰고 이용자 집을 돈다. 이어서 벽에 걸려 있는 열쇠 보관함을 열었다.

보관함에는 이용자가 맡긴 열쇠가 여러 개 걸려 있다. 이용자가 몸져누웠거나 인지증일 때는 스스로 문단속하기 어려운 경우가 적지 않다. 그런 이용자가 혼자 생활하고 있거나 가족이 없는 시간에 방문해야 할 경우가 있어 이렇게 사무소에서 그 집 열쇠를 맡아두는 것이다. 불특정 다수의 사람이 출입하는 사무소이기 때문에 열쇠 보관함 자체에 다이얼식 자물쇠가 달려 있고, 번호는 정사원만 안다.

어라?

시바는 오늘 자기가 가야 할 집의 열쇠를 꺼낼 때 기묘한 위화감을 느꼈다.

손에 든 열쇠를 자세히 보았다.

오늘 세 번째로 방문할 우메다 히사하루라는 이용자의 집 열쇠인데 왠지 여느 때와 다른 느낌이 들었다.

뭐지? 어디가 다른 거지?

그렇지만 시바의 사고는 호통 소리에 중단되었다.

"약한 사람을 미끼로 삼아 돈벌이를 하다니! 이 도둑놈들아!"

그런 소리와 함께 등 뒤에서 쨍그랑, 하는 날카로운 소리가 들려왔다.

고개를 돌린 순간 밖에서 밀려 들어온 눅눅한 공기가 얼굴에 느껴졌다.

"꺄악!"

"아앗!"

창 옆에 있던 사람들이 소리를 지르며 몸을 뒤로 젖혔다.

유리창이 깨져 파편이 이리저리 튀었다. 밖에서 황갈색 블루종을 입은 남자가 도망치는 모습이 보였다.

"어, 뭐야?"

"돌?"

"괜찮습니까?"

시바는 창가로 달려갔다.

"예."

"깜짝 놀랐네."

다행히 다친 사람은 없는 것 같았다.

바닥에 종이에 싸인 소프트볼 정도 크기의 돌이 떨어져 있었다.

"이걸 던진 건가?"

시바는 그 돌을 집어 들었다.

종이를 펼치자 갈겨쓴 글씨로 '천벌'이라고 적혀 있었다.

아마 개호 업계의 실태는 전혀 모르면서 매스컴이 흘린 정보만 접하고 의분에 차서 던진 모양이다.

얄팍하기 짝이 없는 정의라는 단어.

파트타임 도우미 가운데 한 명이 그 글자를 보더니 화를 냈다.

"뭐야, 이게! 우리가 뭘 어쨌다고! 웃기고 있네!"

얇은 종이에 베인 상처는 아프다. 그 여성의 눈에 눈물이 고였다.

그 분한 마음은 사무소 사람들 모두 마찬가지였다.

6월 6일 처분 이후 이 사무소에도 불평이라고 해야 할지 괴롭히려는 건지 모를 전화나 문의가 밀려들고 있다. 하지만 직원 대부분은 비난받을 짓을 한 적이 없다. 오히려 얼마 되지 않는 월급을 받으며 착한 마음으로 업무를 해내는 사람이 대부분이다.

"왜 우리가 이런 꼴을 당해야 해! 더는 견딜 수가 없어!"

도우미는 불에 덴 어린아이처럼 고함을 질렀다. 조금 전까지만 해도 소문 이야기로 꽃을 피우던 것이 거짓말 같았다.

여러 사람들이 동조하며 함께 분통을 터뜨렸다.

골치 아프군……

시바는 냉정을 되찾으려고 애쓰며 생각했다.

던진 것은 하찮은 돌멩이지만 오늘까지 꾹 참아온 사람들의 울분을 폭발시키기에 충분한 무게다. 이 일을 계기로 사람들이 우르르 그만둘지도 모른다. 그러면 센터 업무는 붕괴될 것이다.

"미안합니다."

낮지만 잘 들리는 목소리가 들려왔다.

다들 돌아보니 흰머리가 난 사람이 고개를 숙이고 있었다. 센터장 단이었다. 그는 고개를 들더니 사람들을 둘러보면서 차분한 목소리로 말했다.

"여러분이 얼마나 괴롭고 분한지 충분히 이해합니다. 저도 마찬가지 심정입니다. 본사는 몰라도 우리는 부끄러운 짓을 전혀 하지 않았습니다. 그리고 도둑놈이라고 매도되어야 할 까닭도 없습니다. 하지만 지금 여러분이 일을 포기하시면 곤란해지는 사람은 이 돌을 던진 사람이 아니라 우리 이용자들입니다. 많은 노인과 그 가족이 기댈 곳을 잃게 됩니다. 우리 일은 이 사회에 절대로 필요합니다. 우리에겐 해야 할 일이 있죠. 비판은 언젠가 수그러들 겁니다. 부디 조금만 더 견뎌냅시다. 죄송합니다."

단은 다시 깊숙이 고개를 숙였다.

"센터장님……"

"고개를 드세요. 센터장님이 사과하실 일이 아니잖아요."

"그래요. 화가 나기는 하지만 지금 일을 그만두거나 할 수야 없죠. 안 그래요?"

"맞아, 맞아. 이럴 때일수록 더 기운을 내야지."

다들 한마디씩 했다. 단의 말이 사람들을 차분해지게 만든 모양이다.

잠시 어수선했던 사무소는 바로 가라앉았고, 다 함께 흩어진 유리 조각을 줍고 깨진 창문은 골판지로 응급조치를 했다. 단이 돌멩이 던진 사람을 경찰에 신고하지는 않는 것이 좋겠다고 했다. 대신 피해 상황을 사진으로 찍어 증거로 남겨두었다. 앞으로 만약 이런 문제가 계속 발생한다면 그때 한꺼번에 의논할 작정이라고 했다.

센터장 단은 리더로서 온화하고 협조적인 타입이지만 조일 때는 확실히 조인다. 도우미로서 현장에도 적극적으로 나가기 때문에 정직원이나 계약 사원 모두에게 인망이 두텁다.

—해야 할 일이 있다.

단이 한 그 말은 시바가 가슴에 품은 사명감을 그대로 표현하고 있었다. 다른 사원이나 파트타임 근무자들도 애써 자격증을 따서 개호 일에 뛰어든 사람들이다. 저마다 다 감동을 받은 부분이 있을 것이다.

시바는 야가 케어센터 이외의 직장은 모른다. 하지만 단 센터장 같은 책임자가 있는 직장은 행운이라고 생각했다.

"자, 마음을 가다듬고 오늘 하루도 열심히 합시다."

단이 밝은 목소리로 외치자 종업원들은 사무소를 나섰다.

시바도 그 뒤를 따르며 다시 보관함에서 꺼낸 열쇠를 자세히 보았다. 톱날처럼 삐죽삐죽 깎은 아주 평범한 열쇠다.

아, 그런가?

조금 전에 왜 위화감을 느꼈는지 그 정체를 깨달았다.

열쇠에 각인된 메이커 이름이 달랐다.

열쇠 각인 부분은 거의 아무도 신경 쓰지 않기 때문에 달라도 눈치채지 못할지도 모른다. 하지만 시바는 다르다는 사실을 알 수 있었다. 돌아가신 아버지가 철물점을 했다. 여벌용 열쇠 재료도 취급했던 터라 어려서부터 자주 보았다.

열쇠 머리에는 그 열쇠를 만든 메이커 이름이 새겨진다. 열쇠 제조 회사에는 정품을 만드는 메이커와 복사용 열쇠를 만드는 카피 메이커가 따로 있다. 즉 열쇠 머리에 새겨진 각인을 보면 그 열쇠가 오리지널인지 카피인지 쉽게 알 수 있다.

지난번 방문에 사용했을 때, 이 우메다 히사하루 씨 집의 열쇠에는 오리지널 각인이 있었으리라. 그런데 지금은 복사한 열쇠로 바뀌어 있다.

어떻게 이런 일이?

가능성은 하나뿐이라 생각했다.

종업원 가운데 누가 멋대로 열쇠를 복사해 바꿔치기한 것이다.

사쿠마 고이치로

2007년 6월 27일

같은 날, 오후 11시 50분. 시부야 마루야마초에 있는 어느 러브 호텔.

"저는 얼마 전까지 고향에 있는 개호 업체에서 일했어요. 도우 미였죠."

유리로 칸막이가 된 욕조에 함께 들어온 콜걸이 말했다.

"방문 목욕 서비스라고 해서 할아버지나 할머니 집으로 가서 목욕을 시켜드려요. 남자들은 나이를 많이 먹어도 너무 밝히더라 고요. 성희롱이 잦았죠. 몸을 건드리거나 저속한 소리를 하거나. 그게 싫어서, 열 받아서 때려치웠어요."

그렇게 말하면서 몸을 매만지는 아가씨를 보며 사쿠마 고이치 로는 쓴웃음을 지었다.

"그럼 왜 이런 일을 시작한 거지?"

"음—, 개호 회사에 다니면서 성희롱당하는 것과 자진해서 이런 일을 하는 건 전혀 다르죠. 게다가 벌 수 있는 돈도 차이가 크게 나고. 아, 맞다. 이쪽에는 전에 도우미였던 애들이 꽤 있어요."

아가씨가 사쿠마의 성기를 살짝 쥐고 천천히 문질렀다. 그 손놀림이 무척 어색했다. 이 일을 시작한 지 얼마 되지 않았다는 이야기는 참말인 모양이다.

"그래……? 어디서 일을 했었니?"

"야가라고 아세요? X현인데. 인구는 많은데 활기라고는 전혀 없는 곳이죠. 도우미를 하다가 그만두었지만 변변한 일자리가 없더라고요. 그래서 도쿄로 올라온 거죠."

도쿄로 온 뒤 모델 에이전시에 스카우트되었다고 한다. 그래서 직업은 일단 모델이라고 적었다. 엑스트라로 텔레비전 드라마에 나오기도 했다고 한다. 사쿠마가 이용하는 콜걸 파견 업체는 이처럼 자칭 모델 사무소와 계약해 보내는 아가씨의 수준을 보장한다.

고향에는 없었던 '변변한 일자리'가 이런 윤락업을 주로 하는 모델업이란 말인가? 어처구니없다는 생각도 머리에 떠올랐지만 사쿠마가 묻고 싶은 것은 달리 있었다.

"장소 말고. 개호 회사 말이야. 어느 회사 도우미였지?"

"아아. 호호, 사실은 포레스트라는 데예요. 제가 그만둔 뒤에 망해서 깜짝 놀랐죠."

X현, 포레스트. 묘한 우연에 사쿠마는 저도 모르게 소리를 내어 웃었다.

얼마 전에 팔아넘긴 데이터 가운데 이 아가씨에게 성희롱을 한 노인의 개인 정보도 들어 있을 것이다. 인과업보의 끈은 뜻밖의 부분에서 이어진다.

"뭐가 우스워요?"

아가씨가 고개를 갸웃거렸다.

"아무것도 아니야."

목욕을 마친 뒤 두 번 했다. 물론 야마를 먹고. 아침까지 올나이트 코스이기 때문에 시간에 신경 쓸 필요는 없다.

전직 도우미라는 아가씨는 워낙 성실한 성격인지 사쿠마가 시키는 말을 잘 들었고 정성껏 서비스해주었다. 약을 먹는 것도 처음인 모양이라 조금 두려워했지만 '먹어'라고 하자 순순히 따랐다. 사쿠마가 좋아하는 순종형 아가씨였다.

"저 이번 주 일요일에 우리 모델 사무소 애들과 자원봉사 갈 거예요."

두 번째 행위를 마치고 침대에 축 늘어져 있을 때 아가씨가 말했다.

"자원봉사?"

"예. 도우미 일을 계속할 수는 없지만 역시 다른 사람에게 도움이 되고 싶어서요. 그래서 하는 거예요. 어린이 병원인데 애들하고 놀아주거나 그림책을 읽어주기도 하죠. 애들이 정말 좋아해요. 병원 직원 말이 요즘 일본에는 노인을 돕는 조직에 비해 어린이를 돕는 조직은 너무 적대요."

"그래?"

사쿠마는 왠지 이 아가씨가 한없이 사랑스럽게 느껴졌다.

머리를 끌어당겨 깊은 키스를 했다. 혀끝에서 부드러운 쾌감을 느끼며 작은 물고기처럼 온몸을 핥았다.

머릿속은 아직 남아 있는 약 성분 덕에 고속 회전 하고 있다. 내일 일, 모레 일. 1년 뒤, 10년 뒤. 계속 승리를 거머쥐는 자기 미래의 모습이 자세하게 시뮬레이션 되었다.

사쿠마는 다음에도 이 아가씨를 불러야겠다고 생각했다.

이튿날 아침, 아가씨가 나간 뒤 사쿠마는 몇 군데 은행 자동인출기를 돌며 200만 엔 정도 현금을 만들었다.

작년부터 금융기관 자동인출기의 인출 금액 제한이 생겨 급히 목돈이 필요할 때는 아주 번거로워졌다. 보이스피싱 대책이라고 하는데 이런 건 별 효과가 없다는 사실을 사쿠마는 잘 알고 있었다.

사쿠마는 200만 엔 지폐를 들고 도겐자카에 있는 우체국으로 갔다.

기부금을 보내기 위해서다.

—감사합니다. 정말 최고의 밤이었어요.

헤어질 때 아가씨가 뺨에 키스를 하며 그렇게 말했을 때 기부를 하기로 결심했다.

우체국 창구에 물어 어려운 어린이를 돕는 단체 두 곳에 100만 엔씩 기부했다.

아침부터 당장이라도 쏟아질 것 같은 장마철 날씨였지만 기분은 아주 맑았다.

이거야말로 위선이 아니다. 진짜 선이다.

나는 내 능력으로 악착같이 돈을 벌어 그걸 이렇게 세상을 위해, 다른 사람을 위해 쓴다. 노인들 주머니에서 썩고 있던 돈을 진짜 필요한 사람들에게 보낸다. 정의라는 말에 매달리는 위선자보다 훨씬 정의롭다.

그렇다. 나는 자기 아버지를 안전지대인 고급 실버타운에 보내놓고 정의로운 표정을 짓는 녀석보다 훨씬 **위**에 있다.

하지만 아직 멀었다. 이런 상태에 머물 수는 없다. 더 **위**로 올라가야 한다.

그러기 위해서는 우선 독립해야 한다. 조만간 겐이 가지고 있는 인맥을 몽땅 빼앗아 나 혼자 더 큰 비즈니스를 해야 한다.

아이디어는 얼마든지 있다. 네거티브한 감정을 노려 노인들한테서 돈을 우려낸다. 예를 들면 투자 사기. 돈은 잔뜩 가지고 있으면서도 미래에 불안을 느끼는 정신 흐릿한 노인들에게 좋은 돈벌이가 있다고 꼬드긴다. 이렇게 하면 거기서 얻는 수입은 저질 보이스피싱과 차원이 다르다.

이미 사전 작업은 시작했다.

보이스피싱 '종업원'들을 회유해 언젠가 겐의 밑에서 떠날 때 따라올 수 있도록 넌지시 말을 해두었다. 아마 업자와 직접 거래할 수 있는 파이프도 만드는 중이었다.

모든 일이 순조롭다. 더 위로. 나는 앞으로 계속 승리할 것이다.

사쿠마는 도겐자카를 내려와 역으로 향했다. 차도와 보도 틈새를 둥글게 말린 종이 쓰레기가 바람에 구르고 있었다. 높은 곳에서 낮은 곳을 향해.

겐이 전화한 것은 그날 저녁이었다.

센주에 있는 '지점'을 들여다보고 난 뒤 잠을 잘 때나 들르는 무코지마의 아파트에서 잠시 쉬고 있었다.

구석 쪽에 작은 수족관을 놓아두었다. 새파랗고 샛노란 무늬를 지닌 물고기가 헤엄치고 있다. 충동적으로 산 그 열대어의 이름은 기억도 나지 않는다.

머리는 이상하리만치 맑은데 몸은 묘하게 나른했다. 요즘 약을 먹고 섹스를 한 다음 날은 늘 이렇다. 하지만 이 권태감에 빠져 있는 시간이 편했다.

〈사쿠마 씨, 날 배신할 작정이야?〉

살기가 느껴지는 낮은 목소리가 들려왔다. 아마 독립하려는 움직임을 눈치챈 모양이다.

아무래도 골치 아픈 일이다.

"자, 잠깐. 무슨 소리야?"

〈얼버무리지 말고! 밑에 애들에게 네가 새 장사를 시작하면 따라 나오라고 했다면서!〉

"아니야, 그건 오해야. 새 장사라고 해봤자 부업처럼 하려는 거였어. 그 고객 데이터 판매 같은 거지. 시작하게 되면 너한테 제대로 이야기하고 매상 일부를 배당할 생각이라니까."

얼른 말을 꾸며 얼버무리려고 했다.

〈적당히 넘어가려고 하지 마! 요즘 너 날 너무 우습게 여기는

것 같지 않아? 좀 잘 나간다고 까부는 거잖아!〉

"잠깐만. 겐, 그건 오해야. 우습게 여기는 거 아니야."

사쿠마는 거짓말을 했다. 언젠가는 인연을 끊을 작정이지만 아직은 때가 아니다.

"그냥 일이 잘 풀려서 기분이 좋았기 때문인지도 모르지. 하지만 네가 이야기하는 그런 거 아니야. 고마워하고 있다니까. 원한다면 매상 가운데 네 몫을 더 올려도 좋아."

〈…….〉

잇속을 챙겨준다고만 하면 겐은 수그러들 것이다. 양호한 관계를 이어나가는 편이 이익이라는 건 고민하지 않아도 쉽게 알 수 있는 일이었다.

"내가 왜 널 배신하겠어? 그렇잖아? 오늘 식사 같이하지. 내가 초밥 한턱낼게."

〈흥.〉

겐이 콧방귀를 뀌었다. 승낙한다는 신호다.

일단 당장은 위기를 모면한 것 같다. 하지만 이미 신뢰 관계에 금이 간 것은 틀림없다. 애초에 겐과 신뢰라고 부를 만한 것이 있었는지는 의문이지만.

어쨌든 이제 겐의 밑에서 독립하기 위해 구체적으로 움직이는 게 좋을 것 같다.

전혀 돌보지 않아서인지 수족관에 있는 알록달록한 물고기가 물에 빠진 시체처럼 힘없이 떠 있었다.

—뻔히 알면서.

사람은 득실 문제보다 네거티브한 감정에 더 좌우된다. 특히 수치심이나 불안은 사람에게 강력한 영향을 미친다. 그걸 뻔히 알면서 겐에게 수치심을 주었다. 필요 이상으로 불안하게 만들었다.

그건 사쿠마의 실수였다.

제4장

롱패스

2007년 7월

오토모 히데키

2007년 7월 16일

오전 9시 55분. 오토모 히데키는 검사실 에어컨을 틀었다. 송풍구에서 시원한 바람이 나와 증기탕 같은 방을 식혀주었다.

"오늘은 열대야가 될 것 같군요."

블라인드 틈새로 스며드는 햇살을 보며 시나 사무관이 말했다.

어제까지 폭우를 쏟아부은 태풍 4호가 지나가고 여름답게 푸른 하늘이 펼쳐졌다.

마침 오늘은 7월 셋째 주 월요일. 일반인들은 쉬는 바다의 날이다. 가족들과 놀러 가기에 아주 좋은 날씨다.

하지만 당연히 형사사건은 휴일이고 평일이고 가리지 않고 일어난다. 연말연시까지 포함해 검찰청은 1년 내내 하루도 쉬는 날이 없다. 검사는 달력에 적힌 휴일에 쉴 수가 없다.

"쉬면 바다에 놀러 가려고 했는데."

"게임 속에서는 언제든 갈 수 있어요, 바다에."

외부 활동보다 철저하게 실내 생활을 즐긴다는 시나가 말했다.

오토모는 쓴웃음을 지으면서도 애가 조금 더 크면 함께 게임을 즐기는 것도 나쁘지 않겠다는 생각을 했다. 그럴 시간을 낼 수 있느냐 없느냐가 문제지만.

오토모는 자세를 고쳐 앉아 법원에서 보내준 체포영장을 확인했다.

형사소송법에서는 하나의 용의에 대해 체포는 딱 한 번뿐. 검찰에서 용의자를 붙들어둘 수 있는 구류 기간은 최장 20일로 정해져 있다. 그러나 강도 살인 같은 중범죄는 기소하기에 충분한 증거를 수집할 시간이 부족해지는 경우도 있다. 그래서 먼저 가장 확실한 혐의로 체포해 구류 기간을 확보하고, 그다음에 진짜 중요한 혐의로 다시 체포한다. 이렇게 해서 최장 40일까지 구류 기간을 연장할 수 있다. 용의자가 범행 사실을 부인하는 사건이나 복잡한 경제 사건 같은 경우 3회 이상 재체포를 이용해 구류 기간을 더 확보하는 경우도 있다.

사카의 경우에는 지금까지 절도 혐의로 체포해 잡아두고 있는데 오늘 강도 살인 혐의로 재체포한다.

사카는 공범인 후루야만큼 쉽게 자백하지 않았다. 그렇지만 보완 수사를 계속하면서 후루야의 작은할아버지 세키네 마사오를 살해하고 돈을 빼앗아 도주했다는 사실을 대략 인정하기 시작했다. 아마 오늘부터 20일 안에 기소하게 될 것이다.

불쑥 테이블에 있던 휴대전화가 울렸다.

착신번호를 보고 의아했다. 03으로 시작하는 도쿄 번호였다.

"여보세요. 오토모입니다."

〈미야자키다…… 날 기억하나?〉

오래간만에 듣는 목소리였다.

"아, 물론이죠. 가나가와에서는 신세가 많았습니다."

경찰 쪽 사람이었다. 검사로 임관한 초기에 오토모가 요코하마 지방검찰청에 부임했을 때 가나가와 현경 수사 2과장이었던 인물이다. 간부 후보생 출신인 엘리트 경찰관이고 오토모와 같은 대학을 졸업한 9년 선배다.

〈자네에게 해줄 말이 있어서.〉

미야자키의 목소리에 오토모는 약간 주눅이 들었다.

"예."

〈사쿠마 고이치로라는 사람 아나?〉

"사쿠마 말입니까?"

뜻하지 않은 이름이라 무심코 되물었다.

〈그래. 사쿠마 고이치로. 지금 매스컴에서 떠들썩한 포레스트 사원. 정확하게 이야기하면 퇴사했지만.〉

"아, 예. 동창입니다."

〈그런 모양이더군. 그러니까 내게도 후배가 되는 셈인데……. 그 사쿠마가 죽었어. 그저께 밤에 건물에서 떨어져서. 아니 떠밀려 추락했지. 살인이야.〉

"……!"

할 말을 잃었다.

사쿠마가 죽어? 살해되었다고?

〈현장은 아라카와 구 미나미센주에 있는 아파트. 피의자는 이누카이 도시오, 33세. 이미 신병은 확보했네. 도쿄 북부에서 사이타마 남부 부근을 무대로 악행을 일삼던 그룹의 리더야. 최근 늘어나는 비폭력 범죄 단체의 젊은 집단, 벤처 회사 비슷한 걸 차려놓고 범죄를 저지르는 녀석들. 그쪽에도 있지?〉

"예."

〈사쿠마는 포레스트를 그만둔 뒤에 이누카이와 손을 잡고 보이스피싱을 했어. 포레스트에서 빼낸 고객 데이터를 이용해서. 자기들이 사용하지 않을 데이터는 팔아넘기기도 했던 모양이야. 수단방법을 가리지 않고 돈을 벌었는데 이누카이와 트러블이 발생해서 이런 지경에까지 온 것 같더군. 어설프게 뒷골목 세계에 발을 디뎠다가 그만 박살이 난 거지.〉

"그렇습니까……?"

겨우 맞장구를 치기는 했지만 머릿속은 너무 혼란스러웠다.

데이터를 빼내? 보이스피싱? 비폭력 범죄 단체의 젊은 집단이라는 이야기를 듣고 얼마 전에 가택수색을 했던 아파트를 떠올렸다. 사쿠마가 그런 집단에 들어갔던 건가?

〈그 사쿠마의 유류품에서 자네 명함이 나왔어. 혹시 교류가 있었나?〉

미야자키의 말투가 살짝 심각해진 느낌이 들었다. '해줄 말'이라고 했던 것은 이 부분을 확인하겠다는 소리다.

가능한 한 침착하고 냉정하게 대답하려고 애를 썼다.

"예. 아버지가 거동이 불편하셔서 개호가 필요해 작년 11월에 사쿠마한테 유료 실버타운을 소개받았습니다. 그때 함께 식사를 하고 명함을 교환했죠."

〈아버님 개호…… 우리에겐 골치 아픈 문제지.〉

경찰 관료도 검사와 마찬가지로 전근이 잦고 바쁘기 짝이 없는 직업이다. 가정 문제로 고생하는 사람이 많다는 이야기를 들었다.

〈그래, 그때 사쿠마에게 이상한 점은 없었고?〉

"특별히 이상한 점은…… 개호 업계 뒷사정 이야기를 들은 정도죠. 다만…….."

〈다만?〉

"좀 위악적이랄까, 위태로운 느낌은 들었습니다. 그 뒤로 4월에 전화로 이야기를 나누었는데 그때는 개호 업계의 부정에 대해 정색하고 반발하는 눈치더군요. 그래서 신경은 쓰였습니다."

대답하면서 스스로도 기억을 떠올렸다. 전화로 듣는 사쿠마의 말투는 범죄자 같은 느낌이었다. 물론 진짜 범죄를 저지를 줄은 생각도 못했지만.

〈그래? ……사실은 말이야, 사쿠마가 각성제를 상습 복용 하고 있었던 것 같아. 이누카이와 만나게 된 계기도 각성제 매매 때문으로 보여. 작년 11월이라면 이미 약물중독에 빠져 있었던 상태일 가능성이 높지. 자네가 느낀 '위태로움'이 그 때문이었다고 생각할 수 없을까?〉

각성제?

취조할 때 약물중독자를 접한 적은 있어 그런 사람들이 어떻게 행동하는지 안다. 하지만 상대가 약물중독이라는 사실을 알고 관찰하는 것과 친구로서 대화를 나눌 때는 아무래도 다르다. 그때는 의심도 하지 못했다.

"약물의존 징후는…… 죄송합니다. 그때는 눈치채지 못했습니다."

⟨뭐 노골적인 금단증세가 보이지 않는 한 얼핏 보고 알아차리기는 어렵지. 포레스트를 그만둔 뒤에는 사쿠마와 연락을 취했나?⟩

"예. 포레스트가 그렇게 된 뒤에 몇 차례 전화를 걸었는데 한 번도 연결되지 않았습니다."

⟨정말이지?⟩

미야자키가 다시 확인했다. 물론 의심해서 묻는 것은 아니리라.

"예."

짧게 대답했다.

⟨알았어. 어쨌든 사쿠마 문제는 자네에게 알려야겠다고 생각했지. 오늘은 쉬나?⟩

"아뇨, 지금 사무실에 나와 있습니다."

⟨그래? 피차 힘들기는 마찬가지로군―.⟩

그 뒤로 두세 마디 간단한 인사를 나누고 전화를 끊었다.

오토모는 새삼 작년에 함께 식사할 때 사쿠마가 보여주었던 모습을 떠올렸다.

살짝 흥분한 사람처럼 말이 많았다. 상습적으로 각성제를 먹은 사람이라고 하면 그런 것 같기도 하다. 하지만 사쿠마는 원래 밝고 승부욕이 강하고 말이 많은 타입이었다. 말투나 이야기를 할 때의 손짓은 고등학교 때와 전혀 다를 바 없었다.

그때 사쿠마는 포레스트의 사업이 얼마나 순조롭고 앞으로도 유망한지 이야기했다. 하지만 그 몇 달 뒤 사쿠마는 포레스트를 배신하고 데이터를 훔쳐내 사기를 쳤다. 그리고 돈을 좀 벌기는 했지만 죽었다. 빌딩에서 떨어져서.

마치 유다 같지 않은가?

은화 30닢에 구세주를 배신한 이스가리옷 유다.

성경에는 유다의 말로가 두 가지로 기록되어 있다. 『마태오의 복음서』에서는 목을 매 자살하지만 『사도행전』에서는 땅바닥에 떨어져 내장이 튀어나와 죽었다. 사쿠마처럼.

물론 사쿠마의 시체가 어떤 상태인지는 모른다. 그가 배신한 포레스트가 구세주라고 할 수도 없고.

"저어, 괜찮으세요?"

시나의 목소리에 고개를 드니 테이블에 물이 든 컵이 놓여 있었다. 분명 옆에서 보기에도 오토모가 동요하고 있다는 사실을 알 수 있었을 것이다. 시나는 세상사를 잘 모르는 듯하지만 의외로 눈치가 있다.

"고마워. 도쿄에 있는 아는 사람이 사건에 휘말린 모양이야."

그렇게만 말하고 물을 벌컥 들이켰다.

돌이켜보면 아는 사람이 형사 범죄의 당사자가 된 일은 처음인지도 모른다.

14년이다.

사쿠마로부터 최고의 패스를 받았던 그날로부터 14년.

그때 몇 미터였던 거리는 절망적으로 벌어지고 말았다.

산 자와 죽은 자, 검사와 범죄자.

오토모가 범죄자를 취조하고 처벌할 때 같은 하늘 아래서 사쿠마는 범죄를 저지르고 있었다. 불법 약물을 먹고 개인 정보를 빼내고 사기를 쳐서 사람을 속였다. 그리고 그 벌을 받듯이 살해되었다.

왜지?

부질없는 의문이 떠올랐다.

오토모는 알고 있다. 사쿠마가 선한 성품을 지닌 인간이었다는 사실을.

돌이켜보면 승부욕이 강하고 위악적인 면은 옛날부터 있었다. 하지만 절대로 타고난 악인은 아니다. 14년 전 여름 부정승차를 하지 말자고 했을 때 동조해주었다. 대부분의 범죄자가 그렇듯이 사쿠마도 틀림없이 뭔가 사정이 있고 이유가 있어 착한 품성이 흔들려 죄인이 되었을 것이다.

왜지?

응, 사쿠, 왜 그런 길을 걸은 거야? 다른 선택은 할 수 없었니?

유다의 배신은 신학에서 다양한 논쟁을 불러일으키고 있다. 왜 배신했는가? 배신한 것도 결국 하느님의 뜻이었는가? 구원을 받았는가? 처벌을 받은 건가?

하지만 진상은 아무도 알 수 없다. 모두 자기주장일 뿐이다. 성경의 내용을 바탕으로 한 해석에 지나지 않는다.

사쿠마 문제도 이제 해석에 지나지 않는다.

휘청, 하고 몸이 흔들리는 느낌이 들었다.

테이블에 놓인 펜이 흔들리더니 미끄러지듯 움직였다. 방 캐비 닛이나 파일박스가 덜컹덜컹 소리를 내기 시작했다.

귓속이 뜨끔거리는 걸로 보아 지면이 물리적으로 흔들리고 있 는 것이다.

"어라, 지진? 와, 꽤 큰 지진이네요."

시나는 한 박자 늦게 주위를 둘러보았다.

그날 오전 10시 13분에 발생한 대지진은 니가타 현 주에쓰 지 방 앞바다 몇 킬로미터 지점을 진원으로 나중에 니가타 현 주에쓰 앞바다 지진으로 불리게 된다. 진도 6.8. 이 지방에서는 3년 전에 발생한 주에쓰 지진에 이어 진도 6을 넘는 대지진이었다.

진원지에서 그리 멀지 않은 X현에서도 확실히 느낄 수 있을 정 도로 흔들렸으며 현청 소재지인 X시에서는 진도 3에 가까운 기록 을 남겼다.

시바 무네노리

2007년 7월 17일

이튿날, 오후 9시 18분. 주간 근무를 마친 시바 무네노리는 통근용 차로 야가 케어센터 주차장을 출발했다.

시바는 차를 집과 정반대 방향으로 몰았다.

도중에 편의점에 들러 야식용 주먹밥 세 개와 우롱차를 샀다. 편의점 입구에서 파는 석간신문에서 노란 바탕에 검은색 글씨로 「주에쓰 앞바다 지진 방사능 위기」라고 하는 제목이 눈에 들어왔다. 어제 오전에 니가타에서 발생한 대지진의 피해를 정통으로 입은 가시와자키 가리와 원자력발전소에서 작은 화재와 미량의 방사능 누출 사고가 일어난 모양이다. 그걸 위기라고 크게 보도하고 있었다. 돌이켜보면 바로 그 기사 자리에는 얼마 전까지만 해도 포레스트라는 이름이 있었다.

편의점에서 나온 시바는 야가 시 북쪽에 있는 구릉지대 히바리가오카로 향했다. 지방도시 대부분이 그렇듯이 주택가에서 차로 20분만 달리면 시골 풍경으로 바뀐다. 민가와 가로등도 줄어들고 교통량과 오가는 사람도 적어진다. 도로포장도 대충 해놓았기 때문에 차가 덜컹거리며 흔들린다.

좌우로 잡목 숲이 이어지는 시골길로 들어서 잠시 달리자 작은 단층 주택이 보였다. 시바는 그 앞 비스듬히 맞은편에 있는 공터에 차를 세웠다.

공터라기보다 잡목 숲이 이어지다가 끊어진 곳이라고 하는 게 더 정확한 표현일지도 모른다. 주변에는 가로등도 없어 이 시간이라면 어지간히 주의를 기울이지 않고는 밖에서는 여기 차가 있다는 사실을 눈치챌 수 없다.

엔진을 끄고 차내등도 끈 다음 어둠 속에서 비스듬히 맞은편에 보이는 민가를 살폈다.

우메다 히사하루라는 거의 몸겨누운 노인이 혼자 사는 집. 사무소의 누군가가 복사 열쇠를 만든 그 집이다.

여기서 이렇게 기다리면 언젠가 그 인물이 나타날지도 모른다.

사무소에서 보관하는 열쇠가 복사 열쇠로 바뀌었다는 것은 범인(남의 집 열쇠를 멋대로 복사하는 짓은 범죄일 것이다)의 실수다.

왜냐하면 의도적으로 바꿔치기를 할 메리트가 전혀 없기 때문이다. 아마 범인은 오리지널 열쇠와 복사 열쇠의 머리에 새겨진 각인이 다르다는 사실을 모르고 실수했을 터이다. 그래서 깜빡 잘못 바꿔놓았다. 그리고 범인은 시바가 그런 사실을 눈치챘다는 걸 모른다.

범인이 복사 열쇠를 만든 것이 한 집뿐이라고는 단정할 수 없다. 우연히 우메다 씨 집만 실수로 복사 열쇠를 걸어두었지 나머지 집들 열쇠도 복사했을 수 있다.

다만 범인이 복사 열쇠를 만든 목적은 분명하다. 열쇠란 문을 열기 위한 도구다. 그러니 남의 집에 몰래 들어가기 위해 복사했을 것이다.

시바는 범인이 누구인지, 숨어 들어가 무얼 하려는지 알고 싶었다.

처음에는 다른 사원과 의논을 할까 생각도 했지만 누가 범인인지 모르는 상태라 그 사원이 범인일 가능성도 무시할 수 없다. 사무소 열쇠 보관함을 열 수 있는 사람은 야간 케어센터에 근무하는 정사원뿐이니까.

그래서 요 며칠 낮 근무를 하는 날은 곧바로 집으로 돌아가지 않고 여기에 차를 세우고 쉬면서 어슴푸레 동이 트는 시각인 4시쯤까지 상황을 살피는 탐정 흉내를 내고 있었다. 이런 걸 '잠복'이라고 하나?

어리석은 짓이라는 생각은 들었다.

만약 범인이 복사 열쇠를 써서 숨어 들어간다고 해도 시바가 지켜보는 동안에 온다는 보장은 없다. 그러지 않을 가능성이 더 높다. 게다가 수면 시간도 꽤 줄었다. 잠이 많지 않은 시바지만 안 그래도 힘들게 일하면서 계속 이러다 보면 몸이 견디지 못할 것이다.

그래도 될 수 있으면 범인의 정체를 알고 싶었다.

시바와 함께 일하는 야가 케어센터 사원들은 센터장 단을 비롯해 이른바 '좋은 인재'가 모여 있다. 겉치레나 이상만으로는 해낼 수 없는 개호의 가혹한 현실을 지켜본 다음에 그래도 사명감을 가지고 현장을 지키는 그런 사람들이다. 몰래 이용자 집 열쇠를 복사해 숨어 들어갈 사람은 있을 리 없다고 생각한다. 물론 시바가 동료들의 내면을 깊숙하게 아는 것은 아니다. 사람은 겉과 속이 조금은 다르기 마련이고 누구나 불쑥 나쁜 생각을 품을 수도 있다. 어쩌면 무슨 특별한 사정이 있을지도 모른다.

호기심이라고 하면 그만이지만 시바는 알고 싶었다. 그게 누구인지, 그리고 왜인지.

문제의 우메다 히사하루 씨 집 앞에 차를 숨기고 상태를 살필 수 있는 공터가 있었던 게 최종적으로는 결정적인 요소가 되었다.

시바는 이달 말까지로 스스로 기한을 정하고 잠복하기로 한 것이다. 만약 이달 내내 지켜보고 범인이 나타나지 않으면 사원 가운데 가장 신뢰할 수 있는 센터장 단에게 누가 복사 열쇠를 만들었다는 사실을 이야기할 작정이다.

시바는 조수석 시트에 놓아둔 편의점 봉투에서 주먹밥을 꺼냈다. 어둠에 눈이 익으면 간단한 음식 정도는 별문제 없이 먹을 수 있다. 포장지 글자까지는 읽을 수 없어서 무슨 주먹밥인지는 모른다. 참치, 소갈비, 기슈 우메보시를 넣은 것으로 세 개를 샀으니 그중 하나일 것이다. 포장을 뜯어 입에 넣었다. 새콤달콤한 불고기 양념장 맛이 나는 걸 보아 소갈비 주먹밥이다.

캄캄한 어둠 속에서 멍하니 있을 뿐인 이 잠복은 어떻게 된 영문인지 편하게 느껴졌다.

두 개째 주먹밥을 집으려고 손을 뻗었을 때 손가락이 시트 끄트머리에 끼어 있던 뭔가에 닿았다.

네모로 작게 접힌 종이봉투. 그게 무엇인지 바로 짐작이 갔다. 부정을 씻어준다는 소금*이다.

지난달 말, 야가아사히 단지에서 혼자 살던 오가타 가즈라는 이용자가 세상을 떴다. 평소 같으면 단 센터장이 문상을 가거나 장례식에 참석했을 텐데 시간이 나지 않아 시바가 대신 문상을 다녀왔다. 그때 받은 것을 여기 떨어뜨렸던가?

그 오가타 가즈와 지금 지켜보고 있는 저 집에 사는 우메다 히사하루는 공통점이 많다. 나이가 두 사람 다 80대. 양쪽 모두 몸져누웠던 탓에 도움 없이는 거의 생활을 할 수 없다. 그런데도 혼자 살고 있다. 그리고 두 사람 모두 가까이에 사는 가족이 오가며 돌보고 있지만 관계가 좋다고 하기는 어렵다.

시바 역시 경험자이기 때문에 잘 알지만, 개호를 떠맡는 가정은 공의존적 관계에 빠지기 쉽다. 돌보는 사람이나 보살핌을 받는 사람도 서로 부담을 느끼면서 헤어지지도 못하고 내버려두지도 못해 고통스러워한다.

오가타 가즈나 우메다 히사하루나 도우미에게 '죽고 싶다'고 이야기한 적이 있다. 오가타 가즈는 그 바람이 이루어진 셈이다.

차 밖에서 잡목림이 바람에 흔들리는 소리가 희미하게 들려왔

---

* 일본에는 문상객에게 소금을 나누어주는 풍습이 있다.

다.

　시바는 다시 두 개째 주먹밥을 집어 들었다. 이번에는 기슈 우메보시였다. 신맛이 혀를 자극하자 입안에 침이 고인다.

　오늘 밤 과연 범인이 나타날까?

〈그〉

2007년 7월 19일

이틀 뒤, 오후 11시 34분. 하루를 마감하는 뉴스 프로그램은 사흘 전에 발생한 대지진에 대해 이야기하고 있었다.

텔레비전 화면에 흰 건물에서 모락모락 연기가 피어오르는 모습이 비쳤다. 지진이 났던 그날 가시와자키 가리와 원자력발전소의 모습이다. 지진의 영향으로 화재가 있었다고 한다. 또 원자력발전소에서 사용하고 나온 핵연료를 보관하는 풀이 넘쳐 미량의 방사능 물질을 포함한 물이 누출되었다고 전했다.

게스트로 출연한 전문가가 〈누출된 방사능은 매우 적어 인근 주민의 건강에 피해를 줄 염려는 없습니다〉〈화재가 발생한 것은 안전상 중요하지 않은 옥외 변압기 쪽입니다〉〈운전 중인 원자로는 여유롭게 자동 정지, 붕괴열도 여유롭게 제거되었습니다〉 등등 발전소의 안전성을 강조하고 있었다. 〈그〉는 텔레비전을 곁눈질

하며 테이블에 공책을 펼쳤다. 지금까지 한 '조사'와 '처치' 내용이
자세하게 기록되어 있다.

지난 6월 27일 밤, 야가아사히 단지의 오가타 가즈라는 노파를
찾아가 '처치'한 것이 42건째. 꾸준히 한 달에 한 명꼴로 '처치'를
해왔다. 사람을, 죽여왔다.

이제 어엿한 살인마 아닌가?

입가에 떠오르는 웃음이 우월감 때문인지 자조 때문인지는 스
스로도 알 수 없다.

다음에 '처치'할 대상은 이미 정해졌다. 지난번에 미룬 노인이
다. 히바리가오카에서 홀로 지내는 우메다 히사하루.

하지만 서두르면 안 된다. 확실하게 '처치'하기 위해서는 만전
을 기할 필요가 있다.

초조하게 굴지 말고, 조심스럽게 움직일 것.

이것이 세상에서 치안이 가장 잘되어 있다는 이 나라에서 아무
에게도 들키지 않고 42명이나 이 손으로 죽일 수 있었던 비결이
다.

불안한 요소가 있으면 신중하게 상황을 살핀다. 또 예기치 못한
사태에 대비할 시간적 여유를 두기 위해 낮에 하는 '처치'는 휴일
에, 밤에 하는 '처치'는 휴일 전날 하는 걸 원칙으로 삼았다.

사람을 죽이는 일도 계속 연구하며 하다 보면 작업이 된다.

범행을 거듭할 때마다 순서와 방법은 세련되어갔다. 그에 따라
목숨을 빼앗는 일에 대한 압박감은 옅어지고 매번 무사히 '처치'
를 해낼 때마다 성취감만 높아졌다.

전쟁터에서 사람을 죽인 군인이 마음에 상처를 입어 '심적 외상 후 스트레스 장애PTSD'를 겪는다는 이야기가 있다. 하지만 사실 그건 전체적으로 보면 극히 일부의 이야기다. 압도적인 다수의 군인은 전쟁터에서 사람을 죽인 뒤 아무런 트라우마 없이 일상을 보내며 아무렇지도 않게 가족과 즐겁게 이야기를 나눈다고 한다.

〈그〉는 충분히 이해가 갔다. **사람은 사람을 죽이는 일 정도라면 깔끔하게 마음의 정리를 할 수 있다.** 특히 원한이나 증오 때문에 죽이는 게 아니라 죽이는 일 자체가 목적이 되면 자신의 일상과 간단하게 구분할 수 있다.

〈그〉는 그런 사실을 익히 알고 있다. 〈그〉는 죽인 상대가 나타나는 꿈을 꾼 일도 없고, 죽은 사람의 원혼 때문에 시달리는 망상에 사로잡힌 적도 없다. 지극히 평범하게 생활하며 틈틈이 '조사'하여 '처치'하고 있다.

〈그〉는 작업으로서 살인을 계속했다. 원한도 없고, 증오도 없는 무색투명한 살의를 가지고.

하지만 처음에는 이렇게 길게 이어질 줄은 예상하지 못했던 것도 사실이다.

완전범죄…… 라고 생각은 하지만 리스크가 없지는 않다.

〈리스크는 없습니다.〉

텔레비전에서 전문가가 단언했다.

〈일본 원자력발전소는 매우 안전하게 지어졌습니다. 이번 지진도 예상 진도보다 강한 흔들림이 있었지만 안전하게 정지해 심각한 사고가 일어나지는 않았습니다. 오히려 이건 원자력발전소의 안전성이 증명되었다고 보아야 합니다. 일본의 원자력발전소에서는 멜트다운 되는 큰 사고는 절대로 일어나지 않을 겁니다.〉

〈그〉는 생각했다.

정말 그럴까?

이 세상에 절대라고 단언할 수 있는 일은 없지 않을까? 이렇게 단언하는 사람들은 각오가 부족할 수밖에 없다. 언젠가 틀림없이 뼈아픈 대가를 치르게 될 것이다.

각오해야만 한다.

〈그〉는 자기 자신을 타일렀다.

리스크는 있다. 절대로 있다.

언제 어디선가 균열이 일어난다.

〈그〉가 해온 일은 언젠가 세상에 알려질 것이다. 지금은 아직 그 '언젠가'가 오지 않았을 뿐이다.

반드시 올 그날에 대비해 각오해야만 한다.

오토모 히데키

2007년 7월 20일

이튿날, 오전 11시 40분. 오토모 히데키는 현경에서 보내온 조서를 읽던 손길을 멈췄다.

며칠 전 지진이 있던 날 예정대로 재체포한 사카 아키유키를 최근에 다시 취조한 기록이다. 세키네 마사오를 죽이고 돈을 들고 도망친 뒤의 행적을 자세하게 이야기하고 있었다.

구류 기간이 길어지면서 현경 수사 1과의 집요한 취조가 성과를 거두어 사카는 거의 모든 내용을 자백한 모양이다.

기록에 따르면 사카는 역시 후루야가 혼자 덮어써 빠져나갔다고 믿고 이런 범죄에 맛을 들인 듯했다. 가택수색 한 구노 시의 아파트를 거점으로 불법 약물 거래를 하는 한편 다시 혼자 사는 노인을 노린 강도를 하려고 생각했다고 한다.

아직 잡히지 않았을 뿐인데도 '공범은 입을 열지 않을 것이다'

'나는 잡히지 않는다'라고 대수롭지 않게 여겨 추가 범죄를 계획하고 있었다. 마치 한쪽 바퀴가 빠진 채 전력 질주 하는 듯한 엉성한 범죄 심리. 가택수색 때 형사가 말한 대로 단순하고 어리석다.

두 번째 피해자가 나오기 전에 체포할 수 있어 다행이라고 할 수밖에 없다. 이건 사카에게도 다행이었다. 형법상 강도 살인에 대한 형량은 사형이나 무기징역뿐이다. 이른바 한 명을 살해했다면 '정상참작'으로 일단 무기징역이 가능하지만 두 명 이상이면 사형일 가능성이 크다.

오토모가 주목한 것은 그 뒤에 나오는 진술이었다.

사카는 다음 범행을 위해 도쿄에서 보이스피싱을 하는 그룹으로부터 X현에 사는 노인의 개인 정보를 샀다고 증언했다. 가택수색 때 시나가 발견한 USB 메모리에 그 데이터가 담겨 있었다.

데이터를 판 사람과는 직접 관계가 없고, 동료들로부터 소문을 들어 알았다고 한다. 매매 교섭은 대포전화라고 불리는 불법적으로 계약된 휴대전화로 했고, 데이터가 담긴 USB 메모리는 택배를 통해 받았다. 기록이 남아 전자적으로 추적이 가능한 인터넷은 사용하지 않고 아날로그적인 물류를 통해 주고받는 방법을 택해야 꼬리가 잡히지 않는다.

현경은 상대가 도쿄에 있어 개인 정보를 사카에게 판 인물을 밝혀내는 일에는 그다지 힘을 기울이지 않는 듯했다.

하지만.

"……."

오토모는 며칠 전 미야자키가 전화를 해 들려주었던 이야기를 떠올렸다.

사쿠마가 바로 '도쿄에서 보이스피싱을 하는 그룹'에 속해 있었다. 그리고 포레스트로부터 빼낸 데이터를 팔았다고 했다.

혹시……

오토모는 책상에 놓인 전화의 수화기를 들고 현경 형사부를 연결하는 단축 버튼을 눌렀다. 마침 형사부실에 담당자가 있어서 바로 이야기를 들을 수 있었다.

〈예, USB 메모리에 들어 있는 데이터 말인가요?〉

"그렇습니다. 사카가 입수했다는 노인들에 대한 개인 정보 말입니다. 어떤 형식으로 된 겁니까?"

〈아아, 그거 사실은 포레스트에서 유출된 고객 정보였습니다.〉

오토모는 심장이 뛰기 시작하는 소리를 들었다. 통화 상대에게는 그 소리가 들리지 않는지 형사는 태연히 말을 이었다.

〈우리 현에 있는 지역 사무소의 데이터가 몽땅 들어 있었죠. 개별 사업소에서 유출된 걸로 보기는 힘드니 출처는 도쿄 본사 쪽일 겁니다. 개호 사업에서 철수한다고 하니 회사도 기강이 풀어졌겠죠.〉

역시. 사카가 사쿠마로부터 정보를 샀을 가능성이 있다.

"저어, 그 데이터를 이쪽에서 확인해보아도 괜찮겠습니까?"

〈아, 예. 복사본이라도 괜찮겠죠?〉

"예. 상관없습니다."

〈알았습니다. 오늘 중으로 보내겠습니다.〉

"고맙습니다."

수화기를 내려놓자 시나 사무관이 오토모를 바라보았다.

"검사님, 무슨 새로운 사실이 나왔나요?"

옆에서 보면 그렇게 보였을까?

"아니, 개인적인 일이야."

시나는 의아하다는 표정을 지었다.

오후 9시가 조금 지난 시각, 그날 일을 모두 처리하고 시나도 퇴근한 뒤에 현경에서 보낸 데이터를 확인했다.

담당 사건 관련 증거조사이기는 하지만 사실 한없이 개인 일에 가까웠다. 해야 할 일을 모두 마치고 난 뒤에 열어본 것이 그나마 공사 구분의 선을 그은 셈이었다.

데이터는 DVD-R에 복사되어 있었다. 전화로 형사가 이야기 했듯이 포레스트로부터 유출된 것 같았다.

루트 디렉토리에 'X현'이라는 폴더가 있고 그 안에 'X중앙 케어센터' '현 북부 케어센터' '야가 케어센터' 같은 하위 폴더가 있다. 각 사업소별로 분류된 데이터다. 현청 소재지인 X시에는 두 곳의 사업소가, 그리고 다른 시에는 대개 시 하나에 한 곳씩 사업소가 있는 모양이다. 개호보험 인정은 시, 구 그리고 초[町] 단위로 이루어지기 때문에 사업소 관할도 거기에 맞게 구분했을 것이다.

하위 폴더를 열자 그 사업소의 고객 명부뿐 아니라 직원 명부, 근무 실적표, 진척 관리표 등 갖가지 데이터가 들어 있었다. 하드 디스크에 있는 내용을 고스란히 복사한 모양이다. 일부 전용 소프트웨어가 있어야 볼 수 있는 파일도 있었지만 대부분 표준적인 스프레드시트로 작성한 파일이라 지검에서 쓰는 컴퓨터로도 내용을 볼 수 있었다.

파일 몇 개를 열어 내용을 확인했다.

고객 명부에는 4월 중순에 계약한 이용자까지 담겨 있었다. 즉이 데이터는 4월 말 이후에 유출되었다는 이야기다. 사쿠마가 퇴사한 걸로 보이는 그 시기와 맞아떨어진다.

역시 이 데이터는 사쿠마가 가지고 나온 것이다. 직접적인 증거는 하나도 없지만 확신에 가까운 촉감이 왔다.

개호 기업의 내부 정보는 고령화 사회의 실상을 여러 면에서 드러내고 있었다.

예를 들면 어느 사업소나 고객 명부를 보면 남자보다 여자가 많다는 사실을 바로 알 수 있다. 여성이 오래 살기 때문인가, 아니면 남성은 개호를 받고 싶어 하지 않는 걸까?

직원 명부와 근무 실적표를 보면 개호에 종사하는 사람들의 노동환경을 엿볼 수 있다. 근무 시스템은 2교대지만 근무시간이 길고 밤과 낮 근무가 지나칠 정도로 자주 바뀐다. 법정 노동시간을 초과해 일하는 사람이 많은데 노동법규는 지켜지고 있기나 할까? 업무가 고되기 때문인지 이직률이 높아 인력 변동이 심하다.

또 고객 명부에는 이미 계약이 끝난 이용자의 정보도 있었는데 그 옆에는 간단하게 종료 이유를 기입해두었다. 그저 노인 개호 서비스는 이용자가 죽었을 때 종료된다고 생각했으나 종료 사유가 '사망으로 인하여'로 되어 있는 이용자는 몇 안 되었다. 대부분 '입원으로 인하여'였다.

가만히 생각해보면 당연한 일이다.

집에서 개호 서비스를 이용하고 있어도 죽을 때는 대부분 병원에 입원한 뒤 숨을 거둔다. '살던 집에서 죽고 싶다'고 다들 원하지만 대부분의 노인은 병원 침대에서 숨을 거둔다.

얼핏 훑어본 느낌으로는 사업소에 따라 '사망으로 인하여'가 계약 종료 원인으로 많이 기입된 곳도 있었다. 이런 지역에서는 살던 집에서 세상을 뜨는 분들이 비교적 많은지도 모른다.

내가 무엇을 찾고 있는 거지?

날짜가 바뀔 시각까지 이런저런 데이터를 들여다보다 보니 그런 의문이 들었다.

이 데이터는 사쿠마가 유출했을 가능성이 높다. 그렇다면 어디엔가 그 흔적이 있을지도 모른다.

하지만 설사 그걸 발견한다고 해서 어쩌겠는가? 사쿠마는 이미 이 세상에 존재하지 않는다. 타이를 수도 없고 그 죄를 처벌할 수도 없다.

결국 감상적인 행동이 아닌가?

친구가 죄를 짓고 죽었다. 그래서 마음이 불편해 그걸 수습하고 어쩔 수 없이 치미는 적막한 기분을 가라앉히기 위한 의식. 그 이상도 이하도 아니리라.

이 데이터는 분명히 개인 정보다. 본론에서 벗어난 사적인 관계 때문에 계속 들여다보는 것은 좋지 않겠다.

오토모는 한숨을 쉬며 컴퓨터 전원을 껐다.

시바 무네노리

2007년 7월 31일

　11일 뒤, 오후 4시 39분. 주변 잡목 숲에서는 매미 우는 소리가 줄기차게 들려왔다. 살짝 기운 노란색 여름 햇볕이 내리쬐고 있다. 햇볕을 받은 지면은 뜨거워져 눅눅한 공기를 데워 이글이글 피어오르게 했다. 덥다.

　무거운 이동식 욕조를 방문 목욕 차 짐칸에 싣고 문을 닫자 시바 무네노리는 순식간에 솟아난 얼굴의 땀을 훔쳤다.

　"수고했습니다."

　정리를 도와준 아르바이트 남성 간호사의 이마에서도 굵은 땀방울이 떨어졌다.

　"역시 여름은 힘들군요."

　"그렇죠."

　시바가 맞장구를 쳤다.

서비스업이자 동시에 육체노동이기도 한 방문 목욕 서비스는 여름에 특히 고되다. 하지만 땀이 많이 나는 계절인 만큼 목욕 서비스 수요는 많아진다.

방금 끝낸 곳이 오늘의 마지막 일정이다.

야가 시 북쪽, 히바리가오카 변두리에 있는 잡목 숲에 둘러싸인 작은 단독주택.

시바가 일주일에 5일, 주간 근무를 하는 날과 쉬는 날 밤에 잠복하며 상황을 살피던 우메다 히사하루 씨 집이다.

결국 시바가 지켜보고 있는 동안은 범인이 나타나지 않은 채 스스로 정한 기한인 7월 말일을 맞이했다. 범인은 열쇠를 아직 사용하지 않은 건지, 시바가 잠복하고 있지 않을 때 사용한 것인지는 알 수 없다. 오늘 방문한 김에 모르는 척하고 집 안을 살펴보았지만 누가 몰래 침입했는지 어떤지 알 수 없었다.

범인이 나타날 가능성은 별로 없겠다고 생각하면서도 오늘 밤에는 마지막 잠복을 할 작정이었다.

"그럼 또 들를 테니 문단속 잘하세요!"

현관에서 큰 목소리로 집 안쪽을 향해 소리치고 문을 닫은 사람은 센터장 단이었다. 근무하기로 되어 있던 파트타임 도우미가 갑자기 나오지 않아 단이 대타로 나섰다. 남성 스태프만으로 방문 목욕 서비스를 하는 일은 매우 드물지만 오늘 방문하는 곳은 네 건이 남성이고 한 건만 여성 이용자였다. 여성 이용자에게는 미리 사정을 이야기하고 양해를 구했다.

시바는 방문 목욕 차 운전석에 앉아 시동을 걸었다. 간호사는 뒷좌석에 앉았고 마지막으로 조수석에 단 센터장이 올라탔다.

"수고했어요. 이제 돌아갑시다."

그러면서 단은 대시보드 위에 우메다 씨 집 열쇠를 얹었다. 그 열쇠 머리에 새겨진 각인을 보니 복사 열쇠였다.

시바는 사무소에서 자연스럽게 행동하며 다른 사원의 모습을 살피기도 했지만 범인이 누군지 알 수 없었다. 또 우메다 씨 집 열쇠의 각인이 바뀌었다는 사실을 아는 사람도 시바 혼자인 듯했다.

차는 히바리가오카의 시골길을 지나 포장된 지방도로 들어섰다. 차체의 흔들림이 줄어들었다.

불쑥 간호사가 입을 열었다.

"저어, 우메다 씨 말이에요. 인지증이 아니라 울증일지도 모릅니다."

"울증?"

단이 되물었다.

"예. 나이 드신 분들은 울증과 인지증을 구별하기 어려워서 자신 있게 말씀드릴 수는 없지만 오늘 문진하면서 보니 그럴 가능성이 낮지 않다는 생각이 드네요."

전에는 몸을 제대로 가누지 못해도 성격은 밝고 활기가 있던 우메다 씨가 요 몇 달 사이에 점점 기분이 가라앉는 모습을 보이고 있었다. 불러도 별 반응이 없고, 거의 웃지도 않았다. 요즘은 자주 '죽고 싶다'는 소리를 했다. 스태프들 사이에서 인지증이 시작된 거 아니냐는 말이 나왔지만 분명히 울증으로 볼 수도 있다.

"알았어요. 담당 케어 매니저에게도 전달하겠습니다."

우메다 씨의 상태를 고려하면 시설에 들어가 도움을 받는 편이 훨씬 좋다는 사실은 다 안다. 우메다 씨에게는 나름 저축한 돈이 있는 것 같지만 유료 실버타운에 들어갈 수 있을 정도의 돈은 아니다. 입주 비용이 싼 노인 요양원을 신청했으나 대기 순번이라 언제 자리가 날지 모른다고 한다. 결국 이웃 마을에 사는 여동생이 오가며 돌보고 있는데 이게 본인에게나 그 여동생에게도 부담이 되는 듯했다.

"참 빠듯하군."

단이 자조 섞인 말투로 말했다.

"다들 빠듯하게 살아. 솔직히 나도 울증에 걸릴 것 같아."

"센터장님……."

단이 이런 말을 한 적은 없다.

포레스트에 행정처분이 내려진 뒤 여론의 매서운 바람을 견디면서 야가 케어센터는 간신히 영업을 이어가고 있었다. 다행히 이용자로부터는 대개 신뢰를 얻고 있었고, 또 스태프도 대부분 이런 어려움을 극복하기 위해 애쓰고 있다.

그래도 이직자는 나오고 새로 모집해도 나쁜 기업이라는 딱지가 붙어버린 회사에 오려는 사람은 거의 없다.

부족해진 일손을 메우는 것은 정사원의 몫이다. 특히 단은 몸소 앞장섰다. 7월 들어 센터장은 하루도 쉬지 못했을 것이다. 2교대제 근무인데 쉬는 날이 없으면 육체적으로나 정신적으로 상당히 힘들다. 단은 시바보다 스무 살 이상 더 많다. 많이 지쳤으리라.

"센터장님, 내일은 좀 푹 쉬시죠."

시바가 말했다.

"맞아, 그래요. 오늘 밤 기분 전환 삼아 아가씨들 있는 집에라도 가면 어떨까요?"

기분 좋게 해주려는 듯 간호사가 과장된 목소리로 말했다.

내일은 그런 단이 오래간만에 확보할 수 있었던 공휴일이다. 단 하루 휴식으로 얼마나 회복될는지는 모르지만 쉬지 않는 것보다는 낫다.

"하하, 고마워. 내가 괜한 소리를 했네. 미안. 뭐 그렇지 않아도 내일은 푹 쉴 생각이야."

그렇게 말하더니 단은 시트에 깊숙이 앉아 창밖을 바라보았다.

차는 크게 커브를 그리는 길에 접어들었다. 핸들을 꺾으며 시바는 생각했다.

어쩌면 범인은 단일지도 모른다. 그리고 만약 그렇다면 오늘 밤 우메다 씨 집에 몰래 들어갈지도 모른다.

대단한 근거가 있는 것은 아니지만 그렇다고 단순한 어림짐작도 아니다.

어쨌든 오늘 밤이면 알 수 있으리라.

오토모 히데키

2007년 7월 31일

같은 날, 오후 11시. 밤 스포츠 뉴스가 시작되었다. 소바집의 작은 브라운관 텔레비전에 덩치 큰 스모 선수가 고개를 숙이는 모습이 나왔다.

관공서 거리 변두리에 있는 '요나기야'라는 소바집은 새벽 1시까지 영업한다. 맛도 꽤 괜찮아서 이 시간에도 제법 붐빈다.

오토모 히데키는 시나와 덴자루*를 먹고 있었다.

오늘처럼 야근이 늦게 끝날 때는 여기서 시나와 저녁을 먹는 일이 많았다.

100퍼센트 사라시나소바**는 향이 좋고 튀김은 늘 시키는 새우, 차조기 잎에 계절 채소로 아스파라거스와 파프리카를 시켰다.

---

* 김을 뿌린 면을 간장 소스에 찍어 먹는 자루소바와 튀김이 함께 나오는 메뉴.
** 메밀 열매의 중심부에서 빼낸 흰 메밀가루로 만든 소바.

깔끔하게 먹을 수 있어 푹푹 찌는 여름밤에 딱 어울리는 식사다.

스포츠 뉴스는 몽골 출신 요코즈나*가 스모 협회에 사죄했다고 전했다. 부상으로 여름 훈련을 쉬겠다고 하고 자기 나라로 돌아가 축구를 즐겼다는 사실이 발각되었다. 이 요코즈나의 품행 불량에 대해서는 전부터 여러 차례 말이 있었기 때문에 '밉살스럽다'는 소리가 있는가 하면 '미워할 수 없다'는 주장도 있는 모양이다.

어쨌든 6월 포레스트 행정처분, 그리고 7월의 주에쓰 앞바다 지진 등 심각한 뉴스가 계속되는 가운데 맥 빠지게 만드는 화제이기는 했다.

시나가 불쑥 입을 열었다.

"스모 대회는 승부 조작이 있다는 게 증명되었어요."

"승부 조작?"

정기적으로 주간지를 떠들썩하게 만드는 가십 종류인가 싶었는데, 시나의 설명에 따르면 그게 아니었다. 미국 경제학자가 스모의 승패 통계를 수학으로 분석해 인위적 조작, 즉 승부 조작이 존재한다는 사실을 증명해 보였다고 한다.

"대회 마지막 날 7승 7패인 선수와 8승 6패인 선수가 만나면 어느 쪽이 이길 확률이 높다고 생각하세요?"

"전적을 보면 막상막하니 비슷하지 않을까?"

"맞아요. 이론상 기댓값으로는 거의 5대 5, 굳이 따지자면 8승 6패 쪽이 약간 높을 겁니다. 그런데 실제로는 7승 7패인 선수가 80

---

* 일본 스모 선수로는 최고의 위치.

퍼센트 가까이 이기죠. 7승 7패인 선수와 9승 5패인 선수가 맞붙은 경우에도 7승 7패 쪽이 70퍼센트 이상 이깁니다. 기댓값에 비해 이렇게 큰 차이가 나면 인위적인 조작이 있다고 생각하는 게 합리적이죠. 스모계는 닫힌 사회예요. 의도적인 승부 조작은 아니라도 7승 7패 쪽에는 이긴 횟수가 진 횟수보다 많아지느냐 적어지느냐 하는 문제가 있으니 상대가 그만 적당히 상대해주는 경우도 있을 겁니다."

"흐음, 재미있군."

솔직히 감탄했다. 책상에서 계산만 하고도 그 정도까지 알 수 있다니.

"이 분석을 한 학자는 경찰이 매우 좋아하는 '깨진 창 이론'의 효과도 통계상으로는 의심스럽다고 주장하죠."

"그래?"

'깨진 창 이론'은 치안 관련 업무를 하는 사람이라면 누구나 아는 이론이다. 작은 위반이라고 대충 넘어가면 중대한 범죄를 초래하며 거꾸로 경미한 위반도 봐주지 않고 단속하면 범죄 발생을 억제하게 된다. '건물 창이 한 장 깨졌는데 방치하면 나중에 모든 창이 깨진다'라고 하는 비유에서 따와 그 이름을 붙였다. 시나가 '경찰이 매우 좋아하는'이라고 표현했듯이 이 '깨진 창 이론'을 내걸고 치안 강화를 추진하는 경우가 많다.

그게 통계상 의심스럽다고?

오토모는 고개를 갸웃했다.

"그렇지만 '깨진 창 이론'은 경험으로도 합치하고 분명히 뉴욕에서는 이 이론에 입각해 단속을 강화한 결과 범죄 발생률이 낮아진 걸로 아는데?"

1990년대 뉴욕에서 검사 출신 시장이 추진한 치안 강화책이 효과를 거두어 범죄가 줄었다는 일화는 '깨진 창 이론'의 실제 사례로 유명하다.

하지만 시나는 재미있다는 표정을 지으며 고개를 저었다.

"경험칙이라고 부르는 것에는 선입견이나 인상에 의한 바이어스가 걸리는 경우가 꽤 많습니다. 뉴욕의 사례를 들어 말씀드리면 범죄 발생률 저하는 단속을 강화하기 전부터 시작되었어요. 가장 큰 이유는 빈곤 가정 어린이가 줄어들었기 때문으로 추정되죠."

원래 수학 연구자였던 만큼 통계나 숫자에 관한 이야기를 좋아하는 모양이다. 그리고 보니 지난번에도 인구통계 이야기를 한 적이 있다.

문득 오토모의 머릿속에서 기억과 사고가 연결되어 작은 의문이 생겨났다.

"시나."

"예? 왜 그러십니까?"

"통계라고 하면 지난번에 자네가 그 인구 이야기를 했었잖아? '전부터 알고 있었다'라고."

"아, 예."

잠깐 눈을 깜빡인 시나는 바로 생각이 난 모양이다.

"그렇죠. 인구 추계 이야기. 그렇습니다. 인구는 안정적인 예측이 가능하죠."

"그건 인구를 좌우하는 요소, 즉 인간이 태어나거나 죽거나 하는 상황이 안정적이라는 이야기겠지?"

"그렇죠. 출생률이나 사망률은 급격하게 변하지 않습니다. 일본은 제2차 세계대전 이후 출생률이나 사망률이나 낮아지는 경향이 있지만 그 추이 자체는 안정적이죠. 출산율 저하라는 것은 어느 해 갑자기 그런 일이 일어나는 게 아니라 예측 가능한 범위 안에서 오랜 세월 쌓여온 겁니다."

"......"

오토모는 말없이 생각에 잠겼다.

"그런데, 그게 왜요?"

시나가 의아한 표정을 지으며 물었지만 대답하지 않고 오토모가 다시 물었다.

"예를 들어 같은 현인데 지역마다 사망률이 다르다는 게 있을 수 있다고 생각하나?"

"예? 글쎄요……. 그야 어느 정도는 차이가 나겠지만 대개 크게 다르지는 않을 겁니다. 만약 어느 지역만 사망률이 올라간다면 무슨 요인이 있을 겁니다. 예를 들어 그 지역에 큰 사고가 있었다거나 전염병 집단 감염이 있었다거나……."

"그래?"

오토모는 자기 튀김 접시에서 새우를 하나 집어 시나의 접시에 얹었다.

"어? 새우 저 주시는 건가요?"

"줄게. 이익 공여. 즉 뇌물이라는 이야기지."

"예? 뇌물요?"

시나의 안경 속 눈이 휘둥그레졌다.

"좀 확인하고 싶은 일이 생겼어. 이렇게 늦은 시간에 미안하지만 날 좀 더 도와줘."

대답은 기다리지도 않고 오토모는 서둘러 소바를 입으로 쓸어넣었다.

시바 무네노리

2007년 7월 31일

같은 날, 오후 11시 16분. 히바리가오카. 낮에는 그토록 요란했던 매미 소리가 밤이 되니 조용하다. 아직 밤벌레들이 합창할 계절은 아닌지 가끔 치르르 치르르 하며 가냘픈 소리만 들릴 뿐이다. 벌레에 흥미도 없고 관심도 없는 시바 무네노리로서는 무슨 벌레가 우는지, 아니 벌레 우는 소리인지 아닌지조차 알 수 없다.

요 며칠 늘 그랬듯 공터에 차를 세우고 그 안에서 우메다 히사하루 씨의 집 쪽을 살폈다.

한 시간 뒤면 7월도 간다.

누가 오건 오지 않건 오늘 밤을 마지막 잠복이라고 생각했다. 스스로 내린 결정이기는 하지만 이제 슬슬 몸도 견디기 힘들어지는 상태였다.

다시 생각한다.

—범인은 왜 복사 열쇠를 만들었을까?

역시 저 집에 숨어들기 위한 목적 이외에는 생각하기 힘들다.

—그럼 범인은 언제 숨어들까?

역시 밤에 올 거라고 생각했다. 우메다 씨는 거의 거동을 못 한다. 그래서 우메다 씨는 늘 집 안에 있다. 그렇다면 가장 숨어들기 좋은 때는 우메다 씨가 혼자 있는 시간. 동거하는 가족이 있다면 낮에 그 가족이 집을 비웠을 때를 노리겠지만 독거노인이기 때문에 밤이 확실히 유리하다. 나라면 그렇게 한다.

—그럼 왜 저 집에 숨어 들어가려는 걸까?

가장 먼저 떠올릴 수 있는 가능성은 도둑질인가? 집에는 몸져 누운 노인뿐이니 금품을 훔치는 일은 간단하다.

—그럼 범인은 누굴까?

흰머리에 윤곽이 또렷한 남자의 얼굴이 떠오른다— 단 게이지.

이달 들어 단은 하루도 쉬지 않았다. 만약 범인이 사원이고 밤에 숨어든다면 쉬는 날 전날이 가장 편할 것이다. 그렇다면 내내 쉬지 못한 단이 숨어들 타이밍은 그간 없었다는 이야기가 된다. 그리고 내일 단은 오래간만에 쉬기로 했다. 그렇다면 오늘 밤이다.

억지에 가까운 추론이다. 아마 직접 범인을 확인하고 싶은 마음이 강하게 작용하는 모양이다.

단이 직장에서 보여주는 태도나 사람됨을 돌아보면 거동도 못하는 노인의 집 열쇠를 몰래 복사해 숨어들 거라고는 결코 생각할 수 없다.

그러나 생각할 수 없다고 해서 있을 수 없는 일이라고 단정할 수는 없다. 특히 사람에 관해서는.

사람의 생각이나 행동은 제각각이다. 개호 현장에서는 헌신적으로 일하는 것처럼 보이는 여성이 실은 시어머니를 학대하며 지내는 경우도 흔히 볼 수 있다.

단 같은 사람도 이런저런 부정을 저지를지 모른다.

혹시…….

혹시 도둑질 이외에 숨어들 이유가 있다면…….

―죽는 게 나을 때도 있으니까.

언제였던가, 단이 했던 말이 떠올랐다.

단 센터장이 진지하게 개호 업무에 임하는 사람이기 때문에 생각할 수 있는 그 가능성.

시바는 오히려 그걸 기대하고 있는지도 모른다.

이런 어리석은 잠복이나 하고 있는 까닭도 그걸 확인하고 싶어서인지도 모른다.

아니, 반드시 그럴 것이다.

그래서 그걸 보았을 때 자신의 바람 때문에 잘못 본 건가 싶었다.

어둠 속에 빛이 비치며 작은 소리가 들려왔다. 차가 접근하는 소리다. 시바가 잠복을 시작한 뒤로 밤에 이 길을 차가 지나기는 처음이다. 이윽고 차체가 눈에 들어왔다. 낯익은 흰색 세단. 어둠 속에서도 알아볼 수 있었다. 단이 작년에 새로 산 차와 같은 차종이다.

세단은 헤드라이트 불빛을 뿌리면서 느린 속도로 천천히 진행했다.

차는 시바가 숨어 있는 공터 앞을 지났다. 시바는 눈을 크게 떴다. 여기 차가 있다는 사실은 눈치채지 못했나 보다. 운전석 인물이 얼핏, 하지만 또렷하게 보였다. 유난히 흰 머리카락.

저도 모르게 숨이 턱 막혔다.

단이다.

세단은 슬로모션처럼 우메다 씨 집 앞도 지나갔다. 조금 더 가면 나오는 커브로 차체가 사라지더니 엔진 소리가 꺼졌다. 차를 세운 모양이다.

이윽고 커브에서 사람이 나타났다. 손에 펜라이트를 들고 있는지 걸어가는 방향 쪽 지면을 비추고 있다. 점점 가까워져 윤곽이 또렷하게 보였다.

역시 단이다.

단은 약간 경계하는 자세로 주위를 둘러보면서 우메다 씨 집 현관으로 다가갔다. 그리고 열쇠로 문을 열었는지 집 안으로 들어갔다.

시바는 단이 들어간 집을 노려보았다. 불빛이 들어오지는 않았다. 여전히 어둠에 묻혀 있다. 가만히 신경을 집중해 귀를 기울였지만 아무 소리도 들리지 않았다. 계속 지켜보지 않았다면 누가 저 집 안으로 숨어들었다는 사실조차 알 수 없을 것이다.

단은 무얼 하고 있는 걸까?

도둑질일까, 아니면…….

시바는 숨을 죽이고 우메다 씨 집 쪽을 살폈다.

1분쯤 지났을까? 다시 현관문이 열리더니 단이 나왔다. 펜라이트로 지면을 비추며 왔던 길을 되돌아갔다.

시바는 소리가 나지 않도록 차에서 나와 단의 뒤를 밟았다. 몸을 웅크리고 길가를 걸었다. 단은 시바가 따라오는 줄 모르는지 잰걸음으로 걸어갔다.

단의 모습이 커브로 사라졌다. 시바는 걸음을 빨리해 뒤를 따랐다. 척척, 하며 땅을 밟은 소리가 났다. 조용한 밤이라 소리가 또렷하게 들렸다. 이 소리는 단도 들었을지 모른다.

아니나 다를까 커브를 돌았더니 빛이 눈에 들어왔다. 펜라이트가 이쪽을 향했다. 시바는 자기도 모르게 손을 들어 눈을 가렸다.

"시……, 시바……?"

역광이라 단의 얼굴은 제대로 볼 수 없었지만 틀림없이 놀란 표정이리라.

"센터장님, 쭉 지켜보았습니다. 우메다 씨 집 열쇠를 복사해 들어가셨죠?"

"아…… 아니야……."

떨리는 목소리에서 동요한 기색이 확실하게 전해졌다.

시바는 마른침을 꿀꺽 삼키고 가장 묻고 싶었던 질문을 던졌다.

"무얼 하신 겁니까?"

"그건……."

단은 말꼬리를 흐렸다.

시바는 성큼성큼 단 앞으로 다가갔다.

거리가 좁혀지자 역광이지만 단의 얼굴이 보였다.

완전히 얼어붙은 표정이었다.

"⋯⋯, ⋯⋯."

단이 기어들어가는 목소리로 뭐라고 한 뒤 펜라이트를 땅바닥에 떨어뜨렸다.

갑자기 빛이 줄어들자 단의 모습이 어둠 속으로 녹아들어갔다.

이어진 단의 행동은 시바의 예상을 뛰어넘었다.

어둠 속에서 단은 오른손을 크게 들어 올렸다. 지면에 떨어진 펜라이트에서 흘러나온 불빛이 어느새 그 손에 쥐여 있는 쇠망치를 희미하게 비췄다.

어둠의 틈새로 얼핏 비친 단의 얼굴은 표정 없는 가면 같았다.

바로 그때 멀리서 '우어어' 하고 무슨 짐승 우는 소리가 들린 듯했다. 이 주변에 들개라도 있는 걸까, 아니면 잘못 들은 걸까?

그런 걸 천천히 생각할 틈도 없이 쇠망치가 시바의 머리를 향해 내려왔다.

오토모 히데키

2007년 7월 31일

같은 날, 오후 11시 45분. 오토모 히데키는 시나와 함께 검사실로 돌아와 컴퓨터에 포레스트의 고객 데이터를 띄웠다.

요전 날 감상에 사로잡혀 훑어보았을 때는 아무것도 발견할 수 없었다.

하지만 혹시 아주 이상한 사실을 발견하지 못하고 있는 게 아닐까 하는 생각이 들었다.

화면에 몇 개 사업소의 고객 명부를 열었다. 어느 사업소나 개업 이래 이용한 모든 고객의 데이터를 보관하고 있는 듯했다.

데이터를 정렬하고 계약이 종료된 사람을 뽑아냈다.

"이걸 좀 봐줘."

시나에게도 화면을 보여주었다.

사업소마다 계약 종료자의 이름이 나열되어 있다. 이유를 적는

칸에는 '입원으로 인하여'가 많고 가끔 '사망으로 인하여'가 나타났다. 아주 드물지만 '기타'나 '이용자 사정으로 인하여'라는 이유도 있었다.

전체적인 경향은 일관되었다. 어느 사업소에서나 계약 종료 이유로 가장 많은 것은 '입원으로 인하여'였다. 하지만 이렇게 빼내서 비교해보니 딱 한 군데, '사망으로 인하여'에 따른 계약 종료가 유난히 많은 사업소가 있었다.

오토모는 그 표를 손가락으로 가리켰다.

"이 '야가 케어센터'만 '사망으로 인하여' 계약 종료된 건이 많은 것 같아."

전에 보았을 때는 '야가 시만 집에서 돌아가시는 분이 많은 건가?' 하는 정도만 생각하고 지나쳤다. 하지만 다시 생각해보니 입원하지 않고 사망했다면 갑작스럽게 죽었다는 이야기다. '노인은 죽기 마련'이라는 선입관 때문에 한 차례 놓쳤지만 어떤 특정한 지역에서만 갑자기 죽은 사람 비율이 높게 나타난다면 그건 분명히 이상하다.

"잠깐 볼까요?"

시나는 컴퓨터 화면 앞으로 다가오더니 오토모 옆에서 마우스와 키보드를 조작해 새로운 표를 만들었다.

아마 각각의 표에서 데이터를 뽑아내어 사업소별 '사망으로 인하여'로 계약이 종료된 이용자의 비율을 계산하는 모양이다.

장식이 없는 단순한 표에 숫자가 표시되었다.

'사망으로 인하여' 계약이 종료된 이용자의 비율

X중앙 케어센터	6.4%
현 북부 케어센터	8.1%
야가 케어센터	22.2%
구노 케어센터	8.9%

......

"숫자로 환산하니까 차이가 또렷하게 드러나네요."

어느 사업소에서나 '사망으로 인하여'로 계약이 종료된 이용자는 5~10퍼센트 정도인데 '야가 케어센터'만은 22퍼센트로 유난히 많다.

"야가 시에서만 갑자기 죽는 노인이 많았다는 건가?"

야가 시는 X현에서 두 번째로 인구가 많은 도시라 큰 종합병원도 몇 개 있다. 다른 시에 비해 병원에 가기 힘들 이유는 없다.

그렇다면 왜 야가 시에만 갑자기 죽은 노인이 많은 걸까?

"어라?"

뭔가 발견했는지 시나는 표 제일 가장자리에 있는 항목을 확인했다.

"이 '요개호도要介護度'라는 게 뭔지 아세요?"

"아, 그건 개호보험을 이용하기 위한 기준이야. 개호가 얼마나 필요한지를 나타내는 수치지. 간단한 도움으로 생활이 가능한 '요지원'에서부터 완전히 몸져누워 혼자서는 아무것도 할 수 없는 '요개호 5'까지 단계적으로 판정해 그 등급에 따라 이용할 수 있는 개호보험의 범위와 서비스가 달라지는 거지."

오토모의 아버지도 '요개호 2' 판정을 받았기 때문에 대략 알고 있었다.

"이걸 잘 보면 경향이 나오겠네요. 계산해보겠습니다."

시나는 재빨리 표를 조작해 계산하더니 오토모가 보기 쉽게 표시했다.

'야가 케어센터' 이외의 사업소

평균 요개호도	1.5
'사망으로 인하여' 계약 해지한 사람의 평균 요개호도	1.8

"우선 '야가 케어센터' 이외의 사무소에서는 이용자 전체의 요개호도 평균은 1.5. 많은 이용자가 '요지원'이기 때문에 평균을 내니 2 이하로 나오네요. 또 '사망으로 인하여' 계약을 해지한 사람의 평균은 1.8로 별로 다를 바 없고요. 결국 요개호도가 높다고 해도 갑자기 죽는 사람이 많지는 않다는 겁니다."

오토모는 고개를 끄덕였다.

역시 요개호도는 신체 기능의 바로미터지 건강 상태와 반드시 일치하는 것은 아니라는 이야기인가? 생각해보면 사고로 신체 기능 일부를 잃고도 장수하는 사람은 많다.

"그런데……."

시나는 '야가 케어센터'의 계산 결과를 화면에 표시했다.

'야가 케어센터'

평균 요개호도	1.4
'사망으로 인하여' 계약 해지한 사람의 평균 요개호도	2.9

"이쪽 이용자 전체의 요개호도 평균은 1.4로 다른 지역 사무소와 거의 같은 수준인데 '사망으로 인하여' 계약 해지한 사람의 평균은 2.9. 뚜렷하게 차이가 나네요."

"그럼 '야가 케어센터'에서만 요개호도가 높은 이용자가 갑자기 죽는 일이 많다는 이야기인가?"

"숫자상으로는 그렇게 됩니다."

무슨 소리지?

오토모는 숨이 턱 막혔다. '혹시'가 아니라 무슨 일이 일어나고 있는지도 모른다. 지금 정체를 알 수 없는 무엇인가의 어느 부분을 건드리려 하고 있는 건지도 모른다.

오토모는 머리를 굴렸다.

아직은 뭔지 알 수 없는 걸까?

"이게 야가 시 전체가 그런 경향을 보이는 건가? 아니면 '야가 케어센터'와 관계된 부분만 그런가?"

"야가 케어센터와 관계된 부분이죠……. 아 참, 이렇게 병원에 입원하지 않은 상태에서 갑자기 사망한 경우에는 변사체로 처리될 가능성이 있습니다. 그렇다면 우리 검찰에 기록이 있지 않겠어요?"

그렇다.

의사가 지켜보지 않는 상태에서 죽었을 경우에는 사인 불명 변사체로 취급되어 경찰의 검시를 받는 것이 원칙이다. 법률상 검시는 검찰의 역할이고, 경찰은 그걸 대행한다. 그래서 사건이 아닐 경우에도 검시 조서는 모두 지방검찰청에 제출해 보관한다.

"찾아봐."

"예."

다행히도 최근 3년 치 검시 조서는 데이터베이스화 되어 있어 컴퓨터로 간단하게 검색할 수 있었다. 구태의연하게 아직도 종이 자료가 널리 쓰이는 검찰 사회지만 조금씩 IT화의 파도가 밀려오고 있다.

이런 작업은 시나가 훨씬 뛰어나기 때문에 오토모는 자리를 양보하고 뒤로 물러나 구경했다.

시나는 먼저 데이터베이스에서 X현의 각 시별 연간 변사자 수를 조사해 인구로 나누어 비율을 계산했다.

인구 대비 연간 변사자 수

X시	0.11%
야가 시	0.14%
구노 시	0.15%
노비 시	0.12%

……

"어느 시나 큰 차이는 없습니다. 현 평균도 0.13퍼센트. 인구가

800명 있다면 매년 한 사람은 병원이 아닌 곳에서 변사하는 정도의 비율이죠. 만약 야가 시 전체적으로 갑자기 죽는 사람이 많다면 변사도 많을 테니까 그렇지는 않다고 하는 겁니다."

"야가 시 전체로는 변사자가 많은 건 아니지만 '야가 케어센터' 이용자에 한해 많다는 건가?"

"데이터를 대조해서 '야가 케어센터' 이용자 가운데 갑자기 죽은 사람이 어느 정도 변사체로 처리되었는지 확인해보도록 하죠."

시나는 변사체 데이터베이스에서 명단과 일치하는 사람을 검색해 정리했다.

'야가 케어센터' 이용자 가운데
갑자기 죽은 것으로 추정되는 사람　　　69

그 가운데 변사체로 검시를 받은 사람　　52

과거 3년 동안 갑자기 죽은 것으로 추정되는 '야가 케어센터' 이용자 즉 '사망으로 인하여' 계약이 종료된 사람의 수는 69명. 그 가운데 52명이 변사체 데이터베이스에 이름을 올렸다. 나머지 17명은 입원은 하지 않았지만 병원으로 옮겨져 의사가 있는 장소에서 숨을 거둔 사람들이리라.

"3년 사이에 이용자 52명이 변사. 이 숫자는 다른 사업소와 비교하면 유난히 많습니다. 다만 인구 30만이 넘는 야가 시에서는 매년 400명 정도, 3년이면 1천 200명의 변사체가 나오죠. 시 전체의 숫자에 끼워 넣으면 오차 범위 안에 들어갈 겁니다."

시나는 52건의 변사체 검시 조서 데이터를 스프레드시트로 빨아들여 고객 명부 데이터와 대조했다.

변사자 52명의 평균 요개호도　　　3.8

"고객 명부와 대조해 변사한 이 52명의 요개호도 평균을 내면 더 올라가 3.8이 됩니다."

"……결국 '야가 케어센터'에는 요개호도가 높은 이용자를 변사체로 만드는 '무엇인가'가 있다는 거로군."

"그 '야가 케어센터'와 변사가 직접적인 인과관계가 있는지는 모르겠지만 상관관계는 있을 겁니다."

시나는 데이터를 날짜순으로 다시 늘어놓았다.

"데이터베이스에 있는 과거 3년간만 보면 변사체가 발생하는 빈도는 큰 변화가 없습니다."

그 '무엇인가'는 어느 날, 어느 시기 돌발적으로 생겨난 것이 아니다. '야가 케어센터'에서 변사체가 나오게 만드는 '무엇인가'가 적어도 3년 이상 계속되고 있다는 이야기다.

"이 52건의 변사체를 사인별로 분류해보죠."

사건성 있는 변사체	0
병사, 자연사	47
자살	3
사고사	2

"경찰에서 사건성이 있다고 판단한 시체는 하나도 없습니다."

결국 사법해부를 통한 자세한 조사가 이루어진 시체는 전혀 없다는 소리다.

"병사가 많군. 단체로 전염병에라도 걸린 건가? 아니면 '야가 케어센터'에서 하는 일 가운데 나이 많은 분들 건강을 해칠 요소가 있는 건가?"

오토모가 입 밖에 내지 않았지만 당연히 의도적, 인위적으로 이용자를 변사하도록 만드는 공작이 이루어졌을 가능성도 있다.

"병사, 자연사한 47건으로 좁혀 분석해보도록 하죠."

시나는 다른 소프트웨어를 실행하더니 기분 나쁠 만큼 빠른 속도로 키보드를 두드리며 데이터를 입력했다.

"그건 뭘 하는 거지?"

"알고리즘을 써서 데이터 안에 숨어 있는 상관관계와 공통점을 찾아내는 거죠. 이 47건의 변사 데이터에 일정한 경향이 있다면 무슨 일이 일어나고 있는지 알아낼 수 있는 단서가 될지도 모릅니다."

화면에는 여러 수치가 떠올랐지만 오토모는 도무지 그 의미를 알 수 없었다.

"어?"

시나가 살짝 고개를 갸웃했다.

"왜 그래?"

"좀 묘한 경향이 나타나네요…… 알아보기 쉽게 만들 테니 잠시 기다려주시죠."

시나가 키보드를 조작하자 화면에 오전 6시를 하루의 시작으로 하는 스케줄표 같은 것이 표시되었다. 거기에는 여러 개의 점이 찍혀 있었다.

"이건 하루를 두 시간 단위로 구분해서 변사체의 사망 추정 시각을 표시한 겁니다. 흰 점과 검은 점은 가족 구성을 표시하죠. 흰 점은 가족과 동거하던 사람, 검은 점은 독거노인입니다. 우선 분명히 오후 2시부터 오후 6시, 밤인 오후 10시부터 오전 2시에 집중되어 있습니다. 랜덤하게 발생하는 일들은 포아송 분포라는 확률 밀도에 따라 골고루 분포할 텐데 이 표를 보면 크게 치우쳤네요."

"변사체 발생이 랜덤하지 않다는 건가?"

"수학적으로는 그렇습니다."

고개를 끄덕이고 시나가 말을 이었다.

"게다가 흰 점은 낮에, 검은 점은 밤에 집중되어 있군요. 즉 가족과 동거하는 사람은 낮에 죽는 경향이 있고, 독거노인은 밤에 죽는 경향을 보이고 있습니다."

가족과 동거하면 낮, 혼자 살면 밤…….

그러고 보니 낮 오후 2시부터 오후 6시는 빈집털이가 많이 발생하는 시간대로 알려져 있다.

"……노인이 집에서 혼자 지내는 시간대?"

오토모는 머릿속에 떠오른 생각을 말했다.

"예. 저도 그렇게 생각합니다."

시나가 고개를 끄덕였다.

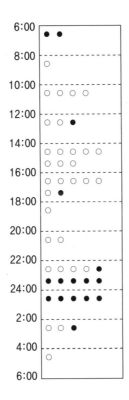

혼자 사는 노인이라면 밤늦은 시간에는 확실히 혼자 있을 것이다. 동거하는 가족이 있는 경우라면 그들이 외출하는 낮에 혼자 있게 될 확률이 높다.

"아니, 잠깐."

오토모가 고개를 저었다.

"변사체라는 것은 의사가 임종을 지켜보지 않은 시체야. 그러니 사망 추정 시각이 집에 사람이 없는 시간대로 몰려도 이상할 일은 없잖아?"

"그렇기는 하지만, 그렇다면 독거노인의 사망 추정 시각은 더 흩어져야 할 겁니다."

그렇다. 독거노인은 밤이면 확실하게 혼자 있지만 낮에도 혼자 지내는 시간이 상당히 많을 것이다.

"그러니까, 제3자가 보기에 노인이 혼자 있을 가능성이 높은 시간대로 몰려 있다?"

오토모는 머릿속을 정리하며 말했다.

그건 바로 사람의 의지가 작용하고 있다는 이야기다.

시나가 고개를 끄덕였다.

"그렇습니다. 그런데 변사체 발생과 관계가 있는 요소는 시간대뿐만 아니었습니다. 이건 조금 전 표를 요일로도 나누어 계산한 거죠."

시나가 키보드를 누르자 표가 펼쳐졌다.

"변사체 발생은 월요일에는 거의 없고, 수요일에 약간 많습니다. 그리고 화요일과 금요일은 낮에 사망한 경우가 많고 수요일과 토요일은 밤에 많군요."

"요일과 시간대에 따라 달라진다는 건가?"

"데이터상으로는 의미 있는 상관관계가 나타납니다. 다만 상관관계와 인과관계는 다르죠. 당연한 소리지만 요일과 시간이 직접 사람에게 죽음을 가져다주는 일은 없으니까요."

오토모는 고개를 끄덕였다.

그렇다. 『창세기』에 따르면 하느님이 천지창조에 쓴 6일에 안식

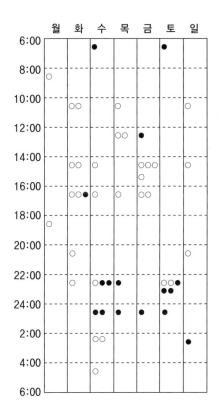

일을 더한 7일이 일주일의 기원이 되었다. 하지만 지구상에서 하느님이 정한 이 구분에 따라 일하는 존재는 인간뿐이다. 요일마다 다르다면 틀림없이 사람이 관여되어 있다.

"변사체 발생은 인위적으로 일어난 것이다. 즉 살인 사건⋯⋯."

오토모는 그 의문을 처음으로 입 밖에 냈다.

시나는 차분하게 고개를 끄덕였다.

"그럴 가능성이 큽니다."

"우리가 샅샅이 조사해야 할 가능성이로군."

"만약 사람이 관계되었다면 역시 '야가 케어센터' 관계자일 겁니다."

그렇게 생각하는 게 자연스럽다. 개호 사무소 사람이라면 가족과 동거하는 노인이 언제 혼자 있을지 파악하기 쉽다.

"아, 데이터 가운데 종업원 근무표도 있죠?"

시바는 근무 실적표 파일을 열었다.

근무 배치는 그때그때 바뀌는 모양이지만 파일에는 전 종업원이 실제로 근무한 시간이 기록되어 있었다.

"종업원 근무 배치와 변사체 발생 사이의 관계를 파악해보죠."

오토모는 시나의 의도를 이해했다. 변사체 발생은 요일과 시간대에 따라 크게 치우쳐 있다. 만약 이게 특정 종업원의 근무 배치와 관련이 있다면 그 종업원이 변사에 관계했을 가능성이 매우 높다.

"그렇게 해줘. 일단 3년 이상 근무한 종업원만 대상으로 하면 돼."

"예."

시나의 손가락이 움직였다. 인력이 자주 들어오고 나가는 바람에 그 기간에 근무한 종업원은 연 200명 이상이지만 3년 이상 계속 근무하는 사람은 사원과 파트타임 직원을 합쳐서 20명도 되지 않는 듯했다.

한동안 키보드를 두드리던 시나가 손을 딱 멈췄다.

"이건……?"

"뭐가 나왔나?"

"예. 종업원에게 번호를 붙여 근무 배치와 변사체 발생이 겹치는 횟수를 간단하게 기댓값과 실수를 비교해보았습니다—."

종업원	기댓값	실수
#01	8	12
#02	15	14
#03	15	18
#04	9	9

......

시나는 화면을 손가락으로 가리키며 해설을 덧붙였다.

"예를 들면 이 넘버 01 종업원은 파트타임 근무자입니다. 일주일에 평균 근무시간이 30시간이죠. 이건 일주일 전체 시간의 약 18퍼센트에 해당합니다. 편차를 무시하고 단순하게 기댓값만 계산하면 47건 가운데 8건 정도가 이 사람이 일하는 시간에 발생하는 셈이 됩니다."

오토모는 겨우 이해했다.

"그렇군, 그에 비해 실제로는 12였다는 거네."

"그렇습니다. 약간 많죠? 애당초 변사체의 발생 시간이 편중되어 있어 근무 배치가 그 편차와 일치할수록 실수는 기댓값에서 벗어납니다. 그래도 대부분의 종업원은 플러스마이너스 5 이내에 머무는데—."

시나는 커서를 움직여 화면을 스크롤했다.

"―한 사람만, 기댓값과 실수의 차이가 매우 큰 종업원이 있습니다."

종업원	기댓값	실수
#13	18	4

"기댓값이 18인데 실수는 4. 너무 적죠?"

"……이 종업원이 근무하는 시간에만 변사체가 거의 나오지 않는다는 이야기인가?"

"그렇습니다. 이 넘버 13은 정사원이고 주 평균 근무시간은 64시간이 조금 넘습니다. 노동법상 문제가 있겠지만 그건 미뤄두고, 일주일의 거의 38퍼센트에 해당하는 시간이죠. 이렇게 큰 테두리 안에 공을 38번 던져서 4번밖에 들어가지 않는 겁니다. 7승 7패의 스모 선수의 승률과 마찬가지로 인위적인 조작이 있다고 의심할 만한 숫자입니다."

시나는 직원 명부 파일을 열어 한 종업원을 시트에 표시했다.

"이 사람이 넘버 13입니다."

명부는 이력서 같은 서식으로 되어 있고 본인 얼굴 사진 이미지도 붙어 있었다. 머리카락이 백발이었다. 어디선가 본 적이 있다는 느낌이 들었지만 기억나지는 않았다.

시나는 창을 몇 개 열고 '역시' '그렇군' 하고 중얼거리며 키를 두드렸다. 뭔가 확인하고 있는 듯했다.

"역시 이 인물의 근무 배치와 변사체 발생은 상당히 관련이 있어 보입니다. 이 인물이 근무하지 않을 때, 특히 휴일과 그 전날 밤에 변사체의 발생률이 부쩍 올라갑니다. 그리고 요일과의 관계 또한 일치하고요."

오토모는 시나가 드러내 보이는 사실을 천천히 속으로 곱씹어보았다. 그리고 떠오르는 가설을 입 밖에 냈다.

"이 인물이 일을 쉴 때 노인을 죽이고 다닌다?"

"그걸 직접 증명할 방법은 없습니다. 하지만 그 가설에 기초해 검산해보면—."

시나가 키보드를 두드리자 화면에 숫자가 표시되었다.

1/30

"—만약 이 사람이 30일에 한 명꼴로, 근무시간이 아닐 때 요개호도 3 이상인 노인을 죽이고 있다면 '야가 케어센터'와 관련된 데이터의 편차는 모두 설명할 수 있게 됩니다."

그렇다면 이 사람은 3년 넘는 긴 기간에 걸쳐 매달 한 명 이상을 죽이고, 그걸 숨겨왔다는 이야기가 된다. 희생자는 최소 36명. 유례없는 대량 살인이다.

"그렇지만……."

시나는 역접 접속사를 쓰면서 당연히 떠오르는 의문을 덧붙였다.

"이런 변사체는 다 검시했습니다. 경찰 눈을 속이고 사람을 계속 죽일 수 있을까요?"

경찰은 만만하지 않다. 그건 오토모도 잘 알고 있다. 특히 살인을 비롯한 흉악 사건에 대해서는 어느 현경이나 매우 높은 검거율을 자랑한다. 완전범죄라는 게 그리 쉬운 일이 아니다.

하지만 오토모의 머릿속에 한 가지 가능성이 떠올랐다.

걸음이 불편한 오토모의 아버지가 요개호 2이니, 3 이상이라면 상당히 심각한 상태의 노인이라고 할 수 있다. 만약 시나가 가정하듯 그런 노인을 골라 죽였다면…….

"아니, 이런 케이스에 대한 검시는 허점이 있을지도 몰라. 그렇다면 살해 방법은—."

오토모는 머릿속으로 생각을 정리했다. 허점을 노려 검시를 빠져나가기 위한 조건. 그걸 충족할 수 있는 방법은 많지 않다. 아니, 현실적으로는 딱 한 가지밖에 없다.

"—아마 독살이겠지."

오토모는 다시 화면에 표시된 직원 명부를 들여다보았다.

만약 오토모가 상상하듯 독살을 반복하고 있다면 그야말로 비열한 범행이다.

"어?"

오토모는 직원 명부의 어느 항목에 눈이 머물렀다.

"이게 진짜인가?"

거기에는 그 인물에 대한 도무지 믿기 힘든 정보가 기재되어 있었다.

"어, 아. 이게 뭐지? 잘못된 거 아닌가?"

시나도 깜짝 놀랐다.

"아니야…… 이런 사람도 있을 수 있지. 무슨 사정이 있었는지는 모르지만."

그건 사건과 직접 관련이 있다고는 볼 수 없는 개인의 특징이다. 하지만 오토모에게 확신을 주었다.

이 남자 짓이다, 라고.

―이건 패스다. 내게 공이 온 것이다.

문득 그런 생각이 머리를 스쳤다.

도쿄에서 사쿠마가 유출시킨 데이터가 돌고 돌아 오토모의 손에 들어왔고, 이 백발의 남자가 나타났다. X현에서 은밀하게 연쇄 살인이 진행되고 있을 가능성을 보였다.

멀리, 너무도 멀리 가버린 옛 친구가 던진 롱패스.

물론 사쿠마는 그저 돈 욕심 때문에 데이터를 유출시켰을 것이다. 아니, 이 데이터의 출처가 사쿠마라는 것조차 가능성의 영역을 벗어나지 않는다.

하지만 그래도 공이 왔다면, 이건 패스다.

패스를 받았다면 나는 슛을 쏜다. 고등학교 3학년 때와 마찬가지로.

"시나, 내일 아침 일찍 윗분을 설득해서 단독 수사에 들어간다. 미안하지만 오늘은 집에 못 간다고 생각해."

"알겠습니다. 어차피 이런 상태에서는 퇴근할 수 없죠."

시나는 밝게 웃었다.

〈그〉
2007년 8월 1일

날짜가 바뀐 오전 1시 19분. '우어어, 우어어, 우어어' 하고 세 차례 짐승의 포효가 밤하늘에 메아리쳤다. 어떤 짐승이 낸 소리인 지는 알 수 없다. 일본에서는 늑대가 사라졌을 테니 역시 개일까?

〈그〉가 운전하는 흰색 세단은 야가 시 북쪽 히바리가오카의 산 길을 달리고 있었다. 이 부근까지 오면 민가는 보이지 않는다. 깊 은 밤이라 인기척도 없다.

뒤에서 덜컹거리는 소리가 났다. 트렁크에 있는 머리 깨진 시체 가 흔들리는 건가?

갑작스러운 일이었다. 죽일 생각은 없었는데 결과적으로 이런 상황이 되고 말았다.

결과적으로?

이미 여러 명을 죽였지만 늘 계획을 가지고 살인했다. 뜻하지 않게 죽이기는 이번이 처음이다.

예상하지 못했던 살의 없는 살인이라 성취감 같은 것은 없었다.

자신이 결코 사람 죽이는 일에 익숙하지 않다는 사실을 깨달았다.

입안이 지독하게 끈적거렸다. 숨이 차고 심장이 쿵쾅거리며 몸에서는 열이 났다. 그리고 계속 떨렸다. 육체가 평정을 잃었다. 기를 쓰고 머리를 굴렸다. 지금 생각할 문제는 하나뿐이다.

이제 어떡하지?

이렇게 되어버린 이상 흐름을 바꾸어야 할 때인지도 모른다.

여태 일이 너무 잘 풀렸을 뿐이다.

끝내는 건 간단하다. 경찰에 이 시체를 가지고 가면 그만이다.

언젠가 모든 것이 드러나는 날이 올 거라는 각오는 하고 있었다.

하지만 아직 더 할 수 있을지도 모른다.

다행히 아무도 보지 못했다. 지금까지와 같은 방법을 쓸 수는 없지만 이 시체를 숨기면 예정하지 않았던 살인도 없던 일이 될지 모른다.

아직 끝나지 않았다.

그래. 아직 들키지 않았으니 굳이 스스로 포기할 필요는 없다.

할 수 있는 데까지 해보기로 결심했으니 끝까지 간다.

여름밤은 짧다. 서둘러야 한다.

제5장

황금률

2007년 8월

오토모 히데키

2007년 8월 1일

오전 9시 35분. 테이블을 둘러싸고 오토모 히데키의 맞은편에 검사장 고다, 그 옆에는 차장검사 히라기가 앉았다. X지검의 투톱이다.

X지검 본청에서 가장 넓어 인구밀도가 낮은 사무실인 검사장실.

오토모는 고다가 출근하자마자 억지로 면담 시간을 얻어 시나와 철야하며 만든 보고서를 보여주었다.

새벽에 두 시간쯤 눈을 붙였을 뿐이라 머리는 무겁지만 어쩔 수 없었다. 가능한 한 자신 있는 표정을 지으며 두 상사에게 수사 허가를 요청했다.

"대단하군. 데이터만으로 이렇게까지 범위를 좁혔다니……."

몸을 앞으로 내밀며 중얼거린 사람은 차장검사 히라기였다.

"대부분 시나 사무관이 분석한 겁니다."

"호오, 그 학자 선생 말인가? 그런 인재는 쓸모가 있지."

히라기는 입가에 미소를 지었다.

한편 고다 검사장은 소파에 깊숙이 앉은 채 손에 든 보고서를 물끄러미 바라보고 있었다. 굵은 손가락으로 보고서를 계속 만지작거렸다.

고다와 히라기는 여러 측면에서 대조적이다. 아무래도 대학 시절에 운동부였기 때문에 다부진 몸에 큼직하고 밝은 얼굴을 한 고다와 달리 히라기는 작고 선이 가늘며 얼굴에도 그늘이 있다. 하지만 두 사람 다 스타일은 생김새와 정반대였다. 고다는 소심하고 신경질적이라 마찰이나 혼란을 싫어하는 경향이 있다. 반면에 히라기는 특별 수사 분야에서 잔뼈가 굵었기 때문인지 배짱이 두둑하다.

이런 상황에서 신뢰할 수 있는 사람은 넘버 투인 차장검사 히라기지만, 변칙적인 단독 수사를 진행하기 위해서는 톱인 고다 검사장의 허락이 필요하다.

위계질서가 엄격한 검찰 사회에서 지방검찰청은 성이고, 검사장은 절대적인 왕이다. 병사가 싸우기 위해서는 그 왕의 허락을 얻어야만 한다.

하지만……

"저는 대량 살인이 진행되고 있다고 생각합니다. 수사를 허락해 주십시오."

오토모는 다시 고다에게 머리를 숙였다.

"경찰 체면을 뭉개는 일이 되지 않을까?"

보고서에서 눈을 떼지 못한 채 고다가 말했다.

예상했던 반응이지만 실제로 듣고 나니 현기증이 났다. 귓속이 또 뜨끔거리기 시작했다.

만약 오토모가 생각하는 것처럼 대량 살인이 진행되고 있다면 경찰은 검시를 하면서도 그걸 찾아내지 못한 셈이 된다. 현경의 체면은 땅에 떨어지고 간부도 책임을 져야 할 것이다. 고다는 그걸 걱정하고 있다. 이 검사장은 진실을 밝히는 일보다 경찰과의 관계 유지에 더 신경 쓰고 있다.

무고한 생명이 계속 죽어가고 있는데도 말이다!

저도 모르게 버럭 소리를 지르고 싶어지는 걸 꾹 참았다.

"아뇨, 이 정도 큰 건이면 우수리가 있을 겁니다."

히라기가 말했다. 기대했던 대로 도움을 주고 있다. 이래서 검사장을 독대하지 않고 차장검사에게 동석을 부탁했다.

"그래?"

고다는 히라기를 바라보며 물었다. 히라기는 고개를 끄덕였다.

고다는 왠지 히라기의 결단력에 의존하는 것처럼 보일 때가 있다. 만약 검사장이 단독 수사에 엉거주춤한 태도를 보이더라도 히라기가 밀면 통할 거라고 예상했다.

"예. 물론 현경이야 힘들겠지만 원래 우리와 돈독한 사이라고는 할 수 없죠. 아예 찍소리도 못 하게 만드는 편이 다루기 쉬울 수도 있습니다. 그리고 만약 이게 진짜 사건이라면 끝까지 검찰이 마무리하기는 현실적으로 불가능합니다. 우리 단독 수사를 통해 어느 정도 증거가 나오면 현경과 협조해 마무리해야죠. 현경이 제대로 하지 못해 우리 지검이 맡게 된 겁니다. 그러니 경찰은 우리에게 큰 빚을 진 셈이 되고 우리 지검의 주가는 올라갈 겁니다."

히라기가 말하는 '우리 지검'이란 바로 검사장 고다나 마찬가지다.

명예욕이 자극을 받았는지 고다는 '흐음' 하고 숨을 내쉬었다. 보고서를 테이블에 내려놓더니 팔짱을 끼고 눈을 감았다. 분명히 결정을 망설이고 있는 모습이다.

"오토모, 자네가 책임지고 확실하게 할 거지?"

히라기가 도움의 손길을 뻗었다. 만에 하나 문제가 생겼을 때 혼자 책임을 지라는 이야기다.

"예."

오토모는 고개를 끄덕였다.

공로는 왕에게 진상하고 비난은 내가 감수하겠다는 의지 표명. 왕에게 허락을 얻기 위한 의식이다.

"해보겠나?"

고다가 중얼거리듯 물었다.

됐다. 속으로 주먹을 불끈 쥐었지만 태연한 척했다.

"감사합니다."

"그런데 오토모, 구체적으로 어떻게 할 거지? 시체는 이미 화장했을 텐데."

히라기가 날카로운 시선을 던지며 물었다. 역시 급소를 찔렀다.

만약 진짜 대량 살인이 벌어지고 있다고 해도 가장 중요한 증거인 시체는 이미 없다. 아니, 현재 증거라고 할 수 있을 만한 것이 전혀 없다. 현장도 보존되어 있지 않다. 오토모와 시나가 실시한 분석은 탁상공론이라는 지적을 받아도 별도리 없는 상황이다.

"수사 허가를 받았으니 오늘 바로 임의동행 하겠습니다. 조금이라도 반응이 오면 가택수색. 두드릴 만큼 두드려보고 나오는 내용으로 승부를 걸겠습니다."

"하기야, 그럴 수밖에 없겠지."

히라기가 고개를 끄덕였다.

그렇다. 일단 해보는 수밖에 없다.

30일에 한 명꼴로 3년 이상 최저 36명. 그만큼 죽였다면 틀림없이 뭔가 나온다.

물론 완전한 착각이어서 대량 살인 같은 것은 일어나지 않았을지도 모른다. 데이터의 편차는 생각지 못한 원인으로 설명이 될수도 있다. 그렇다면 그걸로 그만이다. 오히려 그런 결과가 나오기를 바란다.

"범행 동기는 짐작이 가나? 설사 그 남자가 했다고 해도 노인만, 그것도 도움이 없으면 거동하기 힘든 노인들만 골라 죽이고다닌 이유가 뭘까?"

히라기가 다시 질문을 던졌다.

변사체 검시 조서를 본 결과로 이야기하면 금품을 노린 것도아니고 시신을 손괴하는 엽기성도 없다. 그렇게 했다면 벌써 사건이 터졌을 것이다.

"어디까지나 제 추측입니다만."

오토모는 이렇게 전제하고 대답을 이어갔다.

"지금 알 수 있는 범위에서 범인이 노인을 죽여 직접 얻을 수 있는 이익은 전혀 없습니다. 그렇다면 살인 자체가 목적이라고 생각하는 게 자연스럽겠죠."

"살인 자체가 동기라고?"

"그렇습니다."

오토모는 고개를 끄덕였다.

그것은 바꿔 말하면 '자기만족'이라는 이야기다. 예를 들어 경찰의 눈을 피해 사람을 계속 죽이는 데서 오는 성취감. 또는 사람 목숨을 빼앗으며 느끼는 무엇이든 할 수 있다는 자신감.

그런 것을 목적으로 삼은 살인은 이득을 취하려는 살인보다 사악하다. 가령 죄형법정주의에 따라 같은 범죄로 취급하더라도 윤리적, 도덕적 죄는 더 무겁다. 적어도 성선설을 믿는 오토모는 그렇게 생각했다.

"뭐 어쨌든―."

히라기는 보고서를 테이블에 내려놓더니 고다를 흘끔 보고 나서 말했다.

"대량 살인이 진짜 벌어지고 있다면 그냥 넘어갈 수 없지. 오토모, 수고하게."

히라기가 의도적으로 목소리에 힘을 주고 있다는 게 느껴졌다. 오토모도 힘차게 대답했다.

"예."

오토모는 예감이 왔다.

만약 범인으로 지목된 인물— 〈그〉는 사이코패스로 불러야 할 부류의 인간일지도 모른다.

타고나기를 착한 마음, 선의 같은 것은 없다는, 성선설을 근본적으로 부정하는 존재. 그런 인간과 드디어 마주하게 될지도 모른다고.

〈그〉

2007년 8월 1일

같은 날, 오전 10시 22분. 〈그〉는 침대에 누워 실눈으로 천장을 바라보았다. 모든 **뒤처리**를 마치고 아파트로 돌아온 때는 6시쯤. 몸도 마음도 지쳐 깜빡깜빡 졸기는 했지만 깊은 잠은 이루지 못했다.

멍하니 직장 문제를 생각했다.

그렇지 않아도 일손이 부족한데 중요한 역할을 맡았던 사원이 한 명 줄었다.

앞으로 야가 케어센터는 어떻게 돌아갈까?

그런 의미에서도 어젯밤 살인은 아무런 도움이 되지 않는다.

마음이 무겁게 가라앉았다.

현관을 노크하는 소리가 들렸다.

쿵쿵, 하는 낮은 소리. 이어서 〈그〉를 부르는 목소리가 들렸다.

귀에 익지 않은 음성이다.

평소 〈그〉를 찾아오는 사람은 거의 없었다.

가슴이 두근거리기 시작했다.

하지만 안에 없는 척할 생각은 없다. 와야 할 것이 왔다면 받아들일 작정이다.

침대에서 내려와 현관으로 갔다.

"예."

대답하고 도어스코프를 들여다보니 어안렌즈 때문에 왜곡된 두 남자가 보였다.

두근거리는 가슴이 가라앉지 않았다.

"어떻게 오셨습니까……?"

〈그〉가 문을 반쯤 열었다.

눈썹이 짙고 왠지 개를 떠올리게 하는 인상을 지닌 남자와 수북한 곱슬머리 때문에 콜리플라워를 연상케 하는 호리호리한 남자였다.

눈썹이 짙은 남자가 말했다.

"X지방검찰청에서 나왔습니다."

무심코 "경찰입니까?" 하고 묻자 "아뇨, 검찰입니다"라고 했다.

경찰이건 검찰이건 〈그〉에게는 별 차이 없다. 죄를 지은 사람을 체포해서 벌을 주는 역할이다.

역시 와야 할 것이 왔다.

"지금 조사 중인 문제로 말씀을 듣고 싶습니다. 좀 복잡한 사안이라, 지검까지 동행해주실 수 없겠습니까?"

오토모라는 검사의 태도는 신사적이었지만 의도적으로 그렇게 행동하고 있다는 걸 알 수 있었다.

〈그〉는 눈을 감고 세 차례 심호흡했다.

침착하자, 침착하자, 침착하자.

각오는 이미 했잖아?

언젠가 이런 날이 오리라는 것을 알고 있었다.

이제부터가 진짜 중요하다.

"왜 그러십니까?"

눈을 뜨니 검사가 의아한 표정으로 이쪽을 보고 있었다.

"아뇨, 아무것도 아닙니다. 알겠습니다. 가시죠."

〈그〉는 웃음을 지으며 그렇게 대답했다.

오토모 히데키

2007년 8월 1일

같은 날, 오전 10시 54분. 임의동행 한 〈그〉에 대한 조사가 X지검 검사실에서 시작되었다.

수사 허가가 떨어지자마자 오토모 히데키는 〈그〉의 집을 찾아갔다. 근무처인 야가 시와 이웃한 노비 시에 있는 지은 지 오래된 목조 연립주택이었다. 초인종이 없어 문을 두드리고 부르자 〈그〉가 나왔다. 오토모가 검찰이라고 밝히니 다소 놀란 표정을 지었다. 동행을 요구하자 〈그〉는 눈을 감고 마음을 가다듬더니 웃는 얼굴로 따라나섰다. 그 태도로 보아 〈그〉가 이런 사태를 예상하고 있었다는 느낌이 들었다.

오토모가 조사용 사무 책상을 사이에 두고 〈그〉와 마주 앉았다. 한쪽에서는 시나가 기록을 위해 노트북 컴퓨터를 앞에 두고 앉았다.

에어컨은 일부러 약하게 틀어 살짝 더운 느낌이 들 정도의 실내 온도를 유지했다.

"쉬는 날인데 미안합니다."

이렇게 입을 열며 오토모는 〈그〉의 모습을 다시 관찰했다.

길게 기른 새하얀 백발은 손질을 게을리했는지 부스스하고 혈색도 그다지 좋아 보이지 않았다. 움푹 팬 눈가에 살짝 다크서클이 보였다. 직원 명부에서 본 사진보다 약간 야윈 느낌이었다.

역시 〈그〉를 어디선가 본 적이 있다는 생각을 했지만 기억해내지는 못했다. 분위기는 차분해 적어도 겉으로는 불안해하거나 두려워하는 기색이 없다.

"그래, 제게 묻고 싶다는 게 뭐죠?"

오토모가 본론으로 들어가기도 전에 〈그〉가 또렷한 목소리로 물었다. 목소리 톤은 약간 높았다. 외모와 목소리가 따로 놀아 영화 더빙에 성우를 잘못 쓴 느낌이 들었다.

차분한 그 태도가 오히려 오토모에게 확신을 심어주었다.

역시 이 남자는 이미 예상하고 있었던 게 틀림없다. 이런 조사를 받을 거라는 사실을.

"묻고 싶은 것은 근무하고 계신 '포레스트 야가 케어센터'에 관한 내용입니다ー."

자, 이제 승부다.

오토모는 책상에 몇 가지 자료를 펼쳤다.

현시점에서 대량 살인을 직접 입증할 증거는 없다. 그래서 〈그〉의 증언은 매우 중요하다. 만약 이 조사에서 아무것도 나오지 않는다면 그 시점에 철수하는 수밖에 없을지도 모른다. 카드를 펼치고 난 뒤에는 후회해야 소용없다. 처음부터 결정적인 카드를 내밀었다.

오토모는 순서에 따라 야간 케어센터 이용자가 자연스럽지 않게 죽은 일이 많다는 사실을 설명했다.

"—우리는 이 사실을 매우 흥미롭게 생각합니다. 아니, 극단적으로 설명해볼까요? 이 변사는 인위적으로 이루어진 사인일 가능성이 매우 높다고 생각하죠."

〈그〉는 움푹 팬 눈을 크게 뜨고 책상에 놓인 자료를 뚫어지게 바라보더니 이윽고 이렇게 중얼거렸다.

"놀랐네……."

고개를 숙여서 얼굴 표정은 읽을 수 없어 진짜 놀라는 것인지, 놀란 척하는 것인지 구분이 가지 않았다.

이윽고 〈그〉가 고개를 들어 오토모를 보았다. 마음에 동요가 있는지 혈색이 약간 좋아 보였다.

"어제 일이 아니로군요."

어제 일?

오토모는 〈그〉가 말하는 의미를 이해하지 못했다.

"무슨 말이죠?"

"아, 아뇨……."

〈그〉는 한 차례 의미심장한 웃음을 짓고 나서 말했다.

"제가 생각했던 것과 좀 달라서요."

생각했던 것과 달라?

뭐가 어떻게 다른지 모르지만 적어도 이 말은 〈그〉가 뭔가 염두에 두고 있었다는 뜻이다.

〈그〉가 다시 물었다.

"저어, 검사님. 그런데 왜 제게 묻습니까? 달리 알고 있는 게 뭔가 있습니까?"

〈그〉의 시선은 똑바로 오토모를 향했다.

오토모는 등에서 식은땀이 났다. 물론 실내 온도 때문은 아니다.

"이걸 봐주시죠."

오토모는 자료를 넘겨 변사체의 발생과 〈그〉의 근무 데이터가 지닌 상관관계를 나타낸 표를 보여주었다.

"변사체의 사망 추정 시각과 포레스트 야가 케어센터에 근무하는 종업원의 근무 데이터를 대조했더니 당신이 출근하지 않은 날만 유난히 변사체 발생률이 높아집니다."

웃고 있는 건가?

오토모는 잠깐 할 말을 잃었다.

"……그렇군요."

그러더니 〈그〉는 이번에는 확실하게 웃는 표정을 지으며 물었다.

"검사님, 그렇다면 제가 어떻게 죽였다는 건가요?"

속셈을 가늠하기 힘든 말투다.

하지만 이런 식으로 말하는 남자가 범행을 저지르지 않았을 리는 없다. 그것만은 확실하다. 이 남자가 저지른 짓이다.

오토모는 〈그〉를 가만히 바라보았다. 어느새 이마에서도 땀이 흘렀다.

"인정하는 건가?"

오토모는 형식적으로 하던 존댓말을 버렸다.

"……."

〈그〉는 대답하지 않고 서늘한 미소만 지었다. 기껏해야 1미터도 되지 않는 거리인데 서로 다른 계절인 듯했다.

살인 혐의를 받고 있는데도 〈그〉는 불안이나 당황한 기색을 전혀 보이지 않는다. 오히려 왠지 이 순간을 오래 기다려온 느낌마저 풍겼다.

범행을 부인하건 시인하건 지금까지 만났던 피의자가 풍기던 것과는 전혀 다른 분위기였다.

갑자기 태도를 바꾸는 건가?

알 수 없지만 범행을 저질렀다면 모든 것을 낱낱이 밝혀내야 한다. 오토모는 검사의 근본적인 사명감을 되새기며 분발해야 한다고 마음먹었다.

"……너는 살인 자체를 은폐했어."

오토모는 의도적으로 〈그〉를 '당신'에서 '너'로 바꿔 부르며 가설을 들이대보기로 했다. 만약 맞는다면 상당히 흔들리는 모습을 보일 것이다.

완전범죄.

추리소설 같은 데 자주 나오는 말.

하지만 현실 세계에서 실행하기는 매우 힘들다.

일본은 살인 사건만 따지면 검거율이 거의 95퍼센트. 매스컴에서 대대적으로 보도하는 미해결 사건은 아주 드문 예외에 지나지 않는다.

경찰은 그야말로 샅샅이 훑는다는 표현이 어울릴 정도로 철저한 수사를 한다. 그들은 현장에서 온갖 증거를 채집하고 피해자의 인간관계를 꼼꼼하게 파악한다.

살인 같은 큰 죄를 저지르면서 전혀 흔적을 남기지 않기란 불가능하다. 증거는 반드시 남는다. 경찰은 가령 머리카락 한 오라기 같은 사소한 실마리를 통해서도 '피의자'를 찾아낸다.

그리고 피의자가 특정되면 그걸로 이미 끝이다. 설사 아무리 뛰어난 트릭으로 밀실 살인을 완성했다고 해도 관계없다. 트릭을 간파할 것도 없이 취조 과정을 통해 다 털어놓게 만든다. 살인 사건을 담당하는 수사관은 어느 현경이나 에이스급 민완 형사들이다. 그리고 그들이 뛰어난 솜씨를 가장 잘 발휘하는 부문은 취조. 밀실에서 행해지는 취조가 얼마나 엄격한지는 상상을 초월한다. 게다가 최장 20일에 이르는 구류 기간은 혐의를 바꾸어 재체포할 수 있어 몇 번이고 연장할 수 있다. 그렇기 때문에 평범한 사람은 그 기간 동안 비밀을 감추고 버텨낼 수 없다.

경찰이 살인을 인지하고 수사에 착수하면 그 시점에 거의 끝났다고 보면 된다. 그런 사건에서 완전범죄를 꿈꾼다는 것은 현실적이지 못하다.

있을 수 있다고 하면 그 반대. 말하자면 수사기관이 사건을 인지하지 못한 경우다. 경찰이 사건 자체가 있었다는 사실을 몰라 수사가 시작되지 않으면 완전범죄가 성립한다. 장기간에 걸친 연쇄살인을 저지를 수 있는 것은 수사기관이 범행을 눈치채지 못했기 때문이다.

물론 일반적으로 사람을 죽이고 그 사실을 계속 숨기기는 불가능하다. 하지만 예외적으로 그게 가능해지는 조건이 있다.

"넌 노인을 골라 죽였어. 요개호도가 높은 몸이 불편한 그런 노인들을 말이야!"

약자를 노린 비열한 범행. 그런 말이 불씨가 되어 가슴속에서 분노를 뜨겁게 달궜다.

"너는 두 가지를 특별히 신경 썼지. 하나는 범행 순간을 아무에게도 들키지 않게 한다. 그런 면에서는 빈집털이와 크게 다를 바없어. 개호 서비스 직원이라면 알 수 있는 정보를 최대한 이용해 죽일 상대가 혼자일 때를 노려 숨어 들어가는 거지. 그리고 또 하나는 죽일 때 상대에게 두드러진 외상을 남기지 않는다. 그렇다면 방법은 독살. 독약을 억지로 먹이거나 주사를 하거나 했겠지."

〈그〉가 뺨을 부풀리며 기쁜 표정을 지었다. 마치 정답이라는 듯이.

뭐야, 저 표정은!

오토모는 목소리에 힘을 주었다.

"상대가 아무리 노인이라도 일반적으로 그런 상황이 되면 심하게 저항해 싸운 흔적이 현장에 남지. 옥신각신하다가 쓸데없는 상처가 날지도 몰라. 하지만 네가 죽인 사람들은 모두 거동이 불편하고 거의 저항할 수 없는 사람들이었어! 어른, 그것도 남자 힘이라면 싸움 흔적도 남기지 않고 상처도 남지 않게 독물을 먹이거나 주사할 수 있지. 넌 그렇게 자연사로 보이도록 몰래 사람들을 독살해왔어. 아닌가?"

자연사로 보이도록 꾸민 독살.

노인이 조용히 자연스럽게 죽었다— 이런 상황을 만드는 것. 이게 살인을 은폐하기 위한 조건이다. 변사체에 대한 현행 검시 시스템의 맹점을 찌른 것이다.

독살이란 시체 안에 결정적인 증거를 남기는 살해 방법이다. 해부하면 반드시 드러난다. 하지만 그 반대 역시 참이다. 해부하지 않으면 드러나지 않는다. 해부하지 않고 독살을 간파하기란 매우 어렵다. 그리고 현재 일본은 예산, 인원, 설비의 부족 때문에 해부 가능한 시체의 수는 한계가 있다. 변사체의 해부율은 전국 평균 약 10퍼센트. 감찰의제도가 있는 도쿄 도심부가 평균을 끌어올리는데도 이런 수치를 보인다. 지방에서는 5퍼센트 이하다. 지역에 따라 1퍼센트 이하인 곳도 드물지 않다.

대부분의 변사체는 검시만으로 사건성이 있는지 없는지 판단하고 해부까지 가지는 않는다.

검시의 정의는 '사람의 사망이 범죄에 기인한 것인지 아닌지를 판단하기 위해 오관의 작용으로 시체의 상황을 판단(외표 검사)하는 처분'이라고 되어 있다. 오관이라고 해도 판단의 중심이 되는 것은 시각, 즉 눈에 보이는 상태다. 그래서인지 한자로는 檢死(검사)가 아니라 檢視(검시)라고 쓴다.*

즉 오늘날 일본 검시 시스템으로는 시체에 외상이나 현장 상황

* 두 한자 모두 일본어 발음은 '겐시'.

310

을 눈으로 보고 알 수 있는 부분에 이상이 있어야 비로소 시체를 해부한다.

그렇지만 독살은 외상이 남지 않는다. 가령 독물을 주사했다고 해도 남는 것은 아주 작은 주삿바늘 자국뿐이다. 게다가 노인은 대부분 주름과 검버섯, 링거 흔적이 있어 눈으로만 보고 파악하기는 실질적으로 불가능하다.

눈에 띄는 상처가 없고 현장에 싸운 흔적도 없고 없어진 금품이 없다. 노인이 그냥 잠들 듯 죽어 있다.

이런 모습은 수명을 다한 사람의 자연사로 보인다. 그런 시체를 꼼꼼하게 조사할까? 하물며 해부까지 하게 될까?

답은 '아니올시다'이다.

만약 죽은 사람이 건강한 젊은이라면 그래도 해부를 해야 한다고 판단할 수 있겠지만 요개호 노인이면 그런 판단을 내리지 못한다. '노인은 죽는다'고 하는 자연법칙에 따른 선입관은 검시를 하는 사람에게도 작용한다.

얼핏 보아 수상한 점이 없는 노인의 변사는 전문 검시관마저 오지 않고 관할 경찰서의 형사가 간단하게 검시를 마치고 사건성이 없는 자연사로 처리하는 게 일반적이다.

그러면 살인은 은폐된다. 현장에 어느 정도 지문이나 머리카락을 남기더라도 경찰 수사 자체가 시작되지 않는다.

그런 사정을 〈그〉가 알고 있는지 확실치는 않지만 결과적으로 검시를 빠져나갈 상황을 만들어내 연쇄살인을 벌이고 있었다. 이게 오토모의 생각이었다.

"예, 맞습니다."

이럴 수가. 〈그〉가 선뜻 인정했다. 너무도 예상 밖이었다.

현재 오토모가 내놓을 수 있는 카드는 추론뿐이다. 증거다운 증거가 없기 때문에 쉽게 자백을 받아낼 수 있을 거라고 생각하지 못했다. 그래서 상대를 흔들 속셈으로 짐짓 단정적인 말투로 물었던 것이다.

조서를 기록하던 시나도 손길을 멈추고 고개를 들었다.

대화도 끊기고 키보드 두드리는 소리도 끊어져 잠시 침묵이 흘렀다.

그 침묵을 깬 사람은 환한 미소를 짓는 〈그〉였다.

"노인을 신중하게 독살하면 들키지 않죠. 저는 일하면서 이용자 정보를 수집했습니다. 죽일 조건에 맞는 요개호 노인을 찾아내면 일로 방문했을 때 도청 장치를 설치해 더 자세한 생활 패턴을 '조사'하려고 애썼죠."

도청……. 그런 것까지 했나?

〈그〉는 재미로 보여준 마술의 비밀을 밝히듯 묻지도 않은 내용을 술술 털어놓았다.

"만에 하나 가족과 마주치기라도 하면 끝장이라 신중하게 했습니다. 생활 패턴이 파악되면 이 지역은 자물쇠를 채우지 않는 집이 많아서 침입하기 어렵지 않았죠. 독거노인 가운데는 열쇠를 사무소에 맡기는 분도 꽤 많아 그런 집은 복사 열쇠를 만들었고요. 물론 허락을 받지는 않았고. 중요한 것은 무리하지 않는 것. 철저하게 '조사'하고 확실히 처리할 수 있는 상대만 '처치'하는 겁니다."

〈그〉는 '조사'라느니 '처치'라느니 마치 일상 업무를 이야기하듯 사람 죽이는 방법을 설명했다. 분명히 정상이 아니지만 말투는 더할 나위 없이 차분했다.

"그 '처치' 방법은, 맞습니다. 독이죠. 담배에서 니코틴을 추출해 피하조직에 주사했습니다."

니코틴? 아마 가장 간단하게 손에 넣을 수 있는 치사 독물일 것이다. 수용성이라 추출도 쉽고 적은 양으로 사람 목숨을 앗을 수 있다. 너무 써서 마시게 하기는 거의 불가능하지만 저항하지 못하는 상대에게 주사한다면 문제없다.

담배라는 말을 듣고 문득 오토모의 머릿속에서 뭔가 기억의 끈이 흔들린 느낌이 들었지만 그건 사고의 형태를 이루기도 전에 사라지고 말았다.

〈그〉가 말을 이었다.

"주사는 그리 어려운 일이 아니죠. 상대방은 누워 있는 경우가 많았고, 깨어 있어도 대부분 거동이 자유롭지 못하니까요. 아주 드물게 반항하는 경우도 있었지만 그럴 때는 수건으로 묶고 죽였습니다. 그래도 아무 일 없이 조용히 죽은 것처럼 꾸미면 눈치채지 못하더군요."

그 증언은 오토모가 머릿속에 그린 내용 그대로였다.

"범행을 인정하는 거지?"

오토모는 흥분을 가라앉히며 못을 박았다.

"예. 지금까지 42명……, 아니 43명 죽였습니다."

〈그〉는 별일 아니라는 듯이 대답했다.

43명!

오토모가 여태 담당했던 사건 가운데서는 물론이고 과거 이런 예를 들어본 적이 없는 숫자였다. 그런데 이 남자는 결정적인 증거를 제시하지도 않았는데 순순히 인정하고 자백했다.

죄책감에 시달려 자백하는 피의자는 드물지 않다. 하지만 〈그〉에게서는 그런 느낌이 들지 않았다.

"저는 언젠가 밝혀질 날이 올 거라고 생각했습니다. 그렇지만 그건 '처치'하는 순간을 누군가에게 들킨다거나 하는 현행범에 가까운 순간일 줄 알았죠. 설마 사람을 죽인다는 사실 그 자체가 흔적이 될지는 몰랐네요."

〈그〉는 미소를 지은 채 최근에 본 영화 이야기라도 하듯 말했다. 그러나 이건 틀림없는 범죄, 그것도 살인에 대한 자백이다.

어떻게 된 거지?

얕보고 있는 건가? 시체가 없으면, 물적 증거가 나오지 않으면 기소할 수 없다고 우습게 여기는 걸까?

까불지 마라. 정황증거만으로도 공판을 유지할 수 있다. 이미 전례가 있다. '의심스러운 부분은 피고인에게 유리하게'라는 것은 정도의 문제일 뿐이다. 충분히 의심스러우면 의혹만으로도 유죄 판결을 받아낼 수 있다.

멋대로 그렇게 생각하고 있을 때 〈그〉의 입에서 나온 말은 오토모를 더욱 놀라게 만들었다.

"집에 도청에 사용한 장비와 모든 살인 기록을 적은 공책이 있습니다. 찾아보세요. 가택수색은 할 거죠?"

스스로 증거를 제공하겠다는 건가?

"……설마 자수할 속셈인가? 아쉽게도 우리가 먼저 혐의를 발견한 이상 이 건은 자수 구성요건을 충족시키지 못해."

형법상 자수는 범죄 사실이 발각되어 혐의를 받기 전에 스스로 신고하지 않으면 성립되지 않는다.

하지만 〈그〉는 쓴웃음을 지었다.

"아뇨. 그냥 제 한계까지, 드러날 때까지 한다. 그리고 드러나면 모두 솔직하게 이야기하자고 마음먹고 있었습니다."

비열한 대량 살인범에게는 어울리지 않는 깔끔한 태도였다.

취조를 예상하고 있었던 것처럼 느껴진 까닭은 그 때문인가?

하지만 뒤죽박죽이다.

무슨 말인지는 알겠는데 의도가 보이지 않았다.

사건의 무게에 대한 〈그〉의 태도는 너무도 가볍다. 도저히 43명을 죽인 사람의 태도가 아니다.

역시 사이코패스. 양심이 결여된 인간인가?

"너는 네가 무슨 짓을 저질렀는지 알고 있나?"

무심코 던진 물음에 〈그〉는 태연하게 대답했다.

"예. 많은 사람을 죽였죠."

"많은 노인을 죽였어!"

오토모는 분노를 담아 그의 말을 정정했다.

"몸이 자유롭지 못하고 생활하려면 도움이 필요, 변변히 저항도 할 수 없는 노인들을 죽인 거야!"

하지만 〈그〉는 순순히 고개를 끄덕였다.

"그렇습니다. 죽여서 그분들과 그 가족들을 구했죠. 제가 하는 일은 개호입니다. 상실의 개호. '로스트 케어'죠."

구했다? 개호?

저항할 수 없는 노인을 죽이는 게 개호라는 말인가?

할 말을 잃었다.

분노나 증오 때문에 이성을 잃은 사람으로 보이지는 않는다. 오락가락하지도 않는다.

뭐지, 이 사람은?

"아니, 한 명은 그렇지 않군요. 아, 검사님. 야가 시 북쪽에 있는 히바리가오카 깊숙한 숲을 뒤져보세요. 트렁크에 시체가 든 승용차가 버려져 있을 겁니다. 어제 죽였거든요. 저는 그게 발각된 줄 알았는데."

왠지 자조 섞인 말투로 〈그〉가 말했다. 아까 이야기했던 '어제 일'이 바로 이걸 말하는 걸까?

〈그〉는 담담하게 진술을 계속했다.

"이 한 명만 계획에 없었습니다. 공책에도 적지 않았고요."

오토모는 오후 들어 취조가 일단락되었을 때 고다 검사장과 히라기 차장검사에게 상황을 보고했다.

〈그〉는 범행을 자백하고 모든 질문에 순순히 대답하고 있다. 아직 임의로 동행해 조사 중일 뿐인데도 상황은 거의 완전히 자백을 받은 상태였다. 이제부터 시작될 보강 수사에는 현경과 연락할 필

316

요가 있다.

오토모가 받아낸 진술을 토대로 히라기가 현경 상층부와 연락을 취해 절충했다.

갑자기 폭탄을 맞은 현경 측은 화들짝 놀라 소동이 일어난 모양이다. 그 틈을 노려 히라기는 앞으로 진행할 취조와 보강 수사는 지검의 지휘 아래 실시하도록 방침을 정리했다.

현경은 검찰에 큰 빚을 지게 된 셈이다. 고다는 '걱정했던 것보다 일이 잘 풀렸군' 하며 밝은 표정을 지었다.

이제 지검은 오토모가 중심이 되어 취조를 진행하며 사실관계 확인과 동기 해명을 처리하고, 현경은 그걸 바탕으로 보강 수사를 하게 될 것이다.

현경은 즉시 〈그〉의 집과 히바리가오카의 잡목 숲을 수색했다. 얼마 지나지 않아 진술대로 잡목 숲에서 버려진 흰색 세단을 발견했고, 그 트렁크에 시체가 들어 있다는 보고가 들어왔다.

시체의 신원은 단 게이지, 59세. 포레스트 야가 케어센터에서 센터장을 맡고 있던 인물이라고 한다.

오후 4시 20분, 이 보고를 접한 오토모는 일단 시체 유기 혐의로 〈그〉— 시바 무네노리를 체포했다.

"—재판 전이라도 변호사를 선임할 권리가 있으며 불리한 진술을 거부할 수 있다."

법에 정해진 대로 권리를 알렸다.

"변호사는 필요 없습니다. 진술을 거부하지도 않겠습니다."

시바는 미소를 지으며 자신의 권리를 포기했다.

젊은 나이인데도 백발에 눈이 움푹 패고 얼굴에는 깊은 주름이 있다. 겉보기에는 노인처럼 보인다. 하지만 직원 명부에 적힌 생년월일은 1975년 10월생으로 되어 있다. 만 31세. 오토모와 같은 나이다.

뭐지, 이 사람은?

혐의를 둔 다음부터 체포까지 예상도 하지 못했던 속도로 신속하게 진행되었다. 그러나 오토모가 원하는 답은 전혀 보이지 않았다.

시바 무네노리
2007년 8월 1일

같은 날, 오후 10시 38분. 시바 무네노리는 제복 경찰관 두 명 사이에 끼어 계단을 내려갔다.

X현경 본부. 지검에서 체포된 뒤 이곳으로 이송되었다. 아마 오늘부터 여기 유치장에서 생활하게 될 모양이다.

앞뒤로 선 경찰관들은 아무 말도 하지 않았다. 녹색 우레탄수지를 바른 바닥을 밟는 세 사람의 발소리가 뚜벅뚜벅 울려 퍼질 뿐이었다.

계단 층계참을 지났다. 층계참에는 거울이 달려 있었다. 아랫부분에 희미한 빨간 글자로 조그맣게 '라이온스 클럽 기증'이라고 적혀 있다.

거울에 비친 남자가 아버지가 아닌 자기라는 사실을 깨닫고 잠깐 멈칫했다.

새하얗게 센 백발. 주름이 깊게 새겨진 탄력 없는 피부. 약간 두 툼한 입술. 움푹 팬 눈두덩 위의 눈썹은 아버지와 똑같은 곡선을 그리고 있다. 대학을 마칠 때까지만 해도 자기 나이에 걸맞은 외 모였다. 하지만 그 뒤 아버지를 돌보면서 옛날이야기에 나오는 일 화처럼 순식간에 이렇게 되고 말았다. 지금 모습은 기억 속에 있 는 아버지와 닮았다.

5년 전, 포레스트 야가 케어센터의 문을 두드렸을 때는 27세였 는데 도저히 20대로 보이지 않는 상태였다. 면접을 맡은 센터장 단은 자기 나이 절반쯤 되는 젊은이가 완전히 백발인 모습을 보고 도 의아해하는 기색 없이 '고생을 많이 했나 보군'이라고 했다.

단 센터장······. 착하고 성실한 사람이라고 생각했다. 개호 회사 직원으로서 그를 존경하기도 했다. 그런 만큼 어젯밤 갑작스러운 공격을 받고 깜짝 놀랐다. 아니, 평소 성실하게 행동했기 때문에 나쁜 짓이 들통났을 때의 동요는 더 컸던 것일까?

단을 밀쳐냈을 때의 감촉은 아직도 손바닥에 고스란히 남아 있 다.

갑자기 공격하는 바람에 반사적으로 저항했다. 노인처럼 보여 도 이쪽은 30대 남자다.

시바에게 떠밀린 단은 벌렁 넘어졌다. 마침 길가에 쌓여 있던 콘크리트블록 모퉁이에 뒤통수를 찧었다.

얼떨결에 넘어지며 부딪힌 부분이 문제였다— 이런 식으로 말 하면 간단하지만 그는 넘어지자마자 움직이지 못했다.

물론 죽일 생각은 없었다.

빼앗지 않아도 될 생명을 앗았다는 후회는 든다. 하지만 이제는 부질없는 노릇.

사무소에서 맡은 열쇠를 복사하는 사람이 자기 말고도 있다는 사실을 깨달았을 때 묘한 흥분을 느꼈다. 하필 복사 열쇠가 만들어진 곳은 '로스트 케어'인 '처치'를 하려고 생각했던 우메다 히사하루 씨의 집이었다.

누가 무엇 때문에 복사 열쇠를 만들었는지 확인하지 않을 수 없었다. '처치'에 만전을 기하기 위한 이유가 절반, 나머지 절반은 단순한 호기심이었다.

십중팔구 하찮은 좀도둑질일 거라고 여겼지만 어쩌면 또 다른 사람이 '로스트 케어'와 같은 일을 할지도 모른다는 그런 기대감 비슷한 생각에 탐정 흉내를 내보았다.

특히 단처럼 진지하게 개호 업무에 몰두하는 사람이라면 그럴 가능성이 있을지도 모른다고 은근히 기대했다.

그리고 어젯밤, 단이 나타났지만 그가 하던 일은 하찮은 도둑질이었던 모양이다.

단이 우메다 씨 집에 숨어 들어간 뒤 시바는 차 안에서 집 내부 상황을 듣고 있었다. 도청기가 설치된 곳은 우메다 씨가 자는 침실인데 소리는 거의 들리지 않았다. 즉 단은 집에 몰래 들어갔지만 우메다 씨에게 접근하지는 않았다는 이야기다.

나온 단에게 캐묻자 기어드는 작은 목소리로 이유 같은 것을 늘어놓았다. '내가 잠깐 정신이 어떻게 되었던 모양이다'라고 말한 것 같았지만 다른 부분은 제대로 알아들을 수 없었다.

단에게 어떤 사정이 있었는지는 모른다. 돈이 궁했는지 아니면 스트레스 때문인지. 아니면 새로 바꾼 차 월부금을 내지 못해서일지도 모른다.

책임자라고는 해도 열악한 노동환경이나 낮은 급여는 시바 같은 일반 직원과 크게 다를 바 없다. 관리직이라 책임이 있는 만큼 더 힘들기만 할 뿐이다. 게다가 포레스트가 처분을 받고 나서는 이유도 없는 욕을 들어야 하는 상황이었다. 스스로 이야기한 대로 잠깐 정신이 어떻게 되었다고 해도 이상하지 않다.

어쨌든 결과적으로 단을 죽인 시바는 '로스트 케어'를 계속하기 위해 그 시체를 숨기기로 했다.

단의 차 트렁크에 시체를 넣었다. 역시 고급 차로 분류되는 차종인 만큼 트렁크에 어른 시체를 넣을 수 있을 정도로 넓었다. 시바는 단의 차로 히바리가오카 후미진 곳까지 달려 잡목 숲에 두고 왔다. 이 부근에는 사람이 거의 오지 않는다. 영원히 숨길 수야 없을지 몰라도 시간은 벌 수 있다고 생각했다.

그리고 걸어서 돌아와 우메다 히사하루 씨 집 옆에 세워둔 자기 차를 타고 집으로 돌아갔다. 굴러가기만 하면 된다는 생각에 중고로 산 시바의 차는 단의 차와 흰색 세단이라는 점만 같았다.

모두 마치고 집에 도착했을 때는 밤이 짧은 여름이라 이미 동이 텄다. 몸과 마음이 피곤해 도저히 출근할 수 없어 사무실에 결근하겠다고 연락하고 집 침대에 쓰러졌다.

검찰에서 나왔다는 두 남자가 찾아온 시각은 그로부터 몇 시간

뒤였다.

　계단을 내려와 긴 복도를 걸었다.

　이윽고 철창으로 둘러싸인 좁은 방으로 안내되었다.

　간수라고 하는 경찰관으로부터 하루의 시간표를 받았다. 기상
은 오전 7시 30분. 취침은 오후 9시로 되어 있었다. 이미 취침 시
각이 지났으니 어서 자라고 했다.

　시간표를 보면 2교대 개호직으로 일하기보다 유치장 쪽이 더
푹 잘 수 있고 규칙적인 생활이 가능하다.

　한동안 여기서 묵으며 경찰과 검찰의 조사를 받게 될 것이다.
그다음은 드디어 재판.

　'로스트 케어'는 이제 계속할 수 없다. **하지만 중요한 것은 이제부터
다.**

　해야 할 일을 하자고 다짐했다.

　내가 할 수 있는 일이 아무리 하찮더라도, 그래도 해야 할 일은
하자.

　이건 전투다. 최대한 반격하자.

　후회는 없다. 모든 것이 예정했던 그대로다.

　결의를 다지며 시바는 유치장에서 잠을 청했다.

하네다 요코
2007년 8월 15일

14일 뒤, 오전 9시 20분. 하네다 요코는 X지검 본청 검사실을 찾았다.

심부전으로 돌아가신 줄로 알았던 어머니가 사실은 살해되었다는 소식을 들은 것은 지난 주말. 집에 2인조 형사가 찾아와 그런 이야기를 해주었다. 맑게 개어 아침부터 더운 날이었다. 그야말로 마른하늘에 날벼락.

그리고 오늘 참고인으로 지검에 불려 왔다.

종전 기념일. 오늘도 덥다. 8월 들어 일본 열도는 푹푹 쪘다. 라니냐 현상이라는 예쁜 이름을 지닌 자연현상이 끼치는 예쁘지 않은 영향이라고 한다.

처음 방문하는 검찰청은 시청과 크게 다를 바 없는 '관공서'였다.

정면에 앉은 검사는 서른 살쯤 되었을까? 한여름인데 넥타이를 단단히 맨 젊은 남자였다. 책상 위에 놓인 물건들은 잘 정돈되어 있어 꼼꼼한 성품을 엿볼 수 있었다.

그 옆에서 노트북 컴퓨터를 펼치고 앉은 사무관도 비슷한 나이지만 이쪽은 넥타이를 느슨하게 매고 있었다. 안경을 쓴 그 남자는 '허약하다'라는 표현이 딱 어울릴 만큼 야위었다.

"단도직입으로 묻겠습니다. 작년 11월 4일에 일어났던 일에 대해서ㅡ."

오토모라고 자기를 소개한 그 검사가 입을 열었다.

요코는 질문을 받은 대로 지난 주말에 찾아왔던 형사들에게 한 것과 같은 대답을 했다.

"범인이 침실 콘센트에 탭형 도청기를 설치했던 모양인데 눈치채지 못하셨나요?"

"예. 말씀을 듣고 보니 그런 게 꽂혀 있었던 것 같기도 합니다만……, 모르겠네요."

범인은 시바 무네노리. 일주일에 두 차례 방문 목욕 서비스를 해주던 직원이었다고 한다. 검사가 사진을 보여주었는데 낯이 익었다. 백발인 남자. 보기에는 나이 지긋한 직원인 줄 알았지만 요코보다 나이가 적다는 말을 듣고 깜짝 놀랐다.

그 시바라는 직원이 일 때문에 집에 찾아왔을 때 도청기를 설치하고 요코와 어머니의 생활 패턴을 탐색했다. 그리고 요코가 집을 비우는 시간을 확인하고 범행을 저질렀다고 한다. 새삼 듣고 보니 매우 기분 나쁜 이야기다.

"우리는 시바에게 극형을 요구할 방침입니다."

그날의 상태에 대한 질문이 일단락되었을 때 검사가 말했다.

극형. 즉 사형이다. 시바는 요코의 어머니 말고도 여러 명의 노인을 같은 수법으로 죽였다고 했다. 몇 명을 죽이면 사형이라는 기준이 있는지는 몰라도 많은 사람을 죽였다면 사형을 당할 거라고 어렴풋이 생각했다.

"따라서 하네다 씨의 피해자 유족으로서 느끼는 심정도 조서에 넣고 싶습니다만, 괜찮겠습니까?"

"예."

고개를 끄덕이면서도 피해자 유족이라는 숙어는 왠지 남의 이야기처럼 들렸다.

"어머니가 살해되었다는 소식을 들었을 때 심정이 어떠셨습니까?"

검사의 목소리 톤이 살짝 낮아졌다.

질문에 대답하려고 머리를 굴렸지만 마땅한 표현이 떠오르지 않았다.

내가 어떤 심정이지?

한동안 대답을 못 하고 있자 검사는 좀 난처한 표정을 지으며 질문을 바꾸었다.

"하네다 씨는 다리 골절 때문에 개호가 필요해진 어머니를 헌신적으로 보살피셨죠?"

"……예."

거짓말은 아니다. 말 그대로 어머니를 헌신적으로 돌보았다.

"그 정도까지 헌신적으로 보살필 수 있었던 것은 하네다 씨에게 어머님이 그야말로 가장 사랑하는 존재였기 때문이겠죠?"

"……예."

역시 거짓말은 아니다. 아들과 어머니, 어느 쪽을 더 사랑하는지 비교할 수는 없지만 그 무엇과도 바꿀 수 없는 존재였다.

"그런 어머니가 살해되었습니다. 그것도 도청기를 이용해 사생활 침해까지 하고 자연사로 꾸미는 비겁한 수단으로."

검사는 잠깐 말을 끊었다가 목소리에 힘을 주어 물었다.

"얼마나 분하고 원통하셨겠습니까?"

"……예."

검사의 말을 무심코 긍정했지만 이건 거짓말이다. 요코의 마음속에는 분하고 원통한 감정이 없으니까.

어머니가 돌아가신 그날, 요코의 마음속에 동전 한 닢이 떨어졌다. 앞면에는 지옥 같은 개호의 나날에서 해방된다는 안도감, 뒷면에는 약간의 상실감. 동전의 앞뒷면처럼 달라붙은 두 개의 감정.

요코는 어머니의 죽음을 계기로 여러 가지 일들이 잘 풀렸다는 걸 실감하고 있다. 개호에서 해방되면서 육체적으로나 정신적으로 그리고 경제적으로도 훨씬 나아졌다. 어머니에게 비용이 들지 않아 지출이 줄고 일할 시간이 늘어났기 때문에 수입이 늘었다. 올 4월에 아들 소타가 초등학교에 입학한 뒤부터는 시내에 있는 작은 인쇄 회사 사무원으로 풀타임 근무를 하고 있다. 주말에 출근하던 스낵바 단골손님이 소개해준 직장이다. 결코 편한 생활이라고는 할 수 없지만 어머니를 돌보던 시절에 비하면 훨씬 나아졌다. 그 증거로 아들에게 손을 대는 일이 없어졌다.

그렇기 때문에 어머니의 죽음이 원통하지는 않았다.

거짓말이라도 좋으니 어머니가 하늘이 내린 수명을 다 누렸다고 생각하고 싶다. 그게 꾸밈없는 진심이다.

"하네다 씨, 괜찮습니까?"

검사가 손수건을 내밀었다.

정신을 차리니 두 눈에서 눈물이 뚝뚝 떨어지고 있었다.

"미안합니다."

받아 든 손수건으로 눈가를 닦았다. 손수건은 고급품인지 부드러운 느낌이었고, 섬유 유연제 냄새가 살짝 났다.

그런가? 이 사람은 고급스러운 손수건을 섬유 유연제도 넣어 세탁하는 삶을 산다. 서로 사는 세계가 다르다.

그런 전혀 관계없는 잡념이 머릿속에 떠올랐다가 바로 사라졌다.

"어머님 일을 생각하면 그렇게 눈물이 쏟아질 만큼 분하신 거죠?"

검사는 하네다의 감정과 전혀 다른 질문을 던졌다.

"……."

"왜 그러시죠?"

"……저는 구원을 받았습니다. 아마 어머니도 마찬가지였을 테고요."

겨우 이렇게까지는 표현할 수 있었다.

어머니의 죽음으로 요코가 구원을 받은 것은 틀림없다. 그리고 몸도 마음도 자유를 잃고 인간의 존엄마저 박탈당한 채 살던 어머니 역시 구원받았던 게 아닐까? 구원받은 이상 설사 돌아가셨다고 해도 어머니는 피해자가 아니고 요코는 피해자 유족이 아니다. 분하고 원통한 마음이 있을 리 없다.

검사의 표정이 굳어지는 게 보였다. 그가 미간을 찡그리며 말했다.

"그 말씀은 어머니를 돌보는 일이 그만큼 힘들었기 때문인가요? 그래서 구원을 받았다고 생각하시는 겁니까?"

"예."

그렇다. 검사는 잠시 말이 없다가 이윽고 마음을 굳힌 표정으로 입을 열었다.

"……그런 심정을 이해하지 못하는 바는 아닙니다. 하지만 그 말씀은 어머니의 죽음을 바라고 있었다고 해석될 가능성이 있습니다."

검사는 괴로운, 진짜 괴로운 표정을 짓고 있었다. 분명히 마음씨 착한 사람이겠다는 생각이 들었다.

"이 부분은 조서에 덧붙이지 않겠습니다. 괜찮겠죠?"

"예."

고개를 끄덕였다. 그래야 한다는 것 정도는 안다.

"어머니를 어처구니없이 살해한 범인에게 분노를 느끼십니까?"

"예."

검사는 '헌신적으로 모셔온 어머니를 살해당한 피해자의 유족'

의 조서로서 어울릴 심정을 말로 표현해주었다. 요코는 그저 고개를 끄덕였다.

일찍이 나는 내가 어머니를 버릴 그런 못된 인간이 아니라는 사실을 증명하기 위해 사실은 도망치고 싶은 생활에서 벗어나지 못하고 계속 인내하며 살았다.

마찬가지로 지금 나는 내가 어머니의 죽음을 바란 못된 인간이 아니라는 사실을 증명하기 위해 사실은 구원받았다고 생각하는 죽음을 분하다고 고개를 끄덕이고 있다.

이건 저주다.

죽어서도 여전히 나를 옭아매는 어머니의 저주.

하지만 이 저주에 얽매이지 않는다면 인간이 아닐지도 모른다. 동전의 앞뒷면을 따로 떼어낼 수 없듯이 사람은 어쩔 수 없이 이 저주에 걸리는 건지도 모른다.

요코에게 무엇보다 걱정되는 것은 이미 과거가 된 어머니가 아니라 미래를 생각해야 하는 아들이다.

언젠가 나도 어머니처럼 저주가 되어 내 아들을 옭아매게 될까?

오토모 히데키

2007년 8월 17일

이틀 뒤, 오후 2시 32분. 오토모 히데키는 체포한 뒤 세 번째로 시바 무네노리를 취조했다.

형사부와 공판부의 역할 분담이 없는 X지검은 대부분의 사건을 취조부터 공판까지 한 검사가 담당하는 '주임 입회'로 처리한다. 그렇지만 이번에는 사건 규모를 감안하여 기소까지 취조를 중심으로 한 사건 진상 규명은 오토모가 담당하고, 기소 뒤의 공판은 차장검사인 히라기가 담당하기로 했다.

또 피해자 수를 생각하면 당연하지만 제1심 사형 판결을 목표로 삼았다. 오토모가 해야 할 역할은 그 논리를 만드는 일이다.

현재 시바는 단 게이지의 시체를 유기한 혐의로 체포해 구류하고 있는 상태다. 매스컴도 개호 회사 직원들끼리 트러블이 생겨 일어난 상해치사 사건으로 보도하고 있다. 그러나 이제 곧 구류 기간이 끝나기 때문에 내일이라도 보강 수사가 진행된 몇 건의 살인 혐의로 재체포하면서 기자회견을 통해 대략적인 사실을 발표할 예정이었다.

발표 뒤에는 상당한 소동이 일어날 것으로 예상되어 현경과 지방검찰청의 홍보 담당자는 이미 대책을 협의했다.

시바의 태도는 검찰에나 경찰에나 매우 협조적이었다. 취조 때 질문하면 모두 순순히 대답했다. 또 자택에서 압수한 공책에는 시바가 저지른 살인에 대한 상세한 기록이 남아 있어 이를 바탕으로 한 보강 수사도 순조롭게 진행되고 있었다.

시바는 자백한 43명의 살인 가운데 마지막에 죽인 단 게이지에 대해서만 살의를 부정했다.

사무소에 자기와 마찬가지로 이용자 집의 열쇠를 복사하는 사람이 있다는 사실을 눈치채고 그게 단이라는 사실을 밝혀냈다. 그리고 이용자 집에 침입했던 단을 다그치다가 공격을 받아 반사적으로 반격했다고 주장했다.

실제로 단의 것으로 보이는 작은 스포츠백에서는 이용자 집의 열쇠와 훔친 것으로 보이는 현금이 나왔다. 현장으로 보이는 길 한쪽 구석에는 단이 휘둘렀다고 하는 쇠망치가 떨어져 있었다. 침입할 때 단이 호신용으로 준비한 물건인 듯했다.

시바가 위장 공작을 했을 가능성이 제로는 아니지만 그렇다고 이 1건에 대해서만 복잡하게 조작하며 살의를 부정할 이유가 어디에 있는지 이해가 되지 않았다. 오토모는 사실관계에 대해서는 시바의 주장이 믿을 만하다고 여겼다.

단 게이지 살해 1건에 대해서만 살의가 없는 상해치사, 나머지 42건의 요개호 노인은 살의를 품고 행한 살인— 으로, 여기까지는 시바의 증언과 오토모의 추측이 일치했다.

하지만 문제는 그다음, 살인의 동기였다.

거동이 불편해 죽이기 편한 사람만 노린 범행. 목적은 살인 그 자체. 남을 죽이고 살릴 수 있는 힘이 자기에게 있다는 유치한 만족감에 빠져 저지른 비열한 연쇄살인— 오토모는 대략 이런 줄거리를 세우고 있었다. 그리고 그런 범행을 저지른 자는 양심이 결여된 사이코패스일 거라고 예상했다.

그러나 실제로 체포된 시바는 개호에 대한 부담이 무거워 본인이나 가족 모두 고통받고 있는 사람을 골라 죽였다고 주장했다. '로스트 케어'라는 이름까지 붙여 자신의 행동은 살인이자 동시에 개호이며 사망자 본인과 가족을 위해 죽였다고까지 이야기하고 있다. 목적은 살해 그 자체지만 오토모가 예상했던 것과는 완전히 의미가 다르다.

"검사님, 당신들이 어떤 판단을 내리건 저는 옳은 일을 했습니다."

이날도 시바는 힘찬 목소리로 이렇게 말했다.

이건 범죄를 저질렀다는 사실은 인정하지만 죄는 없다는 선언이다.

만약 이 남자를 진짜 의미에서 단죄하려면 사람으로서 죄를 짊어지게 하고 후회하도록 만들어야 한다.

"자기 아버지를 죽인 것도 옳다는 건가?"

오토모는 증거로 압수한 시바의 공책 첫 번째 권 첫 페이지를 펼치며 말했다.

거기에는 2002년 12월 24일이라는 날짜와 '아버지를 죽였다'라는 한 줄만 적혀 있었다. 지금으로부터 5년 전 크리스마스이브에 저지른 존속살인. 그게 시바가 한 첫 번째 살인이다.

"그렇습니다."

시바는 짧게 대답했다. 동요도 망설임도 없다.

"부인도 없이 남자 혼자 너를 키워준 아버지에게 그런 짓을 한 게 옳다는 건가!"

오토모는 의도적으로 강압적인 말투로 힐난했다.

시바는 어릴 때 사고로 어머니를 잃어 아버지가 유일한 가족이었다고 한다. 나이 차이가 마흔일곱. 우연히 오토모의 아버지와 시바의 아버지는 나이가 같다.

단 하나뿐인 가족을 죽인 것이 그 뒤 이어지는 연쇄살인의 시초임은 틀림없다.

"예. 아무리 다시 생각해보아도 옳다고밖에 생각되지 않습니다."

시바가 단호하게 말했다. 역시 거침이 없다. 그 침착한 태도에 오히려 오토모가 동요할 지경이었다. 목구멍 안에서 따끔거릴 정도로 갈증이 났다.

"왜지? 어떻게 태연하게 그런 소리를 할 수 있지?"

오토모는 굳어가는 목으로 소리를 짜냈다.

시바는 시선을 내리깔더니 담담하게 이야기하기 시작했다.

"아버지는 1999년에 뇌경색으로 쓰러지셨습니다. 상당히 위독한 상태라 긴급수술을 했죠. 저는 수술이 성공적으로 끝나기를 빌었고 아버지가 살아나주시기를 간절히 기도했습니다. 그 기도가 통했는지 아버지는 목숨을 건지셨죠. 그때는 기뻤습니다. 기적에 가까운 일이 일어났다는 생각마저 들었죠. 아버지 몸에는 후유증이 남아 있었지만 제가 정성껏 돌보기로 맹세했습니다. 하지만 생각이 부족했습니다. ……그로부터 3년 동안은 지옥이었죠.

제 외모가 할아버지처럼 보이죠? 머리는 완전히 백발이고 피부도 부석부석하고 주름투성이죠. 원래 그리 좋은 편은 아니었지만 아버지 수발을 들기 전에는 이 정도까진 아니었습니다. 겨우 3년 만에 이렇게 변하더군요."

시바는 새하얀 머리카락을 손가락으로 쓸어 올렸다.

마음고생이나 스트레스 때문에 백발이 된다는 이야기는 자주 들었다. 아내인 레이코도 요즘 이사와 가사, 육아 때문에 마음고생이 심한지 흰머리가 늘었다.

하지만 30대 남자가 완전한 백발이 되어 노인으로 보일 지경이라니, 아무래도 정상은 아니다.

지옥이라고 표현했는데 도대체 어떤 경험이었을까.

오토모가 묻기 전에 시바는 말을 이었다.

"원래 인지증 기미가 있던 아버지는 몸을 못 가누시면서 급속도로 악화되었습니다. 본인이 누군지 모르거나 영문을 알 수 없는 소리를 하고, 몸 반쪽이 마비되었는데도 밤낮을 가리지 않고 나가 돌아다니시려고 했죠.

그런 아버지를 혼자서 보살피기는 너무 힘들었습니다. 예, 정말 힘들었죠.

인지증인 아버지는 감정의 기복이 심해졌습니다. 안정적일 때는 평온하고 사리 분별도 괜찮은데 흥분하면 도저히 당해낼 수 없을 정도로 공격적이었습니다.

제가 죽어라 보살펴드려도 고맙다는 말 한 마디 없이 끔찍한 폭언을 퍼붓는 일이 빈번했죠. 그래도 제가 아들이라는 걸 알아주실 때는 그나마 나았습니다.

인지증이 진행되면서 아버지는 자주 저를 알아보지 못하셨습니다. 돌봐드리려는 저를 보고 '넌 누구냐!'며 겁을 먹기도 했죠.

제가 최대한 보살펴드리려고 다짐했던 아버지는 단 하나뿐인 가족이었습니다. 그런데 인지증은 그것마저 지워버렸죠. 마음을 담아 모셔도 통하지 않고, 아무리 애를 써도 보람이 없었습니다. ……아마 이 세상에 이보다 더 괴로운 일은 없을 겁니다.

만약 누군가 내 편이 되어 힘을 보태줄 사람이 있었다면 또 달랐을지도 모릅니다. 하지만 제겐 기댈 언덕이 없었기 때문에 혼자 해야만 했죠.

물리적인 문제로 시간과 돈이 들었습니다. 개호와 양립할 수 있는 일은 한정적이죠. 긴 시간 집을 비울 수 없는 노릇이라 풀타임 근무는 애초에 불가능했습니다. 시간을 요령껏 내서 집 근처에서 아르바이트를 할 수밖에 없는데 그걸로 생활을 꾸리기에는 수입이 너무 적었죠. 어느새 아버지가 가지고 있던 돈도 바닥이 나 생활하기 곤란해졌습니다.

결국 저는 태어나서 처음으로 세끼를 제대로 먹지 못하는 상황에 직면했죠. 끼니를 굶는다는 건 아프리카나 동남아시아 어디에 있는 먼 나라 이야기인 줄 알았는데 우스울 정도로 쉽게 저 자신이 그런 신세가 되고 만 겁니다.

저는 한참 망설인 끝에 생활보호를 신청하기로 했습니다. 생활보호를 받는다는 건 인간 실격이란 낙인이 찍히는 것 같아 망설였죠. 뭐 결과적으로는 공연한 걱정이었지만요. 생활보호를 받지 못했으니까요. 도저히 더는 굶을 수 없다고 생각해 고민 끝에 신청했는데.

복지 사무소 창구에서 '일을 하시죠? 힘드시겠지만 더 노력하세요'라는 격려만 받았을 뿐입니다. 하지만 제가 더 뭘 어떻게 노력해야 하는지 알 수 없었습니다.

그때 저는 깨달았죠. 이 사회에는 구멍이 나 있다는 사실을.

기초적인 인프라가 갖추어져 얼핏 보면 풍요로운 이 나라는 그 구멍을 알아차리기 힘듭니다. 사실 저는 도쿄에서 프리터로 지낼 때 그럭저럭 생활할 수 있었죠. 하지만 그건 구멍의 바로 옆에서 간신히 균형을 잡으며 걷고 있었던 셈이더군요.

아버지가 쓰러지시고 개호라는 것이 살짝 밀자 우리 부자는 그만 그 구멍으로 떨어졌습니다.

정신을 차렸을 때는 이미 늦었죠. 한번 빠지면 쉽게 그 구멍에서 빠져나올 수 없습니다.

가난하면 사리 판단도 흐려진다는 말이 있는데 그거 정말입니다. 구멍 밑바닥에서 무릎을 꿇고 손을 짚어 그 무겁디무거운 가족을 지탱하고 있다 보면 이상해지기 마련이죠.

그게 언제였더라. 밥을 떠드리고 있었는데 아버지가 국을 흘렸습니다. 그 뒤로 제 기억이 건너뛰더군요……. 정신을 차리니 아버지가 뺨이 빨갛게 부어올라 눈물을 흘리고 있었습니다. 무슨 일이 일어난 거지, 생각하는데 짝짝 소리가 났습니다. 그제야 겨우제가 아버지 뺨을 마구 때리고 있다는 사실을 깨달았습니다. 도저히 제 의지가 어디에 있는지 알 수 없겠더군요. 그냥 자동적으로손이 움직여 아버지를 때리고 있었던 겁니다.

이 손이.

아버지를 잘 보살펴드리기로 맹세했던 이 손이 아버지를 때리고 있었던 겁니다.

그런 일이 몇 번이고 일어났죠. 그건 이미 인간의 삶이 아니었어요."

시바의 말투가 어느새 흥분해 있었다. 한 차례 말을 끊더니 '휴우' 하고 큰 숨을 내쉬었다. 길게 말을 해서인지 아직도 목의 울대뼈 부근이 위아래로 움직였다.

"그래서 아버지를 죽였나?"

오토모는 표정을 조절해 최대한 화가 난 얼굴로 시바를 노려보았다.

귓속이 뜨끔거리기 시작했다.

시바의 상황은 동정할 만했다. 이 사회에 구멍이 나 있다는 시바의 주장도 맞을 것이다. 오토모는 교도소에 들어가기 위해 도둑질을 반복하는 노파를 안다. 개호를 빌미로 접근한 친척에게 살해당한 독거노인을 안다. 거리를 배회하다가 트럭에 치인 인지증 노인을 안다.

하지만 그렇다고 해서 살인을 긍정할 수는 없다. 범죄를 사회 탓으로 돌릴 수 있다면 사법제도 따위는 필요 없다.

오토모는 대답을 기다리지 않고 말을 이었다.

"너는 힘든 개호에서 벗어나기 위해 네 아버지를 죽였어. 아무리 사정 이야기를 늘어놓아도 네가 파렴치한 범죄자라는 사실에는 변함이 없어!"

시바는 마치 그런 반응을 예측하기라도 했다는 듯이 고개를 끄덕였다.

"검사님, 그렇게 말할 수 있는 사람은 틀림없이 자기가 구멍에 떨어지지 않을 **안전지대**에 있다고 생각하기 때문입니다. 그 구멍 밑바닥의 절망은 떨어져보기 전에는 알 수 없죠."

안전지대— 전에 사쿠마가 썼던 단어라 저도 모르게 몸이 굳었다.

나이 차이가 많이 나는 아버지를 돌봐야 하는 상황이 되었다는 점에서 시바와 오토모는 같은 처지다. 다만 오토모는 아버지를 고급 실버타운에 입주시킬 수 있었지만 시바는 혼자 감당해야 했다. 같은 나라에서 같은 상황인데도 현기증 나는 이 격차에 찜찜한 기분을 떨칠 수 없었다. 그래서 곧바로 반론을 펼칠 수 없었다.

오토모의 그런 심리 상태를 아는지 모르는지 시바는 말을 이었다.

"물론 저는 그 괴로운 개호로부터 하루빨리 풀려나고 싶었습니다. 저 자신을 위해 아버지를 죽였다는 건 부정할 수 없어요. 하지만 아버지를 위해서이기도 했습니다.

아버지가 제게 이렇게 말씀하셨죠. '이제 됐다. 죽여다오'라고. 그런 생활을 시작한 뒤로 네 번째 12월이었죠. 그날은 비교적 아버지가 상태가 괜찮아서 자신이 누군지, 제가 누군지 아시는 것 같았습니다. 그럴 때 아버지는 자기가 인지증이라는 사실도 자각하고 계셨죠.

'나는 이제 몸뿐만 아니라 머리도 이상해졌어. 그래서 네가 고생하는 거잖아? 난 이제 그렇게 살 수 없다. 이제 됐다. 이제는 더 살아봐야 피차 괴로울 뿐이잖아. 차라리 이만 끝내고 싶구나. 죽여다오.' 아버지는 이렇게 말하시며 울더군요.

저는 '알았어, 그렇게'라고 대답했습니다. 그러자 아버지는 만족스러운 듯이 살짝 웃으며 말씀하시더군요.

'고맙구나. 나는 이제 뭐가 뭔지 분별할 수 없으니…… 할 수 있을 때 이야기해두어야겠구나. 네가 있어주어 행복했어. 내 아들로 태어나주어 고맙구나'라고요.

그 말은 토씨 하나까지도 기억합니다.

그때 저는 깨달았죠. 설사 나이가 들어 신체 기능이 쇠퇴해 자립할 수 없더라도, 설사 인지증으로 자아가 분열되더라도 인간은 인간이라는 사실을. 때로 기뻐하고, 때로는 슬퍼하며 행복과 불행 사이를 오가는 인간이라고. 그리고 인간이라면 지켜야 할 존엄이 있다. 오래 살았다는 것만으로 존엄이 훼손되는 상태가 된다면 죽음을 부여해야 한다고.

죽이면 아버지에게 보답하고, 그리고 나도 보답을 받을 거라고 생각했죠.

그래서 일주일 뒤에 아버지를 죽였습니다. 시간이 조금 걸린 까닭은 주사기를 구하기 위해서였죠.

처음에는 목을 조르려고 했지만 도저히 할 수 없었습니다. 구해 드리는 거다, 존엄을 지키는 거다, 보답을 받는 거다, 라고 몇 번이나 스스로를 타일렀지만 아버지에게 손을 댈 때면 그 마음이 무너지더군요.

누가 대신 해줄 수만 있다면 얼마나 좋을까 생각했죠. 만약 저승사자라는 게 어딘가에 있다면 이런 상황이 오기 전에 아버지를 데리고 가주었으면 좋았겠다고. 하지만 결국 제가 할 수밖에 없었죠.

그래서 저는 최대한 직접 손을 대지 않을 수 있는 독살을 생각해낸 겁니다. 담배꽁초가 든 음료수를 잘못 마신 애가 죽었다는 사고를 가끔 뉴스를 통해 들었습니다. 그래서 니코틴을 확실하게 추출해서 직접 주사하면 어른도 죽일 수 있다고 생각한 거죠. 아마추어 생각이기는 했지만 결과적으로 일이 잘 풀렸습니다.

마침 크리스마스이브였죠.

그날 아버지는 나를 알아보지 못하는지 주사기를 든 제게 누구냐고 묻더군요. 백발을 한 낯선 남자라고만 인식한 모양입니다. 저항하지 않으셨던 걸 보면 의사로 여겼을지도 모르죠.

주사는 목을 조르는 것보다 훨씬 간단했습니다. 바늘을 잘 찔러 넣고 실린더만 눌렀는데 아버지는 죽었습니다. 허망하게.

숨을 거두실 때 잠깐 고통스러운 표정을 지었으니 아주 안락하지는 않았을지도 모릅니다. 그래도 그런 상태로 살아가는 것보다 훨씬 편안하게 세상을 뜨신 거죠.

나는 옳은 일을 했다고 생각합니다."

이야기하는 중에 콧물을 훌쩍거리는 소리가 들렸다. 고개를 돌려 보니 진술을 입력하고 있던 시나의 눈언저리가 붉었다.

오토모도 가슴속에서 치밀어 오르는 감정이 있었다.

하지만 감정적으로 시바에게 끌려가면 죄를 물을 수 없게 된다.

귓속 통증과 귀울림이 점점 커졌다. 이렇게 심해지기는 처음이다. 견디려고 어금니를 꼭 깨물었다.

그냥 넘어가서는 안 된다. 져서는 안 된다.

"왜 거기서 멈추지 않았지?"

당연히 던져야 할 질문이다.

"지금 진술대로라면 네 아버지에 대한 살인은 촉탁살인이야. 일반적인 살인죄보다 훨씬 가벼운 죄지. 정상을 참작할 만한 사정도 있고. 그런데 그 뒤에 왜 여러 사람을 죽인 건가!"

시바가 쓴웃음을 지었다.

"**들키지 않았으니까요.** 저는 경찰에 전화해 '아버지가 돌아가셨다'고 신고했습니다. 당연히 체포될 줄 알았죠. 그런데 집에 온 경찰관은 넋이 반쯤 나가 제대로 질문에 대답하지 못하는 내게 아무런 의심도 품지 않고 아버지를 자연사라고 단정했습니다.

나는 운명이라고 느꼈습니다. **아버지를 죽였다는 사실이 드러나지 않은 까닭은 분명히 내가 해야 할 일이 있기 때문이다,** 라고.

이 시대에 태어나 이런 경험을 한 저이기 때문에 해야 할 일이
있다, 라고요."

시바의 변명은 마치 경건한 신도 같았다.

소명이라는 말이 있다. 하느님에게 선택받아 사명을 부여받는
다는 뜻이다. 아버지를 살해해놓고 들키지 않은 게 시바에게는 소
명이었다는 건가?

"그 '해야 할 일'이라는 것이 도움을 필요로 하는 노인을 죽이고
다니는 거였나?"

시바는 태연한 얼굴로 고개를 끄덕였다.

"그렇습니다. 그래서 저는 아버지를 떠나보낸 뒤에 바로 개호
도우미 자격을 따서 포레스트 직원 모집에 지원했죠. 고령화와 출
산율 저하가 동시에 진행되는 이 나라에서는 아버지와 저 같은 사
람이 많을 거라고 생각했습니다. 아니, 실제로 있었죠. 개호 업무
를 시작한 뒤 알게 된 현실은 상상 이상이었습니다.

구멍 밑바닥에서 애정과 부담의 틈새에서 허우적거리며 괴로
워하는 사람이 너무 많았죠. 게다가 세상은 그 구멍을 메우려고
하지도 않고 상상력이 결여된 양식을 내세우며 그런 사람들을 더
욱 궁지로 몰았습니다.

'로스트 케어'는 그런 사람들을 구하는 수단이죠.

제가 일찍이 누군가에게 바랐던 그 일을 한 겁니다.

경찰 검시에 무슨 사정이 있는지는 몰라요. 하지만 저는 경험적
으로 노인에 대한 독살은 발견하기 힘들다는 사실을 압니다. 노인
을 독으로 죽이고 자연사한 것처럼 꾸미면 거의 의심받지 않죠.

그걸 알게 된 저는 '로스트 케어'라는 궁극적인 개호를 통해 예전에 저와 아버지처럼 고통 속에 있는 가족을 구하기로 마음먹었습니다. 될 수 있으면 오래, 많이, 할 수 있는 데까지 계속하려고 생각했습니다.

물론 언젠가는 발각되어 잡힐 날이 올 거라고 예상했습니다. 예, 실제로 그날이 왔고요. 검사님이 제 집에 왔던 그날이죠.

사람을 죽이는 일이 범죄라는 사실은 잘 압니다. 하지만 저는 옳은 일을 했을 뿐이에요. 그래서 저는 혹시 언젠가 이 '로스트 케어'가 사람들에게 알려질 날이 온다면 숨김없이 당당하게 주장하기로 마음먹었습니다.

검사님, 당신이 법률로 저를 어떻게 재판하건 저는 옳은 일을 했을 뿐입니다."

시바는 단호하게 말을 맺었다.

오토모는 숨을 죽였다. 이건 황금률이다.

우연하게도 포레스트가 경영하는 실버타운에 모토로 걸려 있던 성경의 한 구절.

너희는 남에게서 바라는 대로 남에게 해주어라. 이것이 율법과 예언서의 정신이다.

남에게서 바라는 대로 남에게 해주어라— 모든 법과 논리에 적용되는 근본 원칙. 본인은 모른다고 해도 이 남자의 행동 원리는 바로 황금률이다. 그래서 당당하게 자기는 옳은 일을 했다고 주장하는 건가? 이 남자는 그야말로 사전적 의미의 '확신범'이 아닌가?

보강 수사에서도 시바가 살해한 노인의 가정에서는 예외 없이 개호 때문에 짓눌렸던 가족이 있다는 사실이 밝혀졌다. 피해자 유족 가운데는 며칠 전 참고인으로 불러 조서를 꾸민 하네다 요코처럼 '구원받았다'고 진심을 내비치는 사람도 있다.

하지만.

하지만 아무리 훌륭한 신념에 따라 행동하더라도, 누군가를 돕기 위해서였다고 해도 살인이 용납될 수는 없다. 검사라는 입장에서 생각하건 오토모 개인의 윤리로 생각하건.

"아니야. 너는 옳지 않아!"

오토모는 부정했다.

시바가 오토모를 똑바로 바라보았다.

오토모는 목소리를 쥐어짰다.

"죽음을 통한 구원이라니, 속임수야! 그 죽음은 체념에 지나지 않아!

네 말대로 설사 인지증에 걸렸더라도 사람은 사람이다. 인간이라면 지켜야 할 존엄이 있다는 말도 옳고. 바로 그렇기 때문에 죽이는 짓은 옳지 않아.

구원이고 존엄이고 살아 있어야 따질 수 있다. 너나 네 아버지나 죽음을 바란 게 아니야. 목숨을 포기한 거지!

너도 사실은 아버지를 죽이고 싶지 않았어. 목을 조르지 못한 것이 그 증거야. 사람에게는 태어나면서부터 타고나는 착한 성품이란 것이 있다. 사람은 사람을 죽이는 일에 무조건 죄책감을 느끼지. 상대가 피붙이인 경우에는 더욱 그래.

너는 말도 안 되는 논리로 그 죄책감에 뚜껑을 덮어두고 있을 뿐이야. 죽음을 부여한다는 것은 구원을 위한 선택도 아니고 존엄을 지키기 위한 노력도 아니다. 모든 것을 내던지고 포기하는 짓일 뿐이지. 더구나 네게 남의 목숨을 포기하게 할 권리가 있을 리 없어!"

성선설—.

사람은 원래 선하다는 오토모의 지론. 사람은 선한 것을 추구하는 존재다. 그건 시바도 틀림없이 그럴 것이다. 그래서 애써 호소했다. 시바의 영혼 깊은 곳에 숨은 선한 품성까지 가서 닿도록 계속 호소했다.

요란한, 요란한 웃음소리가 났다.

"검사님, 정말 훌륭한 모범 답안이로군!

타고나? 착한 품성?

그런 이야기를 할 수 있는 검사님은 역시 안전지대에 있는 거요. 호화여객선 위에서 잡을 지푸라기도 없이 빠져 죽어가는 사람에게 목숨은 중요하다고 설교하고 있군. 훌륭해, 정말 훌륭해! 나도 할 수만 있다면 그런 처지가 되고 싶었어.

만약 죽음이 구원이 아닌 체념이라면 체념하는 편이 훨씬 나은 상황을 만든 건 이 세상, 당신 같은 사람들이야!

만약 내가 진짜 아버지를 죽이고 싶지 않았다면 죽이는 편이 훨씬 나은 상황을 만든 건 이 세상, 당신 같은 사람들이야!"

절규가 칼날처럼 가차 없이 오토모에게 날아왔다.

문득 처음 성경을 책으로 접했을 때가 떠올랐다. 거의 꾸며낸 이야기라고 생각했던 내용 가운데 발견한, 진실이라고 생각되던 구절.

—올바른 사람은 없다. 단 한 사람도 없다.

원죄. 불완전한 사람의 모습을 죄로 단정 짓는 말. 그러나 그것은 틀림없이 선을 추구하는 말이다.

얼른 대꾸를 못 하는 오토모에게 시바가 목소리를 낮추고 말했다.

"게다가 말입니다, 검사님. 검사님이 그렇게 말씀하는 건 이중으로 웃기네요. 검사님은 나를 사형시키기 위해 이렇게 취조를 하고 있잖아요?"

불쑥 위협구가 날아왔다.

"아…… 지금은, 아직은 구형도…… 기소할 것인지도 결정되지 않았……."

더듬거리며 스스로도 속일 수 없을 지경의 거짓말을 했다.

시바가 노골적으로 코웃음을 쳤다.

"43명이나 죽였습니다. 난 사형을 당하겠죠. 법을 잘 몰라도 그정도는 압니다."

시바는 선뜻 자신의 미래를 예언했다. 그리고 그것은 정확한 예언이다.

시바가 말을 이었다.

"제가 살인자라면 당신도 살인자죠. 검사님, 만약 방금 말씀하신 대로 사람이 사람을 죽이는 일에 무조건 죄책감을 느낀다면 검사님도 마찬가지로 거기에 뚜껑을 덮는 것 아닙니까? 결국 이런 이야기입니다. **이 세상에는 죄책감에 뚜껑을 덮더라도 사람을 죽여야 할 때가 있다.**"

"아니지! 너 같은 개인이 하는 살인과 법 시스템에 따른 사형은 전혀 달라!"

오토모는 자기 자신에게 말하듯 소리쳤다.

시바가 웃으며 말했다.

"마찬가지예요, 검사님. 사형으로 범죄자를 죽이는 것은 세상 사람들을 위해서 아닙니까? 그러니 옳은 일이죠. 그렇기 때문에 죄책감에 뚜껑을 덮을 수 있고요. 저도 세상 사람들을 위해 노인을 죽였습니다. 다를 게 없다니까요."

오토모는 '그게 아니다!'라고 하려다 말을 삼키고 말았다. 도대체 이게 무엇을 위한 취조인지 방향이 보이지 않는 느낌이 들었다.

귀울림이 전에 없이 심해졌다.

의도한 답변은 전혀 끌어내지 못했다.

피의자가 모든 걸 자백했는데도 대화를 할 때마다 씁쓸하고 끈끈한 패배감이 목구멍 깊숙한 곳에 달라붙었다. 이런 취조는 처음이었다.

확실히 알 수 있는 것은 예상이 빗나갔다는 사실이다.

시바는 사이코패스가 아니었다.

이날 이후에도 오토모는 여러 차례 시바를 취조했지만 결국 시바가 죄를 인정하게 만들지는 못했다. 시바는 사람을 죽였다는 사실은 모두 인정하지만 죄책감은 새의 깃털만큼도 느끼지 않는 듯했다.

패배다.

물론 그것은 오토모의 지극히 개인적인 패배다. 지방검찰청 자체로서는 제1심 사형 판결이라는 승리를 향해 순조롭게 달려가고 있었다.

사실관계에 대한 보강 수사가 충분히 이루어진 시점에 사건은 다음 단계로 넘어간다. 동기가 마음에 들지 않는다고 해서 기소장을 작성하지 않을 권리가 오토모에게는 없다.

2008년 2월, 체포한 지 반년 가까이 지나 오토모는 시바 무네노리를 증거가 충분히 수집된 32건의 살인과 1건의 상해치사 혐의로 기소했다. 이렇게 사건은 오토모의 손을 떠났다.

하지만 오토모는 깨닫게 된다.

시바가 노인을 계속 죽인 동기가 취조 때 밝혔던 것과 전혀 달리 진짜 목적은 아직 숨기고 있다는 사실을.

모든 일이 시바가 계산한 대로였다. 사람을 죽인 일뿐만이 아니다. 범행이 발각되리라는 것도, 그리고 법정에서 재판이 이루어져 결국 사형을 받으리라는 것마저도.

그 속셈을 눈치챘을 때 시바는 이미 오토모의 손이 닿지 않는 법정 안에 있었다.

웃기지 마라!

분노와도 같은 걷잡을 수 없는 감정이 치밀어 올랐다.

에필로그

2011년 12월

오토모 히데키

2011년 12월 2일

오후 9시 42분. 오토모 히데키는 세타가야에 있는 아파트형 공무원 숙소로 퇴근했다. 구두를 벗을 때 현관 신발장에 얹어놓은 탁상 달력이 아직 11월인 채로 있다는 걸 깨닫고 한 장 넘겼다.

2011년 12월. 엄청난 지진이 일어났던 해의 연말. 오토모가 기소한 시바 무네노리에게 사형 판결이 떨어졌다.

시바가 개호를 필요로 하는 노인을 상대로 저지른 연쇄살인은 '로스트 케어 사건'이라는 이름으로 불렸다.

43명이 살해되어, 제2차 세계대전이 끝난 뒤에 발생한 살인 사건으로는 가장 많은 피해자를 냈다. 하지만 오토모가 조사한 바에 따르면 제2차 세계대전이 일어나기 전이나 전쟁 중에는 이와 비슷한 규모거나 그 이상인 대량 살인 사건이 여러 건 있었다. 이 사건들은 '양자 살인'이라고 불린다. 임신중절이 위법이 되면서 부모가 돌볼 수 없는 아기들이 많이 태어났던 당시, 키울 능력도 안 되면서 돈을 받고 아이를 키우겠다며 데리고 가 계속 살해하는 사건이 자주 일어났다.

키울 수 없는 아이들이 너무 많아진 시대의 '양자 살인'과 돌볼 수 없는 노인이 너무 많아진 시대의 '로스트 케어 사건'은 그야말로 꼭 닮은 듯하다.

그런 '로스트 케어 사건' 재판은 첫 공판부터 판결까지 46개월, 거의 4년에 가까운 기간이 걸렸다.

그사이에 오토모에게도 작은 변화가 몇 가지 일어났다. 직장 일과 아내 그리고 아버지.

거실에 들어서자 불을 켰다. 넓은 방을 형광등이 비췄다. 말을 못하는 가전제품과 가구가 오토모를 맞이했다.

X지검에 2년 근무한 뒤 센다이 지검을 거쳐 지금은 도쿄 지검에 근무한다. 소속 부서는 특수부. 현장 검사로서는 꽃 중의 꽃이다. 역시 독자적인 수사로 시바 무네노리를 검거한 일이 평가받았으리라.

올봄부터 아내와 떨어져 도쿄에서 혼자 지내고 있다. 아내 레이코와 딸 가나에는 처가가 있는 가마쿠라에서 지낸다.

별거 계기는 올해 3월. 동일본 대지진이 발생한 다음다음 날 아침, 레이코가 잠에서 깨지 못했던 일 때문이다.

의사는 울증이라고 진단했다. 의지할 곳 없는 지방을 옮겨 다니며 사는 생활과 첫아이 육아로 침전물처럼 축적되었던 스트레스가 유례를 찾아볼 수 없는 자연재해를 목격하고 폭발한 듯했다.

아무 말도 하지 않아 눈치채지 못했다— 라고 하면 틀림없이 변명이리라. 레이코에게 맞지 않는 생활을 강요하고 있다는 자각은 있었다. 레이코가 스트레스를 받고 있다는 것도 알고 있었다. 도와줘야 한다고 생각하면서도 일을 핑계로 결국 아무것도 하지 않았다.

결혼한 뒤로 레이코가 신앙에 기댄 것도 내면의 불안 때문이었을 거라고 상상하면서도 팔짱을 끼고 수수방관했다.

의사가 마음 편하게 지낼 수 있는 곳에서 생활하도록 하라고 권해 따로 지내기로 결심했다. 레이코는 '미안, 늘 함께하겠다고 했는데. 당신이 직장 일 때문에 더 힘들 텐데'라고 울며 사과했다. 사과해야 할 사람은 오토모인데.

스케줄 조정에 신경을 써서 올해 24일은 겨우 쉬기로 했다. 모처럼 크리스마스이브라 아내와 딸을 보러 가마쿠라로 갈 작정이다.

오토모는 주방으로 가 물을 한 잔 마시고 소파에 몸을 눕혔다.

테이블 위에 놓아둔 두툼한 책을 집어 들었다. 묵직한 무게가 느껴졌다.

짙은 남색 표지. 책등에는 금박으로 글자가 찍혀 있었다.

1987년에 발행된 신공동번역 성경 초판. 일본 가톨릭교회와 개신교 여러 교파가 공동으로 번역한 초교파 성경이다. 중학교에 들어갈 때 아버지가 선물했다.

오토모는 페이지를 펼쳤다. 『마태오의 복음서』. 예수님 말씀을 읽었다.

구하여라, 받을 것이다. 찾아라, 얻을 것이다. 문을 두드려라, 열릴 것이다.

누구든지 구하면 받고, 찾으면 얻고, 문을 두드리면 열릴 것이다.

너희 중에 아들이 빵을 달라는데 돌을 줄 사람이 어디 있으며

생선을 달라는데 뱀을 줄 사람이 어디 있겠느냐?

너희는 악하면서도 자기 자녀에게 좋은 것을 줄 줄 알거든 하물며 하늘에 계신 너희의 아버지께서야 구하는 사람에게 더 좋은 것을 주시지 않겠느냐?

너희는 남에게서 바라는 대로 남에게 해주어라. 이것이 율법과 예언서의 정신이다.*

아버지는 작년에 췌장암으로 세상을 떠났다. 포레스트 가든은 사업 매각으로 '무쓰미 가든'이라고 이름을 바꾸었지만 약속대로 마지막까지 확실한 개호 서비스를 제공해주었다.

암 말기인 아버지는 의식이 몽롱해 입으로 음식을 먹을 수 없었다. 위에 튜브를 꽂아 수분과 영양을 직접 넣는 방법으로 연명할 수 있었지만 아버지는 아직 의식이 확실하던 때에 연명 치료 거부 의사를 밝혔다.

"나는 암과 싸울 마음이 없다. 고통이 줄어든다면 수명이 줄어도 괜찮아. 연명 치료 같은 건 하지 말아다오. 될 수 있으면 편하게 주님 곁으로 가게 해다오."

---

* 『마태오의 복음서』 제7장 7~12절.

아버지는 그러면서 연명 치료를 거부하는 문서에 사인했다. 신앙에 걸맞은 일인지는 몰라도 그게 아버지의 뜻이었다.

지금 일본의 법 해석은 적극적으로 환자를 죽이는 '안락사'에 대해서는 신중한 태도를 보이고 있다. 예를 들어 임종을 앞둔 사람이라도 약물 주입 등으로 안락사시키면 살인죄를 묻는다. 한편 연명 치료를 하지 않는다거나 중단하는 소극적인 안락사—이른바 '존엄사'—는 사실상 인정하고 있다.

이것도 법으로 제도화된 것은 아니라 엄밀하게 따져 적법한 행위인지는 결론이 나지 않았다. 그러나 이미 종말기 의료 현장에서는 연명 거부와 연명 중지는 일상적으로 이루어지고 있으며 후생노동성이 가이드라인을 제시하고 있다. 사법기관도 이런 행위를 단속하지 않아 암묵적으로 인정하고 있는 상태다.

무쓰미 가든 책임자에 따르면 그곳에서도 불치병에 걸린 입주자는 연명을 바라지 않는 경우가 압도적이고, 가능한 한 희망에 따른 말기간호를 제공한다고 했다.

—죽을 걸 빤히 알면서 내버려둔 건 살인이나 마찬가지다!

—죽음을 통한 구원이라니, 속임수야! 그 죽음은 체념에 지나지 않아!

과거에 범죄자들에게 했던 말이 그대로 자기에게 돌아왔다.

하지만 그렇다고 해서 본인이 원하지 않는 연명이 옳다고는 생각하지 않았다.

아버지처럼 안전지대라고 불리는 좋은 환경에 있으면서도 연명을 바라지 않는 것이 '체념'이라고 할 수 있을지 판단이 서지 않왔다.

결국 오토모는 PEG*를 하지 않기로 동의했다.

아버지는 최소한의 영양만 링거로 공급받다가 3주 뒤에 마른 나뭇잎이 떨어지듯 세상을 떠났다.

아버지는 편안한 죽음을 원했고, 그 바람을 이루었다.

내가 세상에 평화를 주러 온 줄로 생각하지 마라. 평화가 아니라 칼을 주러 왔다.

나는 아들은 아버지와 맞서고 딸은 어머니와, 며느리는 시어머니와 서로 맞서게 하려고 왔다.

집안 식구가 바로 자기 원수다.

아버지나 어머니를 나보다 더 사랑하는 사람은 내 사람이 될 자격이 없고 아들이나 딸을 나보다 더 사랑하는 사람도 내 사람이 될 자격이 없다.

또 자기 십자가를 지고 나를 따라오지 않는 사람도 내 사람이 될 자격이 없다.

자기 목숨을 얻으려는 사람은 잃을 것이며 나를 위하여 자기 목숨을 잃는 사람은 얻을 것이다.**

돌아가시기 두 달 전이었던가? 병문안을 갔을 때 많이 야위기

* 입으로 영양을 섭취하지 못하는 환자를 위해 내시경을 써서 위에 작은 구멍을 내어 그 구멍으로 튜브를 넣는 수술.
** 『마태오의 복음서』 제10장 34~39절.

는 했지만 아직 의식은 또렷하던 아버지가 이렇게 말씀하셨다.

"네가 잡은 시바라는 친구, 그리 나쁜 사람은 아니야……."

'로스트 케어 사건'은 매스컴에서 센세이셔널하게, 그리고 대대적으로 보도되었다.

포레스트 문제로 개호에 대한 관심이 높아졌던 시기에 터졌던 데다가 제2차 세계대전 이후에 가장 큰 대량 살인 사건이라는 화제성 때문에 방청권을 구하려는 사람들이 몰려들었다.

시바는 법정에서도 취조 때와 같은 말을 했다. 자기가 아버지를 죽이기에 이른 사정을 이야기하고, 그 뒤에 저지른 연쇄살인은 구원이라고 주장했다.

그런 시바에 대해 아버지처럼 옹호하는 시선을 보내는 의견은 드물지 않았다.

불쌍한 살인마—.

세상 사람들은 시바를 이렇게 평했다. 역시 살인을 전면적으로 긍정하는 의견은 적었지만 그를 흉악한 범죄자라고 하는 사람은 얼마 없었다.

양식 있는 사람들 대부분은 '그가 저지른 살인은 용서받을 수 없다. 하지만 진짜 문제는 사회에 있다'라고 하는 의견을 내놓았고, 매스컴도 동조했다.

이어서 전에 일어난 포레스트 사건도 단순히 한 기업의 부정 사건이 아니라 배경에는 개호보험제도의 불합리한 부분이 있다는 의견이 현실성을 띠며 논의 대상이 되었다.

'로스트 케어 사건'이 계기가 되어 모든 곳에서 진지한 논의가 이루어졌다.

앞으로 사회는 더욱 고령화 될 텐데 몸이 자유롭지 못하거나 인지증이 있다는 이유만으로 존엄이 박탈되는 상황은 개선해야 한다는 주장이 나오고, 그렇다면 그 인력과 재원은 어떻게 확보하느냐는 격렬한 반론이 제기되었다.

임종을 앞두고 자기 결정을 중시하는 편인 사람들로부터 안락사와 존엄사를 긍정적으로 받아들여 합법화해야 한다는 목소리가 높아졌다. 이에 대해 안락사 긍정론의 배후에는 '남에게 부담을 지우는 인간은 죽는 게 낫다'라고 하는 선민사상이 있어 고령자나 장애인 차별이 될 수 있다는 반대 운동이 일어났다.

가치관과 가치관이 격렬하게 충돌했다. 하지만 그래도 이제는 논의를 피해 멀리 우회할 수는 없다는 생각만은 다들 공유했다.

그런 세상의 흐름이 오토모로 하여금 시바의 진짜 목적을 깨닫게 해주었다.

복음서는 예수가 숨을 거두는 장면에 이르렀다.

세 시쯤 되어 예수께서 큰 소리로 "엘리 엘리 레마 사박타니?" 하고 부르짖으셨다. 이 말씀은 "나의 하느님, 나의 하느님, 어찌하여 나를 버리셨나이까?"라는 뜻이다.

거기에 서 있던 몇 사람이 이 말을 듣고 "저 사람이 엘리야를 부르고 있다" 하고 말하였다.

그리고 그중의 한 사람은 곧 달려가 해면을 신 포도주에 적시어 갈대 끝에 꽂아 예수께 목을 축이라고 주었다.

그러나 다른 사람들은 "그만두시오. 엘리야가 와서 그를 구해주나 봅시다" 하고 말하였다.

예수께서 다시 한 번 큰 소리를 지르시고 숨을 거두셨다.*

성경을 덮었다. 아무도 없는 방에 탁, 하는 소리가 울려 퍼졌다.

요하네스 구텐베르크에 의해 양피지에 45부가 인쇄된 뒤로 세상에서 가장 많이 인쇄되어 가장 널리 읽히는 책. 2천 년 전 베들레헴의 마구간에서 태어나 갈리아 호반에서 가르침을 펼치고 골고다 언덕에서 죽은 남자 이야기. 그 기술의 대부분은 창작이며 그가 실재했다는 것조차 의심하는 주장도 있다. 하지만 그의 이야기는 계속 이어져 내려오며 세상을 바꾸었다.

세상을 바꾼 것은 그 자신이 아니라 그의 이야기다.

그의 이야기를 국시로 삼은 나라가 생겨났다. 그의 이야기를 널리 퍼뜨리기 위한 전쟁이 일어났다. 그의 이야기에 대한 해석을 둘러싸고 끝없는 논의가 반복되었다. 그의 이야기는 많은 사람을 구원했고, 많은 사람을 죽였다. 이야기가 세상을 바꾸었다.

웃기지 마라!

불쑥 가슴을 쥐어뜯고 싶은 기분이 들었다.

귓속이 심하게 쑤셨다. 4년 전, 시바를 취조한 날부터 이 통증은 멈추지 않았다. 귀울림과 함께 무시할 수 없을 정도로 심해졌다.

구역질이 나서 토할 뻔했다.

* 『마태오의 복음서』 제27장 46~50절.

죄책감이다.

오토모는 확실히 자각했다. 그 분노와도 비슷한 주체할 수 없는 감정의 정체를.

—회개하라!

귀울림은 또렷한 소리가 되어 머릿속에 울렸다. 일찍이 그리고 지금도 범죄자를 취조할 때 속으로 반복했던 말. 그 말이 나를 향하고 있다.

—회개하라, 회개하라, 회개하라, 회개하라!

넋이 나가 헛소리하듯 오토모를 꾸짖는 그 목소리의 주인은 자기 자신이었다.

사람이라면 누구나 태어나면서부터 지니고 있는, 오토모도 물론 지니고 있을 착한 품성, 그 목소리였다.

내내 망설였지만 역시 만나야겠다고 마음을 먹었다.

시바 무네노리를 한 번 더 만나자.

그 남자와 한 번 더 대치하자.

확정 사형수 면회는 매우 제한되어 있어 원칙적으로 가족 이외에는 받아들여지지 않는다. 하지만 인맥을 동원해 교정국에 힘을 쓰면 가능할지도 모른다.

시바 무네노리

2011년 12월 13일

11일 뒤, 오후 1시 27분. 도쿄 구치소. 시바 무네노리에게 뜻밖의 인물이 찾아왔다.

돌이켜보면 가족이 없는 시바로서는 미결구류 시기를 포함해 변호사 이외에 누가 면회를 오기는 처음이다.

오토모 히데키. 전에 X지검에서 시바의 범죄를 발견한 검사다. 지금은 도쿄 지검에 근무한다고 한다.

좁은 면회실의 아크릴 판을 사이에 두고 시바는 검사와 재회했다. 법정에 선 검사는 다른 사람이었으니 마지막으로 본 게 4년 전이다.

좀 야위었나? 그때와는 인상이 약간 달랐다.

"검사님, 어쩐 일입니까?"

"확인하고 싶은 게 있어서."

검사는 물끄러미 이쪽을 바라보았다.

"뭐죠?"

"네 동기. 사건을 일으킨 목적에 대해서."

"……그건 취조 때 말씀드렸을 텐데요. 법정에서도 증언했고요. 예전에 저와 아버지가 그랬듯 개호 때문에 힘들어하는 이들을 구하고 싶었던 거죠."

"그렇지 않아! 아니야, 그건 목적의 절반밖에 안 돼. 사건이 드러나고 재판에 회부되어 사형을 받을 때까지를 포함해 네 계획대로 일이 진행되고 있어. 그렇지?"

검사의 시선은 점점 날카로워져 찌를 듯했다.

"네 진짜 목적은 네가 일으킨 사건이 세상에 널리 알려지는 거야! 사실은 아버지에 대한 촉탁살인에서 시작되는 불쌍한 살인마 이야기를 이 나라 사람들에게 들이대는 거지!

사랑이니 인연이니 하는 그런 말뿐인 허식을 벗겨낸 이야기. 이 사회에는 그럴듯한 치장으로는 가릴 수 없는 일그러진 부분이 있고, 구멍이 뚫려 있다는 사실을 알리기 위한 이야기. 풍요로운 선진국에서 살고 있다고 믿는 사람들의 눈을 뜨게 만들기 위한 이야기를. 너는 재판이 열리는 법정이라는 공간을 이용해 그런 이야기를 했어. 아니, 하고 있어.

네 이야기는 네 죽음으로 완성되겠지. 사형이라는 강렬한 결말이 사람들의 기억에, 이 나라의 역사에 네 이야기를 깊게 새길 거야.

너 자신은 죽어도 네 이야기를 보고 눈을 뜬 사람들이 조금이라도 나은 방향으로 사회를, 아니 이 세상을 바꿀 거다. 이게 네 목적이야!

네가 전에 '이 세상에는 죄책감에 뚜껑을 덮더라도 사람을 죽여야 할 때가 있다'고 말했지. 하지만 네가 진짜 바라는 것은 사람이 사람의 죽음을, 하물며 가족의 죽음을 바랄 일이 없는 세상이야! 목숨을 포기하지 않아도 되는 세상, 너와 네 아버지가 빠졌다는 구멍이 없는 세상! 아닌가?"

한 번이 아니라 두 번씩이나 이 검사는 시바의 진실을 찾아냈다. 시바는 갑자기 나타난 그에게 감동마저 느끼며 저도 모르게 미소를 지었다.

그걸 긍정으로 받아들였는지, 검사의 표정이 험악해졌다. 으드득 이를 가는 소리가 들린 듯했다.

"뭐야! 순교자인 척하려는 건가! 구세주인 척하겠다는 거야?"

검사가 외치는 소리는 비명에 가까웠다.

"아뇨."

시바는 고개를 저으며 말했다.

"만약 그렇다고 해도……. 예, 이건 가정입니다. 검사님 말씀대로 제가 여러 사람을 희생시키고, 제 목숨마저 걸고 그런 이야기를 사람들에게 하려고 해도 아무것도 바꿀 수 없을지도 모릅니다. 이제는 흘러가는 대로 맡겨둘 수밖에 없죠. 어쩌면 지금은 그나마 나은 편이고 10년 뒤, 20년 뒤에는 훨씬 더 끔찍해질지도 모릅니다. 아니, 틀림없이 그렇게 될 겁니다. 아주 불리한, 절망적인 싸움이죠."

"……"

검사는 아무 말도 없이 이쪽을 노려보았다. 두 눈에서 빛이 났다. 시바는 말을 이었다.

"그래도 그나마 한 차례, 저와 아버지를 궁지로 몰아넣은 세상에 반격할 수 있다면, 조금이나마 미래에 뭔가 남길 수 있다면 싸울 가치는 있었을지도 모르죠."

시바는 웃음을 지을 생각이었지만 그럴듯한 웃음을 지을 자신은 없었다.

"웃기지 마! 그런 말도 안 되는 논리로 멋대로 죽이면 안 돼! 멋대로 지지도 말고! 멋대로 싸워서도 안 돼! 멋대로 죽지도 말고! 여긴 너만 사는 세상이 아니란 말이야!"

검사의 목소리는 뜨거웠다. 그리고 젖어서 떨리고 있었다.

"그렇죠. 검사님과 이야기를 나눌 수 있어서 좋았습니다."

진심으로 그렇게 말했다. 이제 충분할 것이다.

시바는 입을 다물었다.

하네다 요코
2011년 12월 18일

닷새 뒤, 오전 11시 2분. 하네다 요코는 큰 소리로 응원했다.

"소타. 그래, 거기! 어서!"

일요일, 고수부지에 있는 운동장. 아들인 소타가 소속된 축구팀이 시합을 하고 있다. 강에서 불어오는 겨울바람은 아랑곳하지 않고 아이들은 운동장을 달렸다.

소타는 5학년이면서 등 번호 6번을 달고 선발 출장 했다. 포지션은 사이드백. 수비수지만 빠른 발을 살려 가끔 대담한 오버래핑을 하며 공격에 가담한다.

지금도 너무 많이 나와 있던 상대 수비수의 허점을 찔러 잔디밭 끝에서 끝까지 단숨에 달려갔다. 하지만 안타깝게도 패스 타이밍이 맞지 않아 결정적인 기회를 만들지는 못했다.

"아이고, 아까워라! 그래도 잘했어! 다음, 다음!"

다른 선수들 보호자 틈에 섞여 소리를 지르며 생각했다.

소타, 너 이제 이렇게 빨리 달릴 수 있구나, 라고.

"대단하네. 소타는 우리 팀 나가토모 유토 같아."

옆에 있는 남자가 소타와 같은 포지션에서 뛰는 스타 선수를 끌어들였다.

요코는 쓴웃음을 지었다.

"글쎄. 요즘 일본에서 사이드백치고 발 빠른 애들은 다들 '어디 어디의 나가토모'라고 불릴걸."

"아니야, 소타는 그런 애들과 레벨이 달라."

"아들 자랑하는 팔불출이 되려면 일주일 뒤에 하셔. 아직 이르잖아?"

요코는 다음 주인 크리스마스이브에 이 남자와 혼인신고를 할 예정이었다.

근무하는 인쇄 회사 경영자인 니시구치라고 한다. 전에 일하던 역 앞 스낵바 단골이었던 남자다. 땅딸막하고 키는 요코보다 작아 왠지 작은 동물을 닮았다. 사장이라고는 해도 마침 불경기라 형편이 좋지는 않다. 마음이 확 쏠리는 편은 아니다. 요코가 크게 기운다는 느낌은 들지 않는다. 그래도 착한 남자다.

3년쯤 전부터 남녀 관계가 되어 가끔 아들도 데리고 나가 식사를 했다. 소타에게는 인연이 끊긴 아버지에 대한 기억이 없어 막철이 들 무렵부터 사귀는 니시구치를 요즘은 자연스럽게 받아들인다.

"괜찮겠어……?"

니시구치가 살짝 목소리를 낮추고 말했다.

결혼 이야기다. 흘려들었어도 괜찮았지만 요코는 대답했다.

"괜찮아."

"정말 괜찮겠어?"

"그건 내가 할 소리지. 난 벌써 50이야. 게다가 초등학교 다니는 애까지 있고."

공수 역전되어 지금은 상대 팀이 공격을 퍼붓고 있다. 소타는 상대편 포워드를 바짝 붙어 마크하며 패스 코스를 차단했다. 아마추어가 보기에도 소타의 운동량이 많다는 걸 쉽게 알 수 있다.

"당신을 아내로 맞이하고 소타 같은 아들 아빠가 될 수 있다면 불만이 있을 리 없지."

"그럼 됐잖아."

"그래도 나이가. 난 벌써 60이야. 회사도 언제까지 끌고 갈 수 있을지 모르겠고, 몸도 이제 슬슬 예전과는 다르고. 먼저 개호가 필요해지는 건 내 쪽이겠지. 당신은 어머니 개호 때문에 그 고생을 했잖아. 내가 그런 고생을 또 시키게 될까 봐서……."

애당초 피차 나이가 있어 혼인신고는 하지 않을 생각이었다. 그런데 올 3월 대지진 이후 마음이 좀 바뀌었다. 어느 날 갑자기 목숨을 잃은 엄청난 천재지변을 목격하고 나서 더 구체적인 연결 고리를 갖고 싶다고 생각했고 상대방도 그렇게 생각한다는 이야기를 했다.

누가 먼저랄 것도 없이 자연스럽게 이야기가 나와 충분히 의논해 혼인신고를 하기로 결정했다. 전에 결혼할 때 망설이던 것과는 성격이 다르다고 확신했다. 그런데 이제 와서 몸을 사리는 니시구치를 보니 어처구니없었다.

하기야 워낙 착한 사람이라서.

니시구치는 요코와 소타에게 애정이 있기 때문에 나중에 자기가 부담이 될까 봐 두려워한다. 그런 마음을 숨기는 것도, 숨기지 않는 것도 똑같이 착하기 때문이라고 생각한다.

"그렇지만 당신은 우리하고 평생 함께 살고 싶다면서?"

요코가 말했다.

"응."

작은 동물 같은 남자가 고개를 끄덕였다.

"나도 그래."

10년만 더 젊었더라면 품에 안겼을지도 모른다. 요코는 니시구치의 손을 꼭 잡았다.

요코뿐만 아니라 대지진을 계기로 결혼을 선택하는 커플이 늘었다고 한다. '기즈나콘[絆婚]'*이라고 하는 단어가 자주 귀에 들어왔다. 그러고 보니 지난주에 교토에 있는 기요미즈데라[淸水寺]에서 발표한 '올해의 한자'도 끈을 뜻하는 '絆(반)'이었다.

그 뒤 한자 사전을 찾다가 '絆'을 '호다시'로 읽기도 한다는 사실을 알았다. 이건 말의 다리를 얽어매 가지 못하게 만드는 끈을 말하는데, 여기서 비롯해 굴레나 족쇄 등 사람의 자유를 속박하는 것을 뜻하는 말로도 쓰인다.

* 2011년 동일본 대지진을 계기로 생겨난 말. '인연을 소중히 여긴 결혼'을 뜻한다.

'絆'이란 세상 사람들이 이야기하는 것처럼 좋은 것은 아니다. 요코는 그런 사실을 뼈저리게 알고 있다.

요코를 개호에서 해방시켜준 '로스트 케어 사건'. 그 재판을 최대한 방청하고 범인인 시바 무네노리의 말에 귀를 기울였다.

불쌍한 남자라고 생각했다. 불쌍한 남자라고. 그리고 나도 마찬가지라고 생각했다.

만약 사람이 다 따로따로라 제멋대로 살다가 제멋대로 죽을 수 있다면 나나 그 남자 같은 사람은 생겨나지 않았을 것이다.

'絆'은 저주다.

그렇지만.

그래도 사람은 어딘가에서 누군가와 끈을 묶지 않으면 살아갈 수 없다.

"그러니까……."

요코는 니시구치에게 천천히 말했다.

"폐를 끼쳐도 돼. 나도 아마 당신에게 폐를 끼치겠지. 이 세상에 아무에게도 폐를 끼치지 않고 살아가는 사람은 한 명도 없어."

그게 요코의 결혼이었다.

어쩌면 언젠가 이 재혼 상대에게 얽매이게 될지도 모른다. 어쩌면 나중에 아들을 옭아맬지도 모른다. 그 지옥 같은 나날이 또 닥쳐올지도 모른다.

그래도.

그래도 끈을 묶겠다.

가령 앞날에 지옥이 기다린다고 해도 사람은 끈을 연결하지 않고는 살아갈 수 없다.

그렇다면 끈을 잇자. 사랑하는 사람과.

끈이 아니라 굴레나 족쇄라고 해도, 저주라고 해도.

끈을 맺고 살아가자.

상대 팀의 패스를 우리 편 수비가 막았다. 10번을 단 6학년 미드필더에게 공이 넘어가자 드리블로 공격해 올라갔다. 상대 수비가 막으러 왔을 때 왼쪽 사이드로 공이 흘렀다. 상대의 최종 수비라인이 몰렸다. 반대편 사이드를 소타가 질주했다.

"행복하게 살자."

이런 걸 약속이라고 할 수는 없지만.

운동장에서는 공이 커다란 곡선을 그리며 날아갔다. 반대편 사이드로. 공은 달려 들어가던 소타에게 정확하게 연결되었다.

오토모 히데키

2011년 12월 24일

엿새 뒤, 오후 4시 5분. 오토모 히데키는 고쿠라쿠지자카기리도시를 걷고 있었다. 산으로 둘러싸인 가마쿠라로 가는 육로로 만들어진 가마쿠라 7구 가운데 하나다. 지금은 정비를 해 고쿠라쿠지역 앞에서 유이가하마 방면 주택가로 빠지는 도로가 되어 있다.

오토모 앞을 딸인 가나에가, 뒤에서는 레이코가 걸었다.

행선지는 바다 옆에 있는 교회. 중간에 가벼운 식사를 하고 크리스마스 예배에 참석할 것이다.

돌이켜보면 가족이 함께 예배를 드리러 가기는 처음이다. 역시 자신은 사이비 신자라는 생각이 새삼 들었다.

가나에는 몇 달 만에 얼굴을 본 아빠에게 이런저런 이야기를 했다. 유치원 크리스마스 모임에서는 멜로디언으로 「고요한 밤 거룩한 밤」을 불었다. 외할아버지와 외할머니에게 휴대용 게임기를 선물로 받았다. 가방은 빨간색보다 오렌지색이 좋다. 아버지와 크리스마스 예배를 가니 기쁘다. 서툰 말로 자기 생각을 전하려고 애쓰는 딸을 보니 절로 미소가 지어졌다.

오토모와 가나에 뒤에서 천천히 레이코가 따라왔다. 낯익은 곳으로 이사해 친정 부모도 도와주어 조금씩 좋아지고 있는 것 같다. 다만 아직 안정된 상태라고 하기는 어렵다.

집을 나설 때 레이코가 마스크를 건넸다. 레이코나 가나에도 외출할 때면 반드시 마스크를 쓴다고 한다. 레이코는 동일본 대지진에 따른 원자력발전소 사고로 발생한 방사능이 무섭다고 했다.

"너무 신경 쓰는 거 아니야?"

솔직한 의견을 이야기한 오토모에게 레이코는 눈물을 흘리며 대답했다.

"알아. 그런데 머리로는 알겠는데 마음이 도저히 따라주지 않아. 나나 내가 소중하게 여기는 사람이 마스크를 하지 않으면 너무 불안해서 견딜 수 없어."

오토모는 마스크 한 장으로 불안을 막을 수 있다면 싸다고 생각하기로 했다. 계절이 계절이니만치 독감 예방에도 도움이 될 것이다.

이렇게 세 식구는 마스크를 쓰고 교회로 가는 길을 걷기로 했다.

진행 방향에서 겨울의 차가운 바람이 불어왔다. 지금 스친 바람에는 얼마나 많은 불안의 씨앗이 실려 있을까?

―알고 있었겠지만 말입니다.

언젠가 누군가가 했던 말이다. X지검에서 사무관이었던 시나다. '로스트 케어 사건'을 찾아낸 사무관. 사법시험에 합격해 지금은 부검사가 되었다.

알고 있었다.

묵인하고 있었다.

지진 영향으로 원자력발전소에서 방사능이 새는 일은 이번이 처음은 아니다.

4년 전, '로스트 케어 사건'이 드러난 해에 일어난 주에쓰 앞바다 지진 때도 가시와자키 가리와 발전소에서 방사능이 유출되었다.

일본에 대지진이 오는 것도, 원자력발전소가 안전하지 않은 것도 미리 암시되어 있었다.

아내가 마음고생이 심해 컨디션이 무너질 거라는 사실을 알 수 있었듯이. 사회의 고령화에 따라 충분한 보살핌을 받지 못하는 노인이 늘어날 거라는 사실을 미리 알 수 있었듯이.

지금 일어나는 재앙은 모두 미리 암시되었다.

길이 주택가로 접어들었다.

모퉁이에서 오른쪽으로 꺾어지자 시야가 트이며 바다가 보였다.

바다 냄새와 함께 더 차가운 바람이 불어왔다.

"우와! 아빠, 이리 와!"

가나에가 천진난만하게 오토모의 손을 잡아끌었다.

딸의 작은 손에 이끌려 바람을 거슬러 걸었다.

며칠 전에 발표된 올해의 한자는 '絆'이었다.

한편에서는 고독사 보도가 줄을 잇고 있다. 스스로 목숨을 끊는 사람도 끊이지 않았다. 자살하는 비율이 높은 것은 건강 불안을 안고 있는 중년, 노년층이라고 한다. 국민연금 미납자가 40퍼센트에 이르렀다. 사회보장 · 인구문제연구소는 40년 뒤에 일본은 현역 세대 한 명이 고령자 한 명을 책임져야 하는 '목말 사회'에 돌입할 거라는 예측을 발표했다. 후생노동성의 추계에 따르면 개호가 필요한 인지증 고령자 수는 내년에도 300만 명을 넘어설 것으로 예상된다. 그런 한편 개호 업계의 이직률은 여전히 높아, 인력 부족은 매년 심각해지고 있다고 한다.

구멍이 메워지기는커녕 서서히 그 입구를 넓히고 있는 것 같다.

안다.

데이터가 암시하고 있다.

미래에 일어날 수 있는 재앙도 이미 암시하고 있다.

싸움을 건 사내는 구치소에서 죽음을 기다리고 있다.

말은 많지만 이미 세상은 바뀌지 않을는지도 모른다.

알고 있었다. 알고 있다. 알고 있는데.

사람들은 멈춰 서서 꼼짝 못 하고 있다.

올바른 사람은 없다. 단 한 사람도 없다. 낙원이 아닌 이 세상에서 살아가는 사람은 한 명도 남김없이 모두 죄인이다.

—회개하라!

귓속에서 통증과 함께 들려오는 소리가 다시는 사라지지 않을 것이다.

그 목소리는 꾸짖기만 할 뿐 어떻게 하면 좋을지 가르쳐주지 않는다.

딸의 작은 손. 하지만 또렷하게 느껴지는 감촉. 뒤에서 아내가 따라온다. 눈가에 부드러운 미소를 짓고 있다.

이 사람들을 사랑하느냐고 묻는다면 한 치의 망설임도 없이 사랑한다고 대답할 수 있다. 그리고 사랑받고 있다고 확신한다.

끈은 있다.

지금 여기에, 확실히.

"아빠, 저기 봐!"

가나에가 손가락으로 가리킨 서쪽 하늘. 짙은 구름 틈새로 오렌지색 석양이 햇빛을 기둥처럼 내뿜어 바다를 비추고 있었다.

아름답고 신비로운 광경.

박명 광선이라고 부르는 현상이다. 틈새가 있는 두꺼운 구름이 깔린 날 저녁, 드물게 구경할 수 있다.

뒤에서 따라온 레이코가 중얼거렸다.

"야곱의 사다리……."

"나도 알아. 천사가 다니는 길이잖아요?"

가나에가 말했다.

야곱의 사다리.

이스라엘의 조상인 야곱이 꾼 꿈과 관련해 박명 광선은 하느님의 심부름꾼이 천국과 지상을 오가는 계단이라고 한다.

"아름답네."

아내의 눈에서 눈물이 흘렀다.

"응, 아름답네."

오토모는 살짝 힘을 주어 딸의 손을 잡고, 다른 한 손으로는 아내의 손을 잡았다.

그런가? 사람은 이럴 때 기도하는 건가?

하늘에서 쏟아지는 빛의 사다리에 물론 천사의 모습은 보이지 않는다. 저 빛은 천국으로 이어지지 않는다. 과학적으로 설명할 수 있는 자연현상이다.

불타오르는 듯한 저 빛깔은 태양 광선의 입사각이 얕아지기 때문에 생긴다.

해가 얼마 남지 않았다.

이미 알고 있다.

이제 곧 밤이 올 것이다.

　나중에 2015년은 제게 '헬조선'이란 단어와 함께 추억될 겁니다. 이 땅에서 태어나 여러 해 살아오며 만만했던 시절은 없었지만 요즘처럼 다들 비명을 지르는 광경은 특별히 기억이 나지 않습니다. 예전에는 못 살겠으니 갈아보자고 악에 받쳐 비명을 질렀다면 21세기 한반도 남부의 비명은 체념처럼 느껴집니다. 주위를 둘러보면 많은 이들이 '죽지 못해 산다'고 합니다. 죽지 못해 사는 곳이니 당연히 죽어서 가는 지옥보다 더 힘겨운 곳이겠습니다.

　이 작품 역시 지옥을 보여줍니다. 죄를 지어 마땅히 가야 할 사람들이 가는 그 고통의 테마파크가 아니라 아무 죄도 없는데 덜컥 주어진 숨 막히는 현실입니다. 픽션이지만 통계와 사례로 증명된 오늘의 현실입니다. 이 소설이 그리는 현실이 지옥이라는 분명한 증거는 다음과 같은 문장에서도 발견됩니다.

10년 뒤에 사람들은 분명히 고통으로 얼굴을 찡그리며 '아아, 돌이켜보니 10년 전이 훨씬 나았어'라고 한숨을 내쉴 게 틀림없다. 그리고 20년 뒤에 사람들은 더욱 고통스러워하며 같은 대사를 중얼거릴 것이다.

작품 속에서 '시바'라는 등장인물이 하는 생각입니다. 이미 지옥을 한 차례 겪은 시바는 이런 생각이 '가장 현실감 있게 느껴지는 미래 예상'이라고 믿습니다.

몇 해 계속 일본 미스터리문학대상이 배출하는 신인 작가들에 많은 시간을 들여 지켜보았습니다. 그 가운데 하마나카 아키는 신인상 수상 후 첫 작품인 『침묵의 절규』까지 읽어보면 성큼 디딘 두 번째 발자국에서 심상치 않은 미래를 내다볼 수 있습니다. 미스터리라는 장르의 틀 안에 일본 사회가 앓고 있는 문제의 핵심을 담아내기에 사회파 작가로 불립니다. 하지만 다른 사회파 작가와 비교해 미스터리의 틀은 더 단단하고, 사회파적인 시각은 더 엄격합니다. 『침묵의 절규』 경우 흔히 미야베 미유키의 『화차』나 『이유』와 비교하는 분도 있는 모양인데 '미스터리라는 틀'은 훨씬 간결하고 본격적입니다.

1976년생인 하마나카 아키는 2009년에 『라이벌』이라는 작품으로 제1회 가도카와 아동문학상 우수상을 받으며 아동문학 작가로 먼저 데뷔했습니다. 이어 2013년 이 작품으로 제16회 일본 미스터리문학대상 신인상을 수상하며 미스터리 작가로 출발합니다.

이 작품은 발표된 해에 '미스터리를 읽고 싶다!'에서 5위, 신인 작가로는 1위를 차지했으며 '이 미스터리가 대단하다!'에서 10위, '주간문춘 미스터리베스트 10'에서는 14위를 기록하며 좋은 평가를 받았습니다.

작가는 이 작품을 발표하며 이렇게 말했습니다. "우리는 뭔가 잃어가고 있다— 그런 상실감이 분명히 있다. 이 일본이라는 섬나라에. 지금 우리가 숨 쉬는 여기저기에. 『로스트 케어』는 우리를 좀먹는 이 상실, 우리들의 상실에 대한 이야기다."

이 데뷔작 이후 작가는 신인답지 않게 여러 매체를 통해 사회문제에 적극적으로 의견을 밝히고, 작품 속에 담은 미래에 대한 우려를 다시 강조하기도 했습니다. 하지만 이 작품을 비롯한 소설들에서 다룬 초고령 사회의 개호 문제, 여성 빈곤, 가정폭력 등의 사회문제는 일본이나 우리나 여전히 쉽게 해결될 기미를 보이지 않습니다. 아니, 오히려 전망은 점점 더 어두워지고 있습니다.

소설이 혁명의 도구나 사회변혁의 선봉이 될 수는 없다고 생각합니다. 하지만 거창한 이름을 단 저술, 종횡무진 현란한 이론을 읊는 논술들은 사실 이 지옥에 들어와 무엇인가를 해결하려는 의지도 없고 그 힘도 없어 보입니다. 정말 소설까지 혁명에 나서야 할 지옥이 된 건지도 모르겠습니다.

이 소설을 옮기며 전체적으로 느낀 것은 절망입니다. 소설 속 인물들 모두 밝은 내일로 나아가지 못합니다. 이 지옥에서 저 지옥으로 건너다 침몰하거나 겨우 기슭에 이르니 바늘만 빼곡한 바닷가이거나 합니다. 에필로그에서 얼핏 희망을 보여주는 듯하지만 속지 마십시오. 그런 희망은 우스개 삼아 이야기하는 '지옥에서의 3분간 휴식'일지도 모릅니다. 그 증거로 이 소설은 이렇게 끝납니다.

해가 얼마 남지 않았다.
이미 알고 있다.
이제 곧 밤이 올 것이다.

이처럼 절망을 이야기하는 소설을 굳이 소개한 까닭은 이곳이 지옥이니 우리 더 고통스러워하자는 게 아닙니다. 얼마 전 불문학자 황현산 선생께서 헬조선을 이야기하는 신문 칼럼에서 말씀했습니다. '지옥에 대한 자각만이 그 지옥에서 벗어나게 한다.' 아마 저 또한 비슷한 마음으로 이 작품의 출간을 권했을 겁니다.

무책임한 소리지만, 며칠 뒤 지금 이 시간들이 그저 지옥에서 보낸 어처구니없던 한 철로 추억되기를 바랍니다. 이 책을 집어 든 분들에게 따뜻한 악수를 건넵니다.

2015년 12월
옮긴이 권일영

※ 제2장 시작 부분에 '해부대 위에는 재봉틀도 박쥐우산도 아닌'이라는 표현이 있습니다. 로트레아몽 백작(1846~1870)의 『말도로르의 노래』에 나오는 구절을 이용한 표현입니다.

제가 『말도로르의 노래』 일부를 처음 읽은 때는 1977년. 한국어로 앞부분만 번역되어 나온 해였습니다. 하지만 위에 인용한 부분은 우리말로 아직 번역되지 않았습니다. 『말도로르의 노래』 여섯 번째 노래 가운데 비교적 앞부분에 나오는 초현실주의적 비유로 유명한 대목입니다. 시에서 악의 화신인 말도로르는 우연히 보게 된 17세 소년 머빈의 아름다움을 묘사하며 초현실적으로 '재봉틀과 박쥐우산이 해부대 위에서 뜻하지 않게 만나듯 아름다운'이라고 표현합니다.

소설을 읽다 보면 이렇게 어디서 빌려 왔는지 밝히지도 않으며 슬쩍 끼어드는 인용이 있습니다. 그런 부분을 발견하는 일 또한 독서의 즐거움일 것 같아 본문에 주석을 달지 않고 옮긴이 후기 뒤에 흔적을 남깁니다.

로스트 케어

지은이 하마나카 아키
옮긴이 권일영
펴낸이 양숙진

초판 1쇄 펴낸날 2016년 1월 25일

펴낸곳 (주)현대문학
등록번호 제1-452호
주소 06532 서울시 서초구 신반포로 321(잠원동, 미래엔)
전화 02-2017-0280
팩스 02-516-5433
홈페이지 www.hdmh.co.kr

ISBN 978-89-7275-749-8 03830

* 책값은 뒤표지에 있습니다.
* 파본은 구입처에서 교환해 드립니다.